# 陳映真全集

# 23

手稿

著作年表

篇目索引

人間

# 目次

**手稿（寫作時間不明）**——

在台灣的中國文學
歷史特性、問題點和機會點 9

台灣文學和第三世界文學
一個概括的比較 19

黃晳暎：當代韓國「民眾／民族文學」的代表作家 25

鄉土文學運動的反思
送韓國黃晳暎先生 28

庸俗化或者毀滅
九〇年代台灣文化發展的展望 32

關於馬曉濱案的事實及問題 37

李登輝與冷戰教會在台灣 46

美帝國主義與「台灣獨立運動」 60
台灣反帝・人民民主主義變革運動初論 83
共同的勝利和光榮
香港回歸的歷史意義 113
民族分裂的悲哀 116
看哪！那一面歷劫的赤旗…… 120
和平・民主・自治・統一
二二八民變與省工委運動的傳統和精神 129
歷史的啟迪
重溫上世紀二〇至四〇年代、包括台灣人民在內的中國人民與朝鮮人民
在抗擊日本帝國主義歷史上的大同團結 140
一九七〇年代的反冷戰思潮
台灣冷戰思潮之四 155
戰後批判
民族分裂時代的台灣社會與意識形態及其克服 170

台灣戰後政治史和文藝思想史下的鄉土文學論 185
一九二八年以前的台灣社會性質芻論 194
「台灣戰後資本主義社會性質」大綱 208

著作年表 219
篇目索引 291
全集總目 339

# 手稿

此部分收錄無法確定寫作日期之手稿。第一至十篇可約略推估寫作時間，第十一至十六篇可能作於一九九〇年代，兩篇未完稿及一份寫作大綱則置於最末。

# 在台灣的中國文學

## 歷史特性、問題點和機會點[1]

在還沒有進入這報告的主要部分之先，我想先談談用來指謂在台灣的文學的一些名詞上的問題。

「台灣文學」是在稱呼在台灣的文學時，最為普遍的用詞。

但是「台灣文學」一詞，在事實上，因不同的歷史時代，對於不同立場的人，有不同的內容。

對於日本占領時代(一八九五—一九四五)的台灣人民而言，「台灣文學」代表著台灣人民反帝．反封建的文學，表現出日本殖民統治下台灣人民的痛苦、挫折、反抗和希望。

但是對於同時期在台灣的日本人統治者，「台灣文學」一詞，代表著一種殖民地異國情調的文學；代表著一種奴隸用主人的語言去歌頌主人的文學。

第二次大戰以後，複雜的國際政治使台灣和中國本部分離。在這獨特的歷史和政治現況下，「台灣文學」和其他類似的詞語如「台灣問題」、「台灣經濟」、「台灣社會」等等一樣，用來描述有關台灣的事物。

一直到最近，「台灣文學」被用來和「中國文學」相對而使用。這種用法，充滿著爭論性，我不擬在此詳加討論。

至於我自己的觀點，當我需要較為嚴謹的稱呼，我毋寧喜歡用「在台灣的中國文學」來稱呼近代以來在台灣的文學。我將試著在這講話中說明我的理由，但我要指出，這種用法有相當的普遍性。一九七六年，威斯康辛大學的劉紹銘（Joseph S. M. Lau）教授曾以「在台灣的中國小說」作為他一本當代台灣小說英譯本的題名。此外，葉石濤，一位在台灣的文學評論家，雖然特別強調台灣文學的「獨特性」（可惜至今他尚未詳細論到這獨特之所在），但最近仍公開稱在台灣的文學為「在台灣的中國文學」。更早的時候，他使用過「在台灣的漢人所寫的文學」來指謂在台灣的文學。

## 台灣文學的歷史特點

首先，在台灣的文學，是作為近．現代中國之歷史的、社會-政治的、文化的和文學的連動之不可分割的一環而形成、發展的。

在二十世紀以前，台灣的文學，不論形式上、思想上都是中國傳統士紳文學的延長。

一九一一年，孫中山先生所領導的國民革命，在中國建立了亞洲第一個共和國。當時在東京求學的台灣留學生對民國的建立，充滿著興奮的心情，他們相信，殖民地台灣的解放，主要依賴著中國的獨立和解放。一九一九年，中國的五四新文化·新文學運動，直接影響了日本殖民地台灣的知識分子。文化啟蒙運動和白話文運動，作為重要的殖民地人民的啟蒙運動而展開。現代台灣文學，於焉誕生，並且在殖民地台灣作為抵抗日本帝國主義的重要環節而開始它的發展途程。

一九三一年，日本侵略軍入侵中國東北。日本在台灣的殖民統治變得更加嚴酷。在政治、文化戰線上受到挫折的台灣抗日知識分子開始轉入文學的戰線——這是當時唯一剩下來的戰線。也就在這時期中，他們寫出了現代台灣文學中若干最重要的作品。

這些最簡要的歷史回顧，已足以顯示這樣的事實：在台灣的中國新文學，是在反抗日本帝國主義殖民統治的鬥爭中形成、發展和茁壯起來的。離開了台灣反日本帝國主義的歷史、文化和政治的大背景，理解台灣現代文學是不可能的。並且，在這歷史潮流中，台灣的文學，為它自己建立了現實主義的、反帝的、反封建的巨大傳統。這傳統對於歷史、社會、人和他的命運，具有鮮明的焦點。

其次，台灣的文學在五〇和六〇年代，受過強大的西方的影響。第二次大戰結束以後，日本投降。一九四九年，國民政府退據台灣。一九五〇年美國宣布第七艦隊防守台灣海峽，並且和台灣結成緊密的政治、軍事和經濟關係。在文化上和文學上，上述的關係帶來美國／西方文化、價值、知識、技術和文學的影響。這種西方文學的支配性影響，因為歷史的斷層，即對於四九年以前當代中國文學的禁絕，而相對地增大。結果，在五〇年代和六〇年代，台灣詩、繪畫、音樂普遍受到來自美國的現代主義的影響。抽象主義、象徵主義、超現實主義這些形式主義的、個人主義的、心理主義的風格，成為二十年間主要的文學思潮。

從二〇年代開端，到四〇年代底建立起來的台灣文學中反帝、反封建、干涉生活的現實主義文學傳統，至此發生了辯證的變化，轉化為它的對立面，即個人主義的、形式主義的、心理主義的、逃避了歷史和生活的現代主義文學。

台灣文學的第三個歷史特點，是它在七〇年代以後回歸現實的運動。

歷史到了七〇年代開端，冷戰時代終結，國際政治秩序開始了實質上的再編組。在聯合國、在美國，「中國政策」開始了巨大變化。而這變化不但直接影響了台灣內政和外交，並且在文化、政治和思想上引起了反省的運動。一九七〇年，由於美國把戰後經美國管轄的、本屬中國的釣魚台群島劃歸日本，引起了在北美中國留學生（來自台灣和香港）廣泛的愛國主義・民族主義運動。這一個運動，在某一個意義上，在台灣引起了對五〇年代和六〇年代在台灣文學中過度西化的反省。一九七二年，新詩論戰展開。在這論戰中，過去二十年來台灣文學過度西化，引起了批評。年輕的批評家，他們之中很多在過去是西化的支持者，對過去二十年中台灣文學缺少民族風格、過分個人主義和心理主義的傾向，對歷史、生活和人的過度冷漠，提出了深入的批判。這次的論戰在戰後台灣當代文學思潮的發展上占有重大意義，因此，從文學思想史的立場看來，一九七七年著名的鄉土文學論戰，其實是新詩論戰的一個延長。

## 問題點

從六〇年代下半開始，台灣經由向先進國家輸出輕工業、勞力密集產品，取得巨大的經濟發展，至一九七四年第一次石油危機時達到了它的巔峰。在過去十五年間，一個台灣型的大眾消費社會逐漸形成，使台灣在同屬於第三世界的同時，發展出一個比較富裕的社會。

大眾消費社會的形成，對於台灣文學發生了這些影響：

（一）消費性文化／文學在社會上取得支配性的影響。

（二）由於「消費人」（homo consumens）的登場和消費的制度化，產生了人和生活的「單向度化」（one-dimensionalization）。它在文學上的結果，是文學中思想、哲學和批判面的貧困。

（三）純文學（serious literature）逐漸失去社會和生活的指導作用。作家、評論家、讀者，逐漸縮小為一小群精英知識分子、教授和學生。

其次的一個問題是，當代台灣文學，需要一個更深刻的再反省運動。

一九七二年的新詩論戰，一九七七年的鄉土文學論戰，基本上批判了前此二十年來台灣過度西化的問題。西方的現代主義頓時失去了主導性的地位。但是現實主義的鄉土文學仍有待於進一步深刻化，有待於進一步發展。

一九七二年和七七年對西方文學支配性影響的批判，不應該停止台灣文學界對西方文學界偉大的、古典作品的學習和介紹。但是，特別在七〇年代以後，對西方文學有深度、有批判的介紹反而轉為貧弱。繼續而且更有計畫、更深入地研究和譯介西方古典文學著作，只有促進（而不是抑制）台灣文學獨特發展的功用。

對西方文學和文化影響的批判，並沒有相應地使台灣文學界更深地注意到第三世界的文學。在過去，西方文化／文學的強大影響，使台灣文學界對第三世界各國的文學茫然無知。但七〇年代對西方文學影響的批判，絲毫沒有改變這個現況。

不論就過去反帝、反封建的共同歷史經歷，或當今深受國際性資本深刻影響的相同或相似的經驗，台灣文學界應該更加有意識地理解第三世界文學。隨著第三世界國家追尋民族解放和國家獨立的鬥爭不斷深刻化，第三世界正進行著迅速的解體和再生的運動，從而湧現了大批具有生動創造性和具體的革命實踐體驗的作家。他們傑出而充滿著生命和原創性的文學，已經先於艱苦的革命，在人類藝術的水平線上冉冉升起，發出耀眼的光芒。

認識和學習第三世界各國文學，並從中取得有益的啟發，是批判了西化文學後的台灣文學再進一步發展的重要課題。

## 機會點

第一，雖然中國(包括台灣在內)，是由十幾種不同民族組成的國家，雖然在漢語中也有很多種相互間音聲截然不同的方言，雖然台灣和東北曾淪陷於日本……但由於中國自有一套完整的文化系統、統一的文字和語言，以及歷史久長而質素精良的文學，與其他第三世界國家因長達數百年的西方殖民統治所帶來的文化、語言的解體與失喪，有強烈的對比。悠久而完整的文化、文字、語言和文學體系，為在台灣的中國文學提供了這些機會：

(一)不必在文化上、文字上、文學上的民族認同，花費長時期的精力。

(二)文學作品和民眾之間，可以有直接、迅速、有效的溝通，不像若干其他第三世界國家的文學，因為文化和語言的解體，而形成文學溝通上複雜而困難的問題。

(三)由於有悠久而優美的文學傳承，很容易在西方文學長期而強大的影響中，塑造自己獨自的中國的風格。

第二，我要說一點有關台灣的文學表現自由的問題。

像第三世界絕大多數的地方一樣，新聞檢查和文學檢查在台灣是存在的。

但是，在過去三十年中，在台灣，純粹因為寫作而被捕的作家非常之少，當然，我們必須承認，三十年來，台灣在文學題材上犯過政治敏感禁忌的作家也非常之少。

我個人曾因政治而被禁錮。但那絕對與我的作品無關。

文學作品被禁，在台灣也是有的。但也非常之少。一九七六年，我個人的一個小說集被禁。但我必須誠實地說，這是近二十年來極為稀少的兩個個案之一。

就在今年，我寫了，並發表了兩篇在題材上極為敏感的小說。在兩篇小說中，我描寫了五〇年代初活躍於台灣的理想主義分子、左翼分子，甚至共產黨人，並且描寫了當時大規模的白色恐怖。這兩篇小說不但沒有被禁止，而且其中有一篇最近被台灣的兩家最大的報紙之一，經由公開的徵選，選為今年推薦獎小說。比起我個人得獎之事，我為台灣在文學表現的自由化傾向，感到更大的喜悅之情。

當然，目前若據此而對於台灣在文學上表現的自由化做過分樂觀的估計也許為時太早。但是也應指出：最近兩年中，就台灣內部言論自由的紀錄而言，目前是過去三十年中少數幾個最開放的時期之一。

作為一個在台灣的中國作家，我虔誠地祈禱藝術表現的自由能夠在台灣，連同其他亞洲、非洲、南美洲、東歐各國不斷獲得更大的實質上的進步。此外，這種進步，將使海峽兩岸的中國文學獲得更大、更深、更好的發展。

謝謝大家。

---

未署名

本文依據手稿校訂

1 本文依據手稿校訂，稿面無署名、無標註寫作時間，於標題處加註英文標題「Chinese Literature in Taiwan: Historical Characteristics, Problems and Opportunity」。陳映真在一九八三年發表〈鈴璫花〉和〈山路〉二篇小說，後者獲「中國時報小說推薦獎」，與文中所述相符。推估本篇與〈台灣文學的未來：機會點和問題點〉（一九八三，請參見全集卷七）、〈台灣文學和第三世界文學：一個概括的比較〉（收入全集本卷）為同系列演講稿，作於同時期。

# 台灣文學和第三世界文學

## 一個概括的比較[1]

比較台灣的文學和第三世界文學之前，先概略比較台灣和其他第三世界國家社會·經濟上的異同，應該有所幫助。

先從相異的一方來看。

台灣個人平均所得比其他一些第三世界國家者高。社會上貧富差距比別的第三世界國家者為小。台灣的輸出品，以中下級工業產品為主。在一定意義上，台灣達成充分就業。

相形之下，別的第三世界國家國民所得遠比台灣低得多，貧困是普遍而嚴重的。貧富差距尖銳，對外輸出產品主要是農產品、礦產品為主。

但是，一個國家的經濟地位，主要依它在國際生產關係中的地位而定。從這個方面看來，台灣和別的第三世界國家處於完全相同的地位。

其次是技術上被支配的地位。大國永遠壟斷著不斷進步的技術，並透過高技術和高等機械，與第三世界國家進行不等價交換。在不同程度上，台灣與第三世界居於被技術知識差距所榨取的國家。

## ‧台灣文學和第三世界文學之歷史發展的共同點

從文學上來說，台灣文學和第三世界文學有許多共同點。這些共同點也說明了台灣和別的第三世界國家處於相同的命運。

第一，台灣的現代文學的發端，和一切第三世界的現代文學的發端一樣，是作為對帝國主義的反抗運動的文化啟蒙運動之一環節而產生。中國五四新文學、新文化和愛國運動，發端於中國人民對列強帝國主義的反抗運動。為了反對帝國主義和殖民主義，廣大民眾必須在文化和知識思想上進步起來，因此而有新思想、新文化運動。白話文新文學運動，是這個啟蒙運動的一個重要部分，從而直接觸發台灣的新文學運動，這是大家所熟知的。在菲律賓，其現代文學起於Jose Rizal的《Noli Me Tangere》。這著名的反殖民主義小說，是在十九世紀末菲律賓一個反殖民地「啟蒙運動」（Propaganda Movement）中寫成。一八九六年，菲律賓反西班牙統治的民族獨立革命中，產生了一大批以菲律賓語（Tagalog）寫作的作家。再以印尼為例。一九二八年，印尼愛國的留學歸國生發起了一個愛國啟蒙運動，即所謂「青年印尼知識分子宣言」，在「一個國家，一種語言」的口號下，主張建設印尼的民族語言，而展開了印尼現代民族文學的建設。可以說：第三世界的現代文學，全是作為反對帝國主義、殖民主義的文化啟蒙運動的一環節而展開的。

第二，由於背負著殖民地歷史，民族語言和文字受到壓抑。在日據時代，有一個時期台灣的漢語文學受到壓抑，作家被強迫使用日語寫作。在菲律賓和印尼，西班牙語、荷蘭語和英語長期成為支配性語言，使各該民族的民族語言和文字之發展，受到嚴重壓抑，需要花長遠的鬥爭去重建自己民族的語言和文學。

第三，由於長期新、老殖民主義的統治，西方文學的價值，長期支配著各該民族的文學。尤其是二次大戰以後，隨著美國勢力在全世界範圍內的蔓延，五〇—六〇年代西方的前衛主義、超現實主義等現代派文學，對各落後地區文學造成支配性影響。本地文學失去了信心，發展滯緩。五〇年代和六〇年代，台灣、亞洲、非洲、拉美各國，從美國和西方傳來的前衛主義、實驗主義風靡知識界和文學界，造成大量「模仿的文學」，使文學和當地民族的生活和現實分離開來。

第四，七〇年代初，由於不同的原因，各落後地區展開了反帝國民運動。在這運動中，批判文學的西化，尋找民族認同，建立民族語言和文字的運動不約而同地展開。在台灣，七〇年有保釣愛國運動，接著，是一九七二年的現代詩論戰和一九七七年的鄉土文學運動，批評了過去二十年間台灣文學的過度西化，和呼籲建設民族風格的文學。在菲律賓，一九七〇年元月到三月，掀起了廣泛而強烈的反美愛國的國民運動。在文學上，要求確立Tagalog為菲律賓民族語言。以這民族語言辦報、寫小說、演講從此大為普及，現代菲律賓文學，得以大大地向前推進。在印尼，一九七〇年代初，掀起了反日愛國民族運動，在文學界，年輕一代終於起來批判六七年蘇卡諾下台後支配印尼文壇的唯美主義文學，造成干涉生活、批判和反映當代印尼現實的現實主義文學潮流。

第五，對於西方的影響，有歡迎和批判的兩派。反應到文學上，成為用國際語言、價值和思想寫作的「國際派」和用民族語言表現現實生活的「鄉土語」之間的爭論。在台灣，鄉土文學派和主張文學的「宇宙性」、文學的純粹性和不干預生活的一派展開爭論。在其他第三世界國家，用英文、西班牙文、法文寫作，以搏得西方肯定評價，脫離民族具體生活的「國際派」與主張使用土語，描寫具體的社會和人的生活的鄉土派，有長期的爭論。

第六，在主題上，國際派偏向寫歷史、寫社會的前衛性題材，或表現自己文化與生活的「異國」性，在語言上則使用西方語言。鄉土一派，則表現新、老殖民主義下民族在心靈和物質上的殘破與桎梏，反映出反帝、反封建的性格。而也因此使鄉土派受到政治性的彈壓、取締。台灣鄉土文學論戰時差一點以政治打擊終場。在別的第三世界國家，文藝作家，尤其是鄉土派（民族主義、反帝、反封建）作家，經常遭受拷問、逮捕、監禁，甚至更為悲慘的命運。

現在來談談台灣文學和第三世界文學間不相同的幾點：

第一，雖然台灣經歷了五十年日本殖民統治，一則因為時間不算太長，二則台灣自有深厚的中國文化和語文架構，日本殖民體制，在台灣文化、語言和文學上的殘害，遠比其他殖民地為小。因此一九四五年日本戰敗，台灣不曾留下太嚴重的文化解體和破產的問題，使在台灣中國文學的再建設恢復得較快。

第二，由於各別經濟發展的差異，在過去二十年間，台灣因為加工出口工業而發展了經濟。因此，過去十五年間，台灣形成它自己的大眾消費社會。在強大的消費文化下，台灣文學逐漸失去了對人生的指導性。與此相反，文學在其他「前・大眾消費社會」第三世界國家中，往往是啟發思想、指導人生、鼓舞民眾為民族解放、國家獨立努力的重要力量。

第三，從作家的範圍來說，由於三十年來在哲學、人文科學、社會科學的落後和檢查，台灣文學一般的缺少歷史、社會和人的焦點，缺少對人生與生活的批判意識，傾向於較多寫細緻的個人生活和世界。相形之下，其他第三世界鄉土派作家，則有清晰的歷史、思想和人的焦點，作品表現出來的文化和思想層面，較為深刻。[2]

總地說來，台灣在世界生產關係中，屬於第三世界。在文學發展史上，台灣文學與第三世界文學有極大的共同性。但台灣文學界，一貫缺乏對第三世界的知識和認識。今後應該努力研究豐富而具有強大感染力的第三世界文學，學習其所長，為進一步發展現代中國文學而努力。

---

未署名
本文依據手稿校訂

1 本文依據手稿校訂，稿面無署名、無標註寫作時間。與〈台灣文學的未來：機會點和問題點〉（一九八三，請參見全集卷七）、〈在台灣的中國文學：歷史特性、問題點和機會點〉（收入全集本卷）似為同系列演講稿，推估作於同時期。

2 手稿稿面於本段文外標註「流亡文學」、「作家與政治的關係」，應為作者為演講所作的提示。

# 黃晳暎：當代韓國「民眾／民族文學」的代表作家[1]

感謝文化大學陳寧寧教授的安排，四月底見到了去年訪韓時不及一見的韓國當代最具社會和政治影響力的傑出小說家黃晳暎先生。數日懇談，覺得黃晳暎的文學思想，對理解當代韓國文藝思潮，極關重要。

七〇年代初葉，韓國展開「民眾文化運動」，在大學校園和民主的文化人和知識界推展重新認識、學習和研究韓國民間傳統曲藝、文學、戲劇及說唱傳統的活動，並進一步從韓國民眾文化的基礎上發展新的民眾文學與戲曲的創作。在文學上，韓國作家提出描寫韓國民眾的生活與勞動為中心的「民眾文學論」，在不同的發展階段分別規定以「工人、農民、都市平民」和「當前促成社會和歷史變革的主導力量」為「民眾」一詞的定義，並發動作家到農村、工廠、城市後街等「現場」去生活蹲點。寫韓國資本主義現代化過程中日僱工和遊移零工的〈客地〉與〈到森浦之路〉便是黃晳暎著名的作品。

「民眾文學」與「民族文學」經常交錯使用。這是因為韓國作家認識到今日韓國「民眾」在政治和社會上所受的壓抑，直接從「外（國）勢（力）」支持的軍事獨裁體制來。而這獨裁專制又因民族的南北分裂、同族對立的「國家安全」體制給予南北當局以壓制民眾的藉口。描寫民族分裂的傷痕，力促韓半島的統一，反對外來霸權，成為「民眾文學」無法躲避的主題。當代韓國的民眾文學與民族文學因而相疊為一。黃皙暎的〈韓氏年代記〉便是描寫南北對立下一個知識分子的悲劇。

韓國文學界對民族分裂現狀的糾彈，以及對民族統一運動的迫切指向，表現在以「（民族）分裂（時代的）文學」一詞來規定戰後韓文學的基本性格，主張作家描寫（民族）分裂時代的生活與情感，並指向民族統一的未來而思維、生活與創作。

韓國作家並進一步認識到，韓國民眾文學和民族文學的主題：反對帝國主義霸權，糾彈「外勢」卵翼的獨裁買辦政府，描寫「變革歷史的主力」之民眾的生活與葛藤，克服民族在霸權下的分裂歷史，即「國家獨立、民族解放」的主題，是第三世界民眾運動和文學運動的共通主題，從而主張韓國文學與第三世界文學的「連帶意識」。黃皙暎特別強調「亞洲第三世界文學圈」的建立，使亞洲第三世界國家中的作家互通聲氣、共同奮鬥，為全亞洲民眾與民族反帝、民族自由而努力。黃皙暎即將出版的《武器的陰影》，便是以他在六〇年代末被迫參加越戰的體驗，反省亞洲人在國際霸權撥弄下自相殘殺的悲劇的力作，書末出版，已受亞洲文壇的強烈注目。

「鄉土文學」運動後台灣文壇的空虛化、虛驕化和反民族化，具體反映了當前台灣文壇思想、文化和實踐上的嚴重弱質與貧困。台灣文壇一次全面反省、學習和批判的思想運動的需要，迫在眉睫。

本文依據手稿校訂

1 本文依據手稿校訂，稿面無標註寫作時間。黃晳暎在一九八八年春與二〇〇二年夏兩度訪台，據文中述及二人在四月底會面與黃晳暎即將出版《武器的陰影》（一九八九），較可能作於一九八八年。

# 鄉土文學運動的反思

## 送韓國黃皙暎先生[1]

這數日間，和當代韓國傑出的小說家和民眾／民族文學運動家黃皙暎先生懇談，是我平生幾個難忘而美麗的體驗之一。

我們發現戰後的韓國和台灣有這些共同的地方：

——在霸強的干涉下，國土和民族一分為互相敵對、交戰的雙方，而這敵對與分斷因美日霸權主義的介入而長久化、固定化；

——在民族分斷、外國勢力的支配下，以「國家安全」、「反共」、「防諜」的名義，進行對民主、自由、言論、思想的壓抑。國土和民族的分裂，使台灣海峽兩岸、韓半島南北雙方處在極度反常的狀況，為雙方帶來重大損害；

——韓國和台灣戰後的經濟發展，都是在「分斷／國家安全／對美日附從」這個結構下，以對勞工的高度榨取、民主政治的壓抑、環境的破壞、民族分裂的持久化、民族主體性的喪失這些嚴重的代價換取的；

——至少在戰後十年，韓國人民曾經相信過在「美國霸權下的穩定」（Pax Americana），有過普遍親美、歡迎美軍駐在的情緒，尤以教會為然。台灣的知識分子、教會、在野黨和執政黨的親美、維持海峽分斷的思想，卻有愈演愈烈的現象。

一九六〇年韓「四一九」學生運動使李承晚政府垮台，卻造成朴正熙軍事政府更為苛烈而富有野心的政權的當政。朴正熙以進一步在政治、軍事和經濟上對美日附從的政策，從日本引巨額國債和投資，培植韓國寡頭獨占資本，以「先成長後分配」的口號，進行戰後韓國資本主義的建設，卻付出了工人階級的嚴重貧困化、農村殘破和城市無產者的更深的淪落這些慘烈的代價。

一九七〇年，嚴重的社會和階級矛盾在工人全泰壹焚身自殺事件中，集中地爆發。韓國的學生、知識人、教會、市民和文學家大為震駭，遂在文學上、文化上、知識上和神學上展開了民眾文學、民眾社會學和民眾神學等全面的思想運動和反省運動。韓國文學和文學家，在這狂飆的時代中，受到了民眾的教育，也深刻地教育了韓國的學生、知識人和民眾。

比起七〇年代初的台灣現代詩論戰和一九七七年後的鄉土文學論戰，雖然在理論次元上，韓國與台灣都有西方舶來文學批判、文學語言的大眾化、現實主義寫作路線、文學的民族風格與形式和文學為大眾和社會服務這些論題之提出，但是相形之下，台灣的運動卻有這些不同：

(一)理論發展上，沒有韓國強。韓國的民眾文學和民族文學論，與第三世界文學的連帶論，都有細緻深入的發展，並且已經從戰後韓國國家性格和社會特點去分析「民眾」一詞的文學底、社會科學與神學底定義，有相互體系性、結構性的歷史的、社會的視野。

(二)由於韓國的文學運動和學生運動、文化運動、政治運動互相應援，運動使文學家、文學作品在意識和藝術性上提升，並且形成一種趨迫文學家寫出壯大、優秀、激動人心的傑作。相形之下，現代詩論戰和鄉土文學論戰以後，台灣文學與民眾、與民眾運動脫節，作品的質量與數量，與韓國民眾文學相距甚遠。

(三)作為二十年韓國民主·民族和民眾運動之一個組成部分的韓國文學，發展到目前工人文學和民族文學，更加鮮明地揭舉了克服祖國分斷的歷史，謀祖國之主體的、民主的統一這樣一個文學任務。台灣卻在一九七九年美麗島事件後，文學上的民族分裂主義卻越是囂囂乎塵市。

韓國和台灣文學、文化與政治運動的差別，在於前者積累了二十年來的戰鬥，逐步揭破了同為戰後美國亞太防衛戰線上「基地國家」的韓國與台灣所共有的「冷戰／民族分斷／國家安全／對美日附從」的總的結構，並加以徹底的批判與超克，而台灣四十年來朝野雙方都沒有超過這個總結構的範圍，並且是為這總結構搞增強、為它服務的活動——而不是超克之、批判之。

當前在台灣的民族分裂主義的發展，歷史地看來，戰後亞太地區帝國主義霸權、國民政府和中共，都負有各自無可逃避的責任。但是，韓國黃晳暎們艱難、傑出而勇敢的奮鬥，自然地對台灣前進和統一論者，提出了嚴正的指責。在實踐、創作和學習上，台灣的朋友們太不行了，包括我自己在內，都應該全面、嚴肅地檢討自己吧。

我們的兄弟，我們亞洲民眾文學圈的戰友黃晳暎，即將在五月二日離台，繼續他意義深遠的旅行。我以這小文紀念我們兄弟似的友誼，並且預祝他一帆風順，旅中豐收。

本文依據手稿校訂

---

1 本文依據手稿校訂，稿面無標註寫作時間。黃晳暎在一九八八年春與二〇〇二年夏兩度訪台，據文末述及黃晳暎在台時間，較可能作於一九八八年。

# 庸俗化或者毀滅

## 九〇年代台灣文化發展的展望[1]

台灣九〇年代文化發展的趨勢，和同時期台灣經濟發展的展望，有密切的關係。

在國共內戰和世界冷戰對立的雙重結構下，台灣以廉價勞力參與了二十世紀六〇年代的世界資本主義分工，和中國民族經濟圈剝離，成為以美日兩國為中心的加工生產部門而展開了依賴的經濟發展。

因此，政治上長年高度權威主義支配，使四十年來台灣人文科學、社會科學和哲學一般的保守化、空洞化和貧弱化。而美國在台灣政治、軍事、經濟和文化上長期、全面的支配，台灣在知識上和文化上實際上已成為美國的殖民地，並且與一切殖民地一樣，主要地只擇取殖民者文化中最垃圾、保守、不完整和亞流的東西。一九八〇年代，台灣明顯地進入以加工出口輕工業而不是重化工業為基礎的大眾消費社會時代。與中國在地理、文化、政治上因霸權干涉造成的分離，使八〇年代的台灣文化急遽地走向庸俗主義、官能主義、享樂主義和反民族主義所造成的空前的混亂、價值解體……的時代。

一九八〇年代的台灣，以戒嚴令的解除，更親美的李登輝國民黨本土化（indigenization）體制登場，與國民黨同具親美、反共、反中國的意識形態特質，卻為政權的爭奪而與國民黨進行強烈鬥爭的民族分裂主義野黨在大選中獲得了有意義的勝利，以及因產業升級投資的躊躇而土地及股票投機成風，財富迅速的兩極分化等令人瞠目的景象告終。

對於九〇年代的台灣經濟，似乎有兩種完全不同的展望。

樂觀的一派，認為台灣同亞洲其他「新興工業化經濟體」（NIEs）在亞洲環太平洋經濟中有輝煌的前景。海峽兩岸經濟關係在九〇年代中可望有穩定持續的發展，而在高級電子產業方面，台灣也可望往中上部升級而促成台灣資本主義的高級化轉型……

不論如何，如果台灣經濟持續在九〇年代發展，人們很容易預見台灣文化的發展會繼續當前的庸俗化、商品化、「輕．薄．短．小」化發展。賺錢、經營、管理、消費……成為社會和生活最高的價值。創作和思想快速萎頓。一種「香港」化的文明逐漸形成。隨著台灣經濟的「國際化」和「自由化」，國際性消費文化和價值隨國際資本、商品和服務在台灣的擴張而氾濫。不但使台灣的中國特性，即連台灣的特性也逐漸曖昧化和模糊化。

一九九七年，香港併入中國的版圖，結束其殖民地的社會性質，而台灣與大陸的統一過程，在九〇年代列入台灣政治和經濟生活的議程。「統．獨」的爭論在九〇年代的台灣升高，自然會以一定的比率反映到九〇年代台灣的文化生活。

長年以美國為世界的全部的台灣，在作為市場的歐洲、中國大陸和環太平洋盆地對台灣的重要性急增之際，美國以外的國際文化、市場、商業情報，在九〇年代的台灣成為新的需要。

另一方面，在高度權威政治體制下得以毫無抵抗地掠奪台灣的人和自然環境而成長的台灣戰後資本主義，在八〇年代顯現出深刻的矛盾，造成人、自然環境、倫理……的解體。至九〇年代，「專制下成長」的亞洲資本主義所造成的尖銳矛盾，為台灣戰後政治肅清運動（一九五〇—一九五三）後的新的反資本主義運動、新的階級運動整備了客觀條件。但在同時，如果九〇年代台灣的大眾消費文化有持續發展的可能，則這反資本主義的、階級的、批判的文化和政治運動，也極可能被無力化、小群化。

九〇年代的台灣經濟展望，也有陰暗的一面。工資、地價、房租、幣值的高漲；過去四十年環境破壞造成的社會負債到了還債期；包括大陸在內的其他亞洲國家躋身於競爭激化的NIEs行列；甚至激化的統獨爭論招來海峽形勢的不安和台灣內部嚴重的敵對和分裂；世界資本主義體制在九〇年代上半發生無法挽回的大不景氣；台灣瘋狂、虛構的股市突然崩潰……都可能使台灣經濟面臨毀滅性的挫折與衰落。

台灣經濟的衰落和停滯，造成大量激動的工人、農民、小市民和城市貧民深刻的不滿。台灣內部無產階級政治運動固然疲弱，在八〇年代成長的右翼政團（親美、反共、反中國、台灣獨立）有可能在極端反中共的情緒和藉口下，領導不滿的小資產階級市民、貧困工、農民和城市貧民，建立反共、反華法西斯體制，造成繼五〇年代冷戰反共法西斯壓抑和八〇年代大眾消費文化之後另一次對於文化和思維的殘酷壓殺與破壞。

當然，九〇年代世界冷戰構造的進一步解體，以及隨這大解體、大重編的時代中美國對台灣政策的巨大變化，即從五〇年代至七〇年代的無條件全面干涉，到七〇年代以降的「有條件不干涉」，蛻變為「無條件不干涉」，使台灣反共、反中國政策失去了歷史的有利條件而失去實現的可能。

另外，台灣戰後資本主義的崩壞，台灣新法西斯主義的勃興，也可能助長它的反動，即激進的階級運動的形成。這當然發展了相應的激進的階級文化和民族解放的文化。

對於未來的預測，到頭來總是充滿了預測的當時無法料及的錯誤，甚至使過去的預測成為一場輕鬆的笑話了事。愚而好預測，是知識分子的大忌。然而受到編輯無法推辭的邀請，只好

# 笑而自曝其愚了……[1]

本文依據手稿校訂

1 本文依據手稿校訂，稿面無標註寫作時間。文中評述八〇年代並預測九〇年代台灣文化發展，可能作於一九八〇年代末。

# 關於馬曉濱案的事實及問題[1]

大陸來台「反共義士」馬曉濱誤蹈法網，綁架長榮海運老闆張榮發的兒子，雖未撕票，但已二審死刑。但馬曉濱的遭遇背後，卻隱藏著戒嚴歷史遺留下來的黑暗和當前台灣社會對包括中國大陸在內的「亞洲經濟難民」悲楚的命運，值得台灣社會各界的反思和補救。

## 一、馬曉濱的「故事」

一九八六年六月，馬曉濱和其他十八個大陸青年共十九人，每人出資五百人民幣，「買」下了一條小木船，由威海衛出發，偷渡南韓。他們出亡的目的，是近十年來亞洲眾民向工業發達國家大量流徙，以賺取高匯率外幣的大浪潮的一部分。「當時我才二十三歲，眼看著家鄉人到美、加打工幾年，賺很多錢回來，我也想在外吃苦十年、八年，賺大錢回來光宗耀祖。」馬曉濱在三月二十八日會見台灣人權組織和文化界人士時這樣說。

馬曉濱等十九人漂流到韓國以後，說明他們的目的是要經韓國往美國和加拿大。但韓國當局極力勸說他們到台灣來，說台灣的情況對他們來說遠比到美、加更為理想。他們「同意」之後就由台灣使館人員去見他們，把他們到台灣的好處描繪得更為美好，但條件是他們必須以投奔自由、棄絕共產主義的「反共義士」身分來台。由於原先到美、加的目的在韓、台情治人員的有意阻止下無法實現，他們只好終於以「反共」英雄的身分被接到台灣來。

據馬曉濱說，他們也知道台灣經濟發達，到台灣打工也是有利可圖的。但他們不選擇台灣，並不基於政治理由，而是「人一旦到台灣，因為兩岸敵對，將來無法再回大陸的老家。到美、加其他地方則可以在『成功』後回家」。

馬曉濱等十九個經濟難民，至此因韓、台當局反共政治宣傳的需要而硬生生地被化妝成「政治難民」，來到了台灣，經「救總」大肆宣傳以後，只二十四小時後，不是依照原先的許諾安排就業就學，而是送進了澎湖的「越南難民營」，接受情治人員不斷的偵審。八六年十一月，十九個「反共義士」中的四人（魏如姜、何永安、陳永峰、劉德金）被送回台北市博愛路警總偵訊七個多月。八七年六月，警總炮製了劉德金叛亂案，判刑五年許。解嚴之後，劉的義務辯護律師到大陸查證，發現劉德金口供中的指導「匪幹」，既非共產黨人，且目前因刑事案發交勞改單位服刑，劉案證明是百分之百台灣炮製的「匪諜」案件，劉乃提出非常上訴，一審駁回，目前正二次上訴中，在澎湖軟禁兩年，救總接馬曉濱他們回台北實施「職訓」之後，發了三萬元，要他們「自謀生活」，而不是當初保證的安排就學就業。馬曉濱和其他的人受盡「職業介紹所」和工廠對大陸難民的歧視和盤剝，淪落為台灣最低層勞力圈，從事營建工人和馬路修建工人及其他粗賤勞動。

這批人認識到一旦被掛上「反共義士」的名銜，永世無法回到大陸省親。在台灣又前途茫茫，思家之心尤切。這時馬曉濱聽人說「只要有大把鈔票，可以走後門辦移民或偷渡出境」，離開台灣，到一個可以自由回大陸的地方打工。但是命運使馬曉濱認識了在長榮海運當過守衛的王士杰。他們和另一個叫唐龍的人策畫了綁架長榮海運張榮發的兒子。錢拿到了手，人質放了，案發被捕，連續兩審都判了死刑，現在等著最高法院三審定讞。在目前中央一再強調整飭治安的勢頭上，時代的悲劇性小人物馬曉濱的下場，無法樂觀。

## 二、馬曉濱案背後的黑暗

馬曉濱綁架案，透露了歷史和政治所造成的荒謬和黑暗，值得台灣社會嚴肅思考和對待：

## （一）為政治目的製造「反共義士」問題

兩岸政治上長期敵對，造成絕對化的「反共・國家安全・戒嚴體制」。這個體制，使情治單位長期不受監督，長期特殊化，馴至為非作歹。四十年來，假的「匪諜案」，涉共性質的冤、假、錯案不計其數。情治機關一方面炮製政治的冤、假、錯案，另一方面，又仗著這些冤、假、錯案來肥大制度性情治結構和特務政治，卻造成無數個人和家族的被害。就馬曉濱案的源頭說，國民黨把原先就無意到台灣來的大陸經濟難民，為了上演「人民唾棄中共暴政，嚮往台灣，投奔自由」的政治把戲，連哄帶騙，硬生生地要十九個大陸經濟難民當「反共義士」，但骨子裡又對他們充滿了歧視、敵視，毫無同胞之義和同胞之情。國民黨反共政治異化到這麼猙獰的地步，令人心寒。國民應該（1）深入追究和調查不惜作偽欺騙、傷天害理的反共主義和「爭取」「反共義士」的制度下，有多少個案子、個人受到無告的被害？（2）追究「大陸救災總會」和反共情治機關的共犯歷史與共犯責任；（3）清理歷來炮製「反共義士」的專責機關，對它的業務、檔案、經濟、人事進行追查；（4）清查歷年來「反共義士」的行為、遭遇和現況。

## (二)國際反共警察合作蹂躪人權問題

在冷戰結構下，亞洲「自由世界」各國間，長期有法西斯的反共警察聯繫。一九六〇年代後期，日本安全警察將台灣「左傾」青年留學生陳玉璽以非法、暴力方法秘密強送台灣偵審判刑，在日本國會引起軒然大波。七〇年代初日警也曾與韓國情報單位合作，強押反對派領袖金大中返韓，震動世界人權輿論。如今韓國特警當局，必欲將原本以美、加為目的地的馬曉濱等十九個大陸經濟難民，送交台灣情治單位的理由、背景何在？值得深入調查。如果以「民主、自由」標榜於亞洲和世界的日本，可以和台灣情治單位勾結，秘密、暴力、非法、不惜蹂躪人權把一個台灣留學生押送台灣，一九八六年反共法西斯軍事獨裁的全斗煥韓國，和台灣情報機關合作，殘害我同胞，就更為可能了。

## (三)調查劉德金假「叛亂案」

十九個假「反共義士」被送到澎湖之後，被特務機關秘密偵審了兩個月。國民黨素來把每個「投奔自由」的人都送往情治單位偵審，基本上對自動來「投奔」的人都抱有極深的猜忌和敵意。

但是這十九個人，是韓台雙方反共偵警合力哄騙來台，卻也一樣不加信任，視同蛇蠍。國民黨特情單位，終於進一步炮製了劉德金「預備陰謀」叛亂案，判刑定讞。海峽半開之後，劉的律師到大陸查證，卻證明劉的口供完全是酷刑逼供下杜撰的故事！

這一嚴重破壞和違反人權的「政治案」，在解嚴後的台灣，考驗著這個社會的良心。國民應該深入這一假案、冤案的真相。

## （四）取締現代奴隸市場：「職業介紹所」

台灣的「職業介紹所」，存在已久，是奴工仲介買賣的地方。它結合「黑道」勢力，以扣押身分證為手段，剝削初涉城市的工人，強占別人勞動所得。「職業介紹所」與流氓、人口拐賣、脅迫賣淫、不法妨礙自由、恐嚇等犯罪有長久而密切的關係。

馬曉濱對台灣生活感到絕望，原因之一，是他在舉目無親的台灣，有不慎落入職業介紹掌握和壓迫的不幸經驗，和他後來鋌而走險、干犯法律有密切的關係。

## （五）為什麼馬曉濱罪不應死而又必欲其死？

馬曉濱的案卷提示：（1）馬曉濱們雖然綁了票，但得款後放了肉票，沒有殺人；（2）事實上，馬和同夥始終沒有殺人的蓄意，並明告過肉票不論拿不拿到錢一定放人，有口供在卷可查。依照過往的判例，只要不撕票，綁架案犯從不判死刑。

然而馬曉濱卻已二審死刑。

人們懷疑，在台灣企業家一片怨責社會治安惡化致使他們「被迫移民、脫產」之時，馬曉濱綁架台灣最大的財團之一長榮海運大老闆張榮發的子嗣，對極力要討好、穩定資本家的國府，這個情節與馬曉濱若綁的是其他較小、較不重要的殷富人家的兒子，肯定是不一樣的。

我們擔心，綁架台灣首富之子，孑然一身流亡來台的大陸人馬曉濱，會不會成為國府為討好資本家集團而不惜越例殺人？加上長年來台灣經濟在不正常條件下的發展所帶來的社會和人的異化，使社會犯罪日益猖狂，治安體系崩潰，形成強大的政治壓力，迫使政府要採取「重典」，「速審速決」。有如蟻螻般渺小的馬曉濱，能獲得法律正義公正的審決機會，恐怕更為渺茫了。

歷史地看來，台灣是經濟難民所興建的社會。最後一批來到台灣的難民潮，是一九四九年在大陸內戰中潰敗的國民黨集團。

然而這難民社會，理論上應該更能同情、愛護、保護難民，因為難民的苦痛、生活和經驗，早已應該成為台灣社會集體經驗的一部分。但事實卻正好相反。台灣是個對於難民同胞最殘酷、無情的地方。看看台灣對「泰北」地區反共難民的行為紀錄吧；看看我們對越南難民的紀錄好了；看看我們對世界其他地區因軍事、政治、經濟所造成的難民潮的態度和責任心吧；也看看五年來台灣社會怎樣對待亞洲農村湧來台灣的男女勞動者。至於大陸來的骨肉同胞，在馬祖、金門「前線」，我們用槍炮侍候；其來到台灣者，男的淪為社會最低邊的勞動者，女的如果不幸，甚至淪落煙花巷中。而不論男男女女，他們不能受到任何起碼的法律保障，只能在黑暗中獨孤地面對各種不可測知的慘禍、痛苦和剝削。至於反共義士，幸運的人被巨額「獎金」壓著、腐蝕著；如果不幸像那條船上的十九個「反共義士」，那麼有人成了「匪諜」，有人成了「綁匪」，有人淪為工地鷹架上扛鐵條、搬磚石的工人……相形之下，台灣去大陸的同胞，反而可以公開、合法，因此也受到了明顯的保障。以民主、自由、安和樂利自詡的台灣，豈可長此野蠻、冷酷下去。

如果這是你我的台灣，我們應該想想：我們對使台灣成為這樣的台灣該負些什麼責任？

本文依據手稿校訂

1 本文依據手稿校訂，稿面無標註寫作時間。陳映真曾於一九九〇年參與聲援馬曉濱（請參見《台灣人權》第二十四期，一九九〇年九月十五日），且因馬曉濱案二審判決於一九九〇年三月，本篇可能作於一九九〇年。

# 李登輝與冷戰教會在台灣 1

三月十一日，李登輝總統在國民大會代表基督徒團契的禮拜聚會上，引用了《聖經・以賽亞書》三十七章三十五到三十八節的經文，明白地表露了他對中國大陸所持的心智和立場。

李總統把中國大陸看成不信耶和華神的「外邦」，即西拿基立王所領導的亞述；把台灣比喻為敬畏耶和華神的希西家王所領導的猶太小國。在亞述的軍事威脅下，耶和華上帝垂聽了希西家王的祈禱，興起神兵，打殺了「十八萬五千」個亞述軍隊，亞述王並慘死在自己兒子手中。

李總統說，「相信神的人，神必保護他、拯救他；不信神、侮慢神的人，不論他一時如何強大，終必滅亡，而且會死在他自己人的手裡。」在稍後，李總統進一步引申道：「中共應當及早醒悟，放棄無神論，站在神的公義……否則，亞述王西拿基立和羅馬尼亞希奧塞古的下場，就是他們不久的結局。」

李總統極力推崇兩位蔣總統迭次斷言「共產政權必亡」，認為他們這深具「遠見」的話，「有神的啟示」。

## 冷戰教會的神學與邏輯

李總統的信仰和基於他的信仰所發展的對中國大陸的心智和立場，是「冷戰教會」標準的心智和立場：一切共產主義政權莫不是「邪惡的帝國」(evil empire)。而其所以邪惡，是因為它「不信神」，唯物主義，對世界充滿了侵略、擴張的野心。上帝對共產主義社會的懲罰是「落後」、「無成就可言」，並且，神終必興起神將天兵徹底消滅之。當然，在另一方面，一個「信神」的政權與社會，必然「繁榮、富裕、自由、民主」。神與這樣的社會同在，神「指示我們所當走的路，所當做之事」。

這樣的神學和邏輯，是世界基督教反共護教同盟的神學與邏輯；是韓國反共、勝共基督教派「統一教」文鮮明牧師的神學與邏輯；是西班牙法朗哥將軍的法西斯教會的神學與邏輯；是高華德和雷根以及三K黨的神學與邏輯；當然，更是四十年來國民黨宮廷教會的神學與邏輯；也是四十年來絕大多數台灣「國語教會」和「台語教會」大同小異的神學與邏輯。

葡萄牙、西班牙、英國、法國、美國這些「信神」而「繁榮、富裕」的國家，三百年來，都以對別民族的殘酷掠奪、奴役（如奴隸買賣和奴隸制）、種族滅絕、戰爭、索取鉅額「賠款」和不德貿易（如鴉片貿易）來達成資本的原始累積。戰後「最受上帝眷愛的國家」美國，在中近東、在朝鮮半島、在中南美洲、在亞洲，不知道幹了多少政變、煽動內戰、搞集體屠殺（在希臘、土耳其，在南韓的「四三」事件（一九四八年））和暗殺的勾當。一九五〇年到一九五三年台灣的政治肅清時期，正是美國大舉軍經援助台灣之時。而美國這「信神」的社會當前道德淪喪、教會衰疲和物質化，更是公開彰明的事實。三、四百年，主要以基督教文化為中心的世界資本主義的驚人「繁榮」化和「富裕」化的過程中，在第三世界留下了廣泛而深刻的獨裁主義（多為「信神、繁榮、富裕、民主、自由」的中心國所支持）、內戰、飢餓、「低強度衝突」（low intensity conflicts）、新殖民主義、文盲、生態崩盤、核能危機、少數民族的滅絕、娼妓的國際化和婦女、兒童的國際規模的被害。基督教會是為歌頌世界資本主義體系的權力而存在呢？還是為在世界資本主義體系發展過程中被「擠壓」（李總統的學術名言）出來的廣泛弱小者而存在呢？

再來稍微說一說被咒詛的社會主義吧。今天，包括李總統在內，資產階級的、反共沙文主義的全球媒體都一致歡呼：資本主義在它與社會主義將近一個世紀的競爭中，獲得了「歷史性的勝利」。對於世界冷戰教會來說，這說明社會經濟的發展（「繁榮、富裕」）與那個社會之信不信神有關。

依據一九八九年《Multinational Monitor》所刊一九七五年的資料，社會主義古巴的人均壽命、嬰兒死亡率、文盲率、城市中失業率等指數，均遠遠優於其他十三個中南美洲國家。以社會主義中國大陸和印度比，一九八五年五歲以下嬰兒死亡率分別為五十和一百五十；男／女別成人識字率分別為八二／五六與五七／二九；小學就學率分別為九三％與六八％；人均壽命分別為六十九與五十七歲；每日每人熱量供應（一九八三年）為一一一和九十六。研究指出，社會主義中國大陸的經濟成長率，在亞太地區第三世界諸經濟體中，僅次於韓國和台灣。計及十億人口、一九四九年當時的破產和荒廢、四十年經濟發展路線的幾次起落、轉折和試行錯誤，社會主義中國的這些成績，是絕不能輕慢和忽視的。我們引用這適在手邊的資料（V. Navarro. 1989. "Historical Triumph: Capitalism or Socialism?." *Monthly Review*. Vol. 41, No. 6, November 1989），不在爭辯「社會主義的優越性」，而是想要對冷戰教會和基督徒提出這樣一個問題：基督的榜樣和教誨，是誇口以無數弱小者的尊嚴甚至生命為犧牲所換來的「富裕」和奢侈、浪費，還是沉思基督無數行誼（例如「九餅二魚」的故事）中表現出來的計畫、分配、分享、平等，滿足人類長年來的飢餓以建立自尊，而不是少數人奢華有餘……的神學意義？

# 和中國近現代反帝．反封建歷史運動對立的教會

冷戰教會對共產主義「邪惡帝國」的刻骨仇恨，部分來自第二次世界大戰後廣泛共產主義政權對教會和神職人員的「迫害」。只以中國而言，十九世紀中葉在中國遼闊內地建立的基督教系統（教會、神學院、教會醫院和學校、傳教機關等等）遭到一個無神論政權的干涉而幾乎全面退出大陸。這在中國教會史和神學上都是一件等待中國教會和信徒去沉思的大事。它是魔鬼一時的勝利？還是上主對中國布教歷史中教會所犯錯誤的一次深具啟示的鞭打和重生的工作？

然而，據我有限的閱讀，一九五〇年流亡、會集在台灣的反共．冷戰教會，對這樣一件中國布教史上的大事，鮮有悔改和反省的態度。

隨鴉片戰爭中國的敗北以具來的基督教百餘年在華布教史中（唐代「景教」的傳入成效極微，不論），毫無疑問地，有過不少聖善、熱愛中華和它的人民的中外基督聖徒，在介紹新知西學、介紹科學、醫學、建設醫院和現代學堂等工作上，以基督之愛，將其一生獻給中華，對我們民族的精神和物質的發展，做了不能磨滅的貢獻。

當然，一百六十年的基督教在華布教史也留下不能逃避的陰暗面。

在鴉片戰爭中被打敗的中國，被課予許多重大的羞辱性的懲罰：賠款、開港、治外法權、

勢力範圍，以及西人在華傳教之權。西人教士隨強迫開港啟埠，遍布包括台灣在內的中國，在堅船利砲的威光中布教。教士有戰勝者、征服者的特權，教會和信徒也從而分享了特權與威力，於是中國農民和「洋教」威權之間無數的磨擦和矛盾，造成層出不窮的「教案」，也造成帝國主義威權教會的進一步干涉，終至於爆發了「拳亂」。這義和團之亂，又進一步引起列強八國聯軍干涉與侵掠的藉口。如此循環擴大，基督的教會在中華大地上的擴張、在中國民族心靈上留下了深刻的羞辱、挫敗和傷痕。

一九二二年，西人傳教士約翰·麥特（J. Matt）在他題為《基督徒對中國的占領》（The Christian Occupation of China, 1922）的報告中，指出鴉片戰爭後的四十至六十年間，基督教在中國有長足的發展：計西人傳教士六千餘人，華人信徒三萬七千人，教會學校七千所，學生二十一萬人，全國六九三個教會機關遍布在三／四的中國大地上。「占領」一詞，無意間透露了當時西方教會對東方落後國家布教的帝國主義心智和神學。

一九四九年前，教會在大陸的布教，基本上採取了和士紳官僚合作，維護社會既有秩序的立場。在民族矛盾和階級矛盾十分激烈的十九世紀和二十世紀前葉的半殖民地·半封建社會，中國教會基本上和中國的各壓迫者階級——地主、士紳、官僚、買辦、殖民主義者和大資產階級站在一邊，而背棄了耶穌在加利利生活和傳教時最寶貴的對象與同伴：社會最低層的民眾。

一八九〇年代，中國教會一般的反對中山先生的革命運動，一般的採取支持中國保持清王朝政治的政策。對一九一一年成立的共和民國，在華教會一般的是杯葛的；一九一五年袁世凱稱帝卻受到教會的擁護。一九二五年五卅慘案發生，絕大多數教會、教會學校反對青年學生和教徒參加反帝愛國的抗爭運動。一九四九年六月，國共內戰形勢明顯不利於國民黨，羅馬梵帝岡透過教廷駐華公使，通令當時的中國天主教徒和中共的黨、政、機關、團體、刊物劃清界線，違者一律逐出教門！總的來說，十九世紀與東漸的西方勢力來華的基督教，基本上不幸地和當時中國民眾反帝、反封建的歷史運動站在對立而不是相同的立場上。

## 冷戰教會的形成

善良的基督徒如果不回顧這一段中華宣教歷史中的陰濕部分，就不能正確理解鴉片戰爭以後發展的中國教會在一九四九年所遭到的批判和鞭笞；就不能比較公正地理解四九年後大陸「三自教會」的異象；就不利於正直、聖善的中國基督徒以應有的懺悔去面對中國新教會的建設；也就不能理解四九年以後在台灣發展的冷戰教會與神學。

鴉片戰爭後的不平等條約，也強開了台灣的港埠，在列強的砲艦下開始了台灣的宣教。迨發展到日政時代，台灣的基度教會一般的成為殖民地開明地主階級和城市中產階級為核心的教會。一九三七年中日戰爭勃發，日本加強了軍皇國神道的支配。李總統所屬的那個教會在教義上做了重大背教，接受了神道崇拜。這背教和與日本軍政溫存的可憫的歷史，自戰後迄今，同教會一直不曾在基督前悔罪和清算。

一九四九年，一般的背負著出賣中國反帝、反封建歷史潮流的罪責的中國教會、教會機關、神職人和信徒，被大陸革命的奔流沖流到台灣來。一九五〇年，韓戰爆發，世界兩極對立的形勢達到了高峰，美國第七艦隊公開干涉海峽，一個「民族分裂—反共國家安全威權體制—對美日附從」的結構在台灣形成，台灣成為美國在亞洲太平洋包圍中國大陸的軍事基地國家。

這時候，世界保守教會以世界規模組成了反共護教組織。在台灣，基督教會很快地整編到反共冷戰教會的神學和組織中：

——蔣氏家族以基督徒的身分取得美國當局在政治上、經濟上的支持和信賴。

——以蔣氏家族為中心，發展了基督徒高級閣僚與官僚，其中以農業發展、財經官僚等與美國軍經援助有關者為多。

——台灣各教會成為美國救濟物資發放的先頭站。這些救濟物資的目的，在緩解戰後亞洲農村的貧困和破產，以防杜共產主義的煽動。

——各教會長期宣傳中共為無神論「邪惡帝國」，祈禱其早日消滅，以救人民於水火。各教會長期宣傳「台灣獨立」方案。它們推銷的對象，便是日政時代反民族士紳階級。柯喬治（George Kerr）把「信神」的台灣反民族士紳和具有反民族歷史的某教會當作接觸、影響的對象，是理所當然之事。和柯喬治關係密切的廖氏昆仲、兄嫂，便是這教會的重要領袖。

——在語言上，十九世紀來台西人傳教士以中國閩南廈門話為閩南標準語譯、說《聖經》，自然形成閩南語系教會，和一九四九年自大陸流亡來台的教會在語言上甚至「政治地位」上也形成了微妙的差別。一九五〇年六月韓戰發生後，美國一方面鮮明支持擁有六十萬軍隊的國府，一方面陰裡支持「一中一台」、「兩個中國」、「台灣獨立」和「台灣地位未定論」。美國對台的「兩手政策」，也反應在它的台灣教會政策上：美國右翼反共國際教會和「國語教會」聯繫，在政治上支持國府，反對中共「邪惡帝國」，而西方長老會則支持「台灣人民反抗中國赤色殖民政府的壓迫」，主張台灣與中國分裂的長期化。

——在反共、反「邪惡帝國」的延長線上，台語教會發生了強烈的反共、反中國、仇共、仇華的情結（註）[2]。

但儘管「國語教會」和「台語教會」有看似水火的差異，事實上兩個教會卻分享許多共同點：

——強烈的、極端的反共意識形態；

——視中共政權與社會為邪惡・危險・必遭天譴的惡之帝國；
——強烈親美親日。將美國富強和「民主自由」的原因說成因為美國是個「信神」、「基督教的國家」，以中共而不是美日新殖民主義為敵人；
——主張台灣與中國大陸民族分裂之不同程度的長期化——以至台灣獨立；
——共同背負著我民族史中反反帝、反反封建的紀錄；
——四十年來皆更進一步西化、美國化、精英中產階級化——同時非民族化和非民眾化；
——對大陸「三自教會」深懷冷戰偏見，態度傲慢。

## 哦，加利利的耶穌基督！

李總統的「中共＝邪惡帝國」論，其實是上述的中國／台灣近・現代布教史的一個可悲憫的產物。抱持著李總統同樣的想法和信仰的人，在無數台灣和海外善良的華人基督徒中，比比皆是。一九四九年中國教會史上的大變，顯然被廣泛地解釋成無神論者、撒旦一時的勝利，而上帝終於要擊滅共產主義以伸上主的公義。似乎從來沒有人把一九四九年中國教會的劇變與異象在神學和信仰上看成上帝對中國教會發展史中積蓄的罪責的、出於至愛的鞭打，從而在上主的鞭打中悔罪、反思和重生。從舊中國大陸流亡而來的大陸基督教會和台灣當地教會，在國共內戰和霸權對中國的冷戰干涉下，不但沒有在基督的鮮血中洗去它們長期和殖民主義、封建主義和反民族、反民眾主義溫存的罪愆，反而變本加厲。「台語教會」長期來為美帝國主義推行民族分裂主義固然鮮明彰著，但「國語教會」長期來在民族問題上的反動和曖昧，何嘗不是中國教會一代奇罪的共犯呢？

處在民族分裂的歷史時代的韓國基督徒，深刻地發現了耶路撒冷和加利利是兩組不同的概念。加利利飽受強國欺凌和蹂躪，人民貧困，長期被富足、傲慢、褻瀆的耶路撒冷所嘲笑。「但主耶穌卻選擇了加利利，而不就物質豐厚，和外國勢力勾結、腐敗糜萎的耶路撒冷。祂在加利利與病苦、窮乏、被忽視、被棄辱的人民相與勞動、祈禱、讀經、宣教，並為他們恆切祈禱，宣講地上天國的可能性；宣講人從精神上的罪和物質、制度之惡中得到解放的福音；宣教和平、愛、希望、正義和平等的信息。基督的宣教震動了猶太買辦文士和法利賽人階級的支配結構；顛覆了羅馬殖民主義的根基，而終於走上的磔刑的苦路……」

這是基督在韓國的肢體，經歷深刻的悔罪和反省後重生的神學——民眾的、民族的神學。一九八七年和八九年兩度訪韓，沉思韓國基督徒的靈修和實踐，使我熱淚盈眶，為我重新仰望、慕求和解放的基督，種下了最初的善籽。

哦，加利利的耶穌！誠然，歷史地看來，上主似乎一貫以辯證的方式開展和釋放祂的信譽：基督的教訓與文士、法利賽人的經學之間的辯證；帝王貴族的教會與農奴的教會間的辯證；封建貴族的教會與新興布爾喬亞教會間的辯證；北方的、白人的、中心國家的教會與南方的、第三世界邊陲教會間的辯證……即體制化的教會和批判的教會之間的辯證。

然而，台灣教會的四十年，卻一貫缺少這必要的辯證的對話，致使冷戰的、耶路撒冷的神學心智和價值發展到它最駭人的極致：封閉、偏執、保守、自義和法西斯蒂。李總統以大陸為「不信神」的「外邦」；深信上帝會興起天兵誅滅之；深信共產主義運動必遭「歷史性的失敗」；深信台灣的「富足」與「進步」是上帝的祝福（而不提及台灣在道德、社會、生態、政治上重大的危機），而大陸的「落後」是上帝對「不信神」的社會的懲罰……人們深深訝異：一個能寫出在工業收奪下的台灣農業經濟著名論文的李總統，他的基督教信仰，何以竟與也是高等知識分子的日人矢內原忠雄的信仰與實踐有天壤的距離？

## 即使是小了十號的雷根，也是危險的！

李總統的基督教信仰，是六〇年代高華德式的信仰；是五〇年代麥加錫參議員的基督教信仰；更是八〇年代瘋狂雷根總統的信仰——堅定不移地深信蘇聯是必誅之而後快的邪惡帝國，而掀起東西緊張的第二次冷戰。

在當前民族分裂歷史中領導台灣政局的李總統，作為一個決定性地影響台灣對大陸政策、影響國土統一和民族和解前途的李總統，這樣露骨而剛愎地、簡單化地懷抱著「邪惡帝國」論，即使是小了十號、百號的雷根，也是相當危險的。一個深信上帝會興天兵以「消滅共匪」的人，無論如何，不但很難期待他以現實的、實事求是的理性和智慧去維持、深化海峽的和平構造，而且很可能因不適當的宗教熱狂，無端地使海峽重新陷於緊張，甚至帶來民族內部更大的猜忌、敵對和浩劫。

而相形之下，台灣民間宗教卻表現了民眾的、草根的中國香火的感情。百餘年來基督教在華布教的歷史，曾經有過「教會多了一個信徒，國家少了一個公民」的未嘗不是過激的批評。具有中國民族和民眾主體的基督教會的建設，由於過去不幸的布教經驗，充滿了艱難和崎嶇。以李總統這次的「大陸＝邪惡帝國」論為代表的台灣冷戰神學和教會，使中國愛國努力建設和探索基督在中國大地上的真正肢體的、善良的基督徒道路，艱難加上了艱難，崎嶇加上了崎嶇。

本文依據手稿校訂

1 本文依據手稿校訂，稿面無標題、無標註寫作時間；篇題為編輯所加。文中提及李登輝之發言應在一九九〇年三月十一日的國大代表基督徒團契禮拜聚會，據此推估本篇可能作於一九九〇年。

2 原文如此，稿面無註文。

# 美帝國主義與「台灣獨立運動」1

六〇年代末期，以日本為中心，並從那時迄今以美國為基地而展開的所謂「台灣獨立運動」，乃是一種本質上完全不同於戰後第三世界的反帝國主義．民族／民主主義鬥爭．民族解放．國家獨立鬥爭的一種運動。戰後所展開的「台灣獨立運動」儘管在組織、派系、路線，乃至領導權上存在著這樣那樣的差異，但運動在根本上總是謀求中國分斷的永久化與固定化，從而將台灣搖身一變成為親美、反共、反中國（革命）的台灣買辦資產階級的獨立共和國、服務於美日新殖民主義的利益，並且視而不見廣泛存在的亞洲的民族民主解放鬥爭。

這篇小文乃試圖以一九四五年台灣解放」前後美帝國主義對台灣的占領和支配的歷史為背景，考察所謂台灣獨立諸運動的戰後冷戰的政治史。這篇小文將美國對台灣的占領區分為兩個歷史階段：首先是一九四六至一九四九年，然後是一九五〇年到一九七二年的第二階段。藉此，本文將回顧政策與實際面，考察冷戰結構中的美．蔣「反共基地／波拿巴國家」的成立以及台灣民主化運動的後進性乃至反動性，並主要省察台灣基督教長老教會的台灣住民自決運動和美帝國主義之間的關係。最後，本文將從美國在一九七九年發表的《台灣關係法》的帝國主義・干涉主義的本質出發，希望能夠歸結出基於亞洲各國、各民族的反帝・民主主義・解放與社會主義的連帶和鬥爭的亞洲人民的嶄新的另類（alternative）可能性的結論。

第二次世界大戰末期的一九四一年，日本帝國主義藉由偷襲珍珠港而引發了太平洋戰爭，日本在太平洋上的擴張開始遭到了美國的武力反擊。美軍當局採用「跳島戰術」之際，還曾一度將當時作為日本殖民地的台灣作為攻擊的目標。

當時，以美國外交官身分而在一九三七年至一九四〇年之間活躍於台灣的喬治・柯爾（George Kerr），曾向美國當局提出一旦美國占領台灣，美國應當以自己的力量促成台灣的「獨立自治」與「國際託管」這樣的計畫。

喬治・柯爾可說是繼十九世紀中期以武力強迫日本打開國門的的培里（Mathew C. Perry）司令官之後，基於台灣戰略位置的對美利益和重要性而提倡美國占領台灣的第二人。

## 美國的占領台灣：一九四六－一九四九

第二次世界大戰結束之後，美蘇兩大國的對立與鬥爭開始反映在國共兩黨在中國大陸上的內戰。特別是在一九四六年之後，美國看透了國民黨政府的終將失敗，因此開始建設西太平洋・遠東的反共封鎖之戰略構造，決定執行將台灣作為美國反共・反中國的軍事基地的占領計畫。而這個計畫的核心，最重要的就是將台灣改造成一個親美・反共並與中國分斷獨立的台灣的政策。

美國帝國主義的占領台灣與反共軍事基地化的政策，乃是從終戰翌年的一九四六年開始的。一九四六年，駐在台灣的美國新聞處[二]的C・摩爾根（C. Morgan）在台灣炮製了所謂的「輿論調查」。此一「調查」的結論說：

——台灣人討厭中國人，但對美國人有好感。

——終戰之後，台灣人比中國人更希望被美國統治。

發表了如此的報告，美國對台灣的干涉、占領，以及台灣與大陸的分斷化的輿論準備也就開始了。

一九四七年二月二十八日，台灣居民為了糾彈國民黨的政治腐敗、為了台灣民眾的民主主義、社會和政治的改革，而發動了全島性的蜂起，三月中旬，蔣介石軍隊藉由美軍艦隊的幫忙，向台灣運送軍隊，從而開始藉由武力鎮壓的手段展開綏靖。事件之後，前面提到的喬治·柯爾推薦了美國留學的台灣人廖文毅直接在上海向美國軍事當局的魏德邁（Wedemeyer）將軍提出了廖文毅所謂的《處理台灣問題意見書》，其中包含了要求將台灣交由聯合國託管，並通過公民投票解決台灣的歸屬問題之類的意見。而此正是非民族·反民族系的台灣人在同外國勢力的結合之下企圖將民族加以永久分斷之運動的開端。

同年，新上任的台灣美國新聞處處長卡特羅（Catlo）出席了當時的「台灣參議員聯誼會」，並公開向台灣的士紳階級拋售美國的台灣占領和干涉政策。卡特羅向聯誼會發表了以下內容的演說：

——台灣的法理位置未定。美國應該支持台灣人依照自己的「自由意志」決定台灣的歸屬權。

——（一九四七年）當時的台灣在理論上屬於東京GHQ（駐日盟軍總司令）麥克阿瑟將軍的管治之下。台灣人的政治要求可以直接向東京GHQ的麥克阿瑟本部提出。

——如果台灣民眾要求從中國永遠地分斷出去，美國將貢獻自己的力量。

美帝國主義的侵略台灣政策，伴隨著國共內戰時局的逆轉而變得更加積極。一九四八年，前述美國新聞處的康查理（R. P. Connium）指出，兩年多以來，面對著台灣解放之後昂然高漲的民族主義，美國強加給台灣民眾的「聯合國託管」、「公民投票」，乃至「台灣獨立」之類的議論都遭到了台灣民眾的拒絕，基於這樣的經驗，他在美國在台工作會議上提出了以下工作指示：

——台灣人是「排外的」，所以今後應該中止宣傳「聯合國託管」論。

——台灣人反對蔣介石政權，但不肯接受外國人的統治。

——今後的方針宜利用台灣民眾反蔣介石的傾向而煽動「台灣獨立」。

——美國在台灣的工作中心是：一旦蔣介石政權因為中國革命而崩壞，應該保護台灣使之不致「赤化」，在台灣內部預先培植親美勢力。為了使台灣成為美國的工具，美國必須確實地把握住台灣的走向。

——終極目標是將台灣從大陸中國永遠地分斷，建立起反蔣、反共、反蘇、親美的、獨立的台灣共和國。

同年，中國內戰激化，國民黨的主力大軍在淮海戰役中潰滅，美國當局則宣告「台灣與澎湖群島的安全直接關係到日本和馬來西亞半島的安定，美國將運用外交和經濟等一切力量將台灣長期置於對美友好的政權統治之下」。美國干涉台灣的意圖由此昭然若揭地表現了出來。

一九四九年，國民黨政府全面敗北之際，美國「國家安全會議」與「參謀首長聯合會議」的文件中提出了「台灣地位未定；美國支持台灣獨立分子和煽動台獨和美國的利益相一致」。同年六月，喬治・肯南（George Kennan）在《台灣問題意見書》提出意見認為，美國應當運用自身強大的國力，讓美軍遂行對台灣的占領，並在美軍的「監督」之下，通過公民投票而使台灣成為一個親美的獨立國家。

## 美國的占領台灣：一九五〇—一九七二

一九四六年到一九四九年之間，美帝國主義預見到蔣介石政權的終結，於是預先規畫藉由台灣交由「聯合國託管」以及「公民投票」而實現「台灣獨立」，讓台灣與大陸之間永久地分斷，美國企圖變造出反中國工農政府、反共產主義，以及封鎖中國的美軍基地。戰後各種各樣的「台灣獨立運動」為了服務於美帝國主義自身的政治與軍事利益，而在台灣內部形成的反民族、與買辦勢力相勾結的反民族・反動運動，就是具有這種歷史本質的產物。

一九四九年十月，中華人民共和國成立。美國當局由於期待於中國與蘇聯之間的異質性和非同一性，因此顯現出放棄台灣，並與新中國保持外交關係的意向。一九五〇年一月，杜魯門總統聲明台灣政策，宣告「美國不干涉國共內戰與內爭」。美國一方面希望中共的「南斯拉夫『鐵托』化」，另一方面則同時一度顯著產生放棄台灣的傾向。

一九五〇年六月二十五日，朝鮮戰爭爆發。美國與新中國恢復外交關係的美夢破滅。於是美國又從一度出現的「放棄論」轉變為「全面干涉論」。朝鮮戰爭爆發之初，美國太平洋艦隊第七艦隊斷然開始進出台灣海峽。六月二十七日，杜魯門總統發表暴言，指出「共產軍對台灣的占領將直接構成對太平洋地區安全的威脅，而且也對在同地域實施合法且必要之行動的美軍安全造成威脅」。並單方面否定了《開羅宣言》與《波茨坦宣言》，提出台灣的法律地位一概未定的說法。一九五〇年七月，麥克阿瑟在台灣設置美國「海軍聯絡所」以及美國空軍十三航空隊的「台灣前進指揮部」，並為了對台灣提供反共軍事援助而於一九五一年設置以台北為中心的美國「軍事顧問團」。美帝國主義的武裝干涉，在朝鮮戰爭爆發之後，其更加積極地進入封鎖中國、分斷中國，以及台灣的美軍基地化和獨立化的方針。

一九五二年九月，美帝國主義硬是排除了中華人民共和國，強行與日本吉田政府與台灣政府簽訂《和平條約》。在此條約中，日本只宣告放棄對台灣與澎湖群島的主權，卻迴避了這些島嶼的中國主權問題。這是為了企圖捏造出方便美國占領台灣的「台灣地位未定論」的《國際法》「根據」。一九五四年十二月，美國與台灣簽訂《共同防禦條約》，台灣作為與中國分斷的一個獨立「國家」，成為了編入在太平洋地域美國反共軍事體制下的一個基地。

因為中國革命而遭到全面否定的蔣介石政權，本來應該在中國和世界的近代史中就此消失，但在以朝鮮戰爭為高峰的冷戰結構中，為了以美帝國主義為首的戰後世界資本主義體制的利益，蔣政權卻成為美國遠東反共軍事戰略基地的一部分，變成了美國的基地國家；而在台灣毫無任何一個階級與社會基礎的蔣介石難民政權，就因為美帝國主義的經濟和軍事援助而在中國分斷構造下的台灣形成了高度獨裁的「美國基地─反共波拿巴國家」(U. S. military base anti-communist Bonapart[ist] state)，進而成長並日趨龐大。

一九五〇年代中期之後，美帝國主義藉由將中國的分斷構造固定化、長期化，而試圖讓美國對台灣的武裝干涉政策無限期延長。各種各樣的「台灣獨立」、「兩個中國」、「一中一台」之類的、意圖將台灣置於美帝國主義保護國的論調，也就因此散布開來了。

一九五五年，美國艾森豪總統公開表示，「美國一直認真深入研究兩個中國的可能性。」

一九五八年十月，當時的美國國務卿杜勒斯在英國「獨立電視台」的節目訪談中，將台灣稱之為「中華民國」與「自由中國」，當時的美國副總統尼克森則露骨地宣告，台灣「有必要」成為「一千二百萬台灣人(Formosans)與華僑所效忠的獨立的台灣政府」。

一九五九年十月，美國務院再一次拋出「台灣地位未定論」，當時的艾森豪總統在某場記者會上，暴言「中國解放台灣乃是一個國際問題，而絕不是中國自身的內政問題」。同年十一月，美國參議院發表《康隆報告》(Conlon Asia Policy Report)。報告一方面提到了中國重返聯合國的問題，另一方面則又提到了讓「台灣共和國」成為美國之「保護國」的企畫。

一九六〇年七月，當時的甘迺迪總統對英國《星期日泰晤士報》(Sunday Times)的記者指出，「台灣有可能被承認為一個獨立的國家。」同年十一月，副國務卿包爾則指出，「長遠來看，兩個中國乃是解決中國問題的最好方案。也就是意味著一個獨立的台灣與一個中國之間的共存。」

一九六一年，美國駐聯合國首席代表史蒂芬森在美國國會參議院上，提出美國「應該支持台灣居民在聯合國監督之下通過公民投票決定自己命運的立場」。

一九六一年一月。費正清提出了所謂的「一個半中國」的理論。到了一九七〇年，曼德爾(Douglas Mendel)提出台灣只要通過「人民革命」而實現獨立，國共內戰的理由(civil war rationale)便於焉消失，而中國也就不再存有侵犯台灣的內戰動因。總之，這形形色色的奇談怪論都不過是美帝國主義為了藉由反中國和反共封鎖獲取戰後冷戰歷史中的戰略利益、使中國分斷固定化從而有利於美國占領台灣的論調而已。

## 「反共波拿巴國家」與台灣反體制運動的反動性格

我認為，很明確地，戰後台灣島內與海外的反蔣台獨運動正如上述所言不過是美帝國主義反中國、反共國際戰略構造的工具罷了。

從台灣內部的戰後史來看，首先是一九五〇年朝鮮戰爭爆發之後，美國第七艦隊與美國當局的默許之下，台灣蔣介石當局在一九五四年為止發動了規模廣大的、激烈而徹底的反共肅清。在三年的時間內，大約槍殺三千人，並有三千人遭到無期和有期徒刑。藉此，蔣介石當局針對日帝時期以來僥倖存活下來的社會主義者、民族解放運動分子、共產黨員，以及進步的知識人和工農分子執行了強行滅絕的政策。

在因一九四五年台灣解放所開啟的戰後，曾經協助日帝的分子以及日帝時代的反民族者不但未遭到清算，反而在美國和蔣介石反共恐怖之中和體制與權力相溫存；反倒是反日反帝的民族主義者們，卻因為美國與蔣介石反共法西斯而遭到殺害、拷問、投獄，以及長期監禁。從政治生態來看，戰後台灣內外出現的「台灣人」獨立運動，同日帝時代以來反帝民族解放鬥爭的歷史中成長起來的中國民族．民主主義者及其運動和組織的潰滅，不能分開考慮。

其次，解放之初，由於日帝支配五十年之下的台灣本土資產階級與現代僱傭勞動者階級兩方的空洞化，加上美帝國主義以台灣反中國．反共基地國家化的世界戰略，蔣介石難民政權為此構成了具有高度「相對自主性」（relative autonomy）的「美國基地－反共波拿巴國家」。針對台灣同胞，蔣介石難民政權便依憑著「民族分斷／反共國家安全體系／對美（日）扈從」的結構，以高度的法西斯獨裁統治台灣。

美．蔣的台灣波拿巴國家對台灣的左翼與革新勢力進行了徹底的鎮壓，以殘酷掠奪環境與人類的方式，遂行了「半邊陲資本主義」所需要的積累。而在其長期的、極端的法西斯支配之下，激化了人民的反感，從而順應著歷史階段而形成了稍微有些不同的民主化「黨外」運動。

一九五〇至六〇年代初期，以雷震為中心的自由民主派外省人和本省精英集結了起來，以《自由中國》月刊為機關論壇，展開了辛辣大膽的反國民黨民主化運動；然而，終究遭到了大逮捕，遭受了十五年的刑期，運動於焉崩潰。

這個階段的民主化運動乃是大陸時代的反國民黨資產階級民主主義運動在台灣的延長，並和解放之後的台灣新世代士紳階級相結合而發展出來的產物。就其在意識形態層面上採取完全反共、親美的態度以反對蔣介石獨裁來說，這樣的產物也並未超克冷戰思考。

第二階段的運動則在一九七五年前後通過一部分的老一代自由．民主派的士紳（李萬居、郭雨新）與年輕世代（康寧祥、許信良、張俊宏）的連帶，而以《台灣政論》月刊為中心而展開。

六〇年代後半，伴隨著勞動力密集．加工出口的輕工業產業的開展，體現為新興的台灣中小資產階級政治運動，即第二期的台灣民主化運動主要針對國民黨的獨裁和壟斷支配進行了批判。儘管如此，和韓國同時期的民主化運動比較起來，台灣的運動卻顯著缺少了民族統一和反對外國勢力(反日)之類的問題意識。就此來看，台灣的民主化運動相當保守。而這個階段的運動則於一九七七年的「中壢事件」落幕，這是為了反對國民黨在一九七七年普選之際的做票而引發的半暴動狀態的事件。

一九七九年十二月，在野的「黨外」(國民黨以外，也就是反體制・非體制民主運動的總稱)齊聚高雄市，為了守護世界人權日而集會。集會過程中，民眾和警察發生了激烈的衝突，並以「黨外」精英的大逮捕、大拘留而告終。這就是廣為人知的、有名的「高雄事件」或「美麗島事件」(《美麗島》即當時「黨外」的機關誌)。

這場以二十人為規模的大逮捕，並以五年至十五年有期徒刑而告終的「美麗島事件」，具有以下幾點特殊意義：(一)這場大逮捕招致了民眾對於「黨外」民主化運動廣泛的同情和支持；(二)被捕者的家屬和辯護律師們在下一次的普選中獲得了比前次選舉還要多的當選席次；(三)在事件的直接刺激下，島內開始產生了範圍比較廣泛的「台灣獨立」、「台灣前途(藉由公民投票)自決」等等的聲音。進入一九八〇年代之後，所謂的「統一」和「獨立」的對立和論爭開始在社會層面上展開，而「獨立」派勢力在近年又顯著地擴大。

一九八七年，台灣戰後史上首次的在野黨「民主進步黨」(簡稱「民進黨」)成立，沒多久，民進黨內就產生了明確提倡台灣獨立的「過激派」和主張公民投票自決的「穩健派」的爭論。儘管如此，兩派都依然是在冷戰邏輯的框架中，秉持著反共、反中、親美親日(也就是對美對日欠缺批判觀點)、反國民黨的、極端保守反共的「反體制」民主化運動。但在中美、中日恢復外交關係、宣告中國大陸是「中國唯一的合法政府」、「台灣是中國一部分」的條件下，台灣問題終於逐漸地被國際承認為中國的內政問題。在這樣的時代背景之下，民進黨卻以歷史倒錯的態度，試圖以全力推動台灣問題國際化、台灣地位未定論，乃至台灣的自決與獨立。筆者認為，台灣民主化運動的後進性、保守的性格，其最根本的原因根源於台灣的左翼激進傳統因為五〇年代初期國民黨所搞的反共肅清・恐怖主義而遭遇了徹底根絕。

## 台灣基督教長老教會與美帝國主義

一九七一年，蔣介石的台灣「國家」伴隨著美帝國主義壟斷操縱聯合國勢力的衰退而被逐出聯合國。台灣問題作為中國內政的性格因此再次浮上檯面，「台灣基督教長老教會」為此提出了「台灣人民擁有決定自己命運之權力」的公開宣言。一九七七年，長老教會發表《人權宣言》，提出要求蔣政權「採取有效措施，使台灣成為一個新而獨立的國家」之類的主張。台灣基督教長老教會所採取的這種立場，無非就是反共・反中國・反蔣介石・對美(包含西歐與日本)從屬化的、右翼反民族．反革命的買辦主義。

台灣基督教長老教會在外觀和形式上疑似是「激進宗教運動」(radical religious movement)，但實質上卻屬於帝國主義從屬化、反共、反中國的右翼保守主義。對於長老教會此種特質的分析，非得先從基督教在台灣的傳教史著手。

十九世紀西歐帝國主義在中國的勢力拓展讓淡水、台南等地作為「條約口岸」(treaty ports)而開港，而基督教與西歐傳教士便隨著「炮艦」強行進入台灣。主要以加拿大系和英國系的基督教長老教會為中心的新教傳教活動，挾著帝國主義的力量力促台灣的農民、地主，以及士紳階級改宗，但幾乎沒有什麼效果。

一八九五年，日本帝國主義占有了台灣，在台灣作為近代殖民地而被改造和掠奪的五十年間，台灣的不在地主、士紳、資產階級知識分子成為了台灣基督教長老教會的核心「長老」而發展起來。一九三七年，日本帝國主義對於中國大陸的侵略讓瘋狂的皇民意識形態和戰爭體制重新整編了日本本土與殖民地台灣。在這個時期，台灣基督教長老教會不但在政治上屈膝於日本帝國主義的皇國體制，就是在信仰上，也以神道崇拜背叛了耶穌。神道教的神棚公開置於教會之中供奉，接受信徒的禮拜。

另一方面，一九四九年，中國大陸的社會革命讓蔣介石政權流亡台灣，一九五〇年，就在亞太地區的冷戰態勢中，台灣作為美帝國主義的「基地－波拿巴國家」而存立並龐大化。過去在國民黨統治大陸時代與帝國主義、官吏、地主、買辦資產階級相溫存的中國各種基督教教會，都伴隨著共產革命的爆發而集中到了台灣。

就台灣民眾所使用的語言來說，漢語中的「閩南語系」和以北京話為基礎的中國共通語「普通話」在「口語」(spoken language)層面上存在著完全不相通的差異。由於從大陸流亡到台灣的宣教師和信徒大多使用「普通話」來進行傳教和禮拜，因此一般被稱為「國語教會」。「國語教會」的發展基於語言和歷史等因素，主要都以流亡於台灣的大陸系難民為中心。

為了在戰後充滿著貧困、不安，以及動亂的亞洲地域平定共產主義叛亂，美國以自身的剩餘農產品作為各種各樣的「救濟物資」而湧向包含台灣在內的亞洲地域。這種「救濟物資」乃是以亞洲各地的基督教會為中心而發放。和其他的「自由亞洲〔地區〕」一樣，台灣基督教會各教派、美國援助、美國支配、對美從屬的買辦權力和反共主義，成為了一個構成體，成為了戰後亞洲冷戰結構的重要部分。

就這樣，國語教會使用「普通話」，和反共主義權力與外國勢力相結合，遠離台灣本地民眾和底層社會，變成了一種不把台灣當成現實的家和土地的體制教會。

對此，台灣基督教長老教會，在語言方面則以閩南語（主要是福建省的廈門、漳州、泉州一帶的方言）為中心進行傳教。伴隨著台灣戰後資本主義的發展，教會的中心則從日帝時代的地主、士紳、資產階級精英階級轉移到近代資本家、資產階級、小資產階級、中產階級（管理者、律師、醫生、技術者）身上。他們疏遠於「普通話」教會的難民權力，擁有自身的階級性格。一方面他們總是不清算日帝時代的反民族歷史，另一方面則在戰後冷戰結構中直接與美國系基督教長老教會相結合，最終便陷入服務於美帝國主義利益的反共、反中國、對美從屬的基本意識形態模式，並作為美國的基地而展開了所謂的「台灣住民自決運動」。韓國教會的反美・反日・民主化統一志向，與具有親美（日）、反中國、反共、民族分斷主義性格的台灣基督教長老教會完全相對立。

台灣長老教會這種買辦的、反民族的、反中國的、反共的性格，具體顯現在該教會上層的領導層。該教會在國際上「很有名氣」的、身居美國的「台灣人自決・獨立運動」領頭人黃彰輝、黃武東以及宋泉盛這些牧師，他們都是持有美國公民權的「美國人」。他們通過美國眾議員羅比在一九七七年召開「台灣人權公聽會」，主張「為達成台灣人民獨立及自由的願望，我們促請蔣介石政府於此國際情勢危急之際，面對現實，採取有效措施，使台灣成為一個新而獨立的國家」，並公開表示，「台灣不想要共產主義。台灣的一千六百七十萬居民也不關心大陸的光復……如果台灣問題被當成中國內政問題，北京當局對台使用武力之事便永遠存在。但是，如果使台灣和大陸分裂的話，北京就必須好好考慮其意圖奪取台灣將作為怎樣嚴峻的國際事件而付出怎樣的代價」（高俊明牧師，一九七七）。另一方面，一般而言提倡革新主義、批判與實踐（critique and praxis）的WCC（普世教會協會）系統的機關和個人，並不知道台灣長老教會的後進的、反動的本質，因而予以支持乃至同調，致使台灣內部的革新系為之啞然。更值得我們注意的是，近兩三年間，為了新殖民地社會民眾的民主．民族運動的主體性的建設而基本上投注了深刻的信仰、良心，以及人力和物力的WCC系的URM（基督教城鄉宣教）與CCA（亞洲基督教協會），竟基於我們台灣革新系的人們所無法理解的理由，而與台灣長老教會進行了連帶，並圍繞著同教會的林宗正牧師而正密切發展著中國分斷、反中國、反共的組織訓練。台灣的URM與CCA將台灣的大陸系中國人（也就是一九四九年來台的難民）與台灣系中國人各自區別為「中國人」與「台灣人」，使台灣的教會突出了民族分裂主義的立場。當台灣的社會構成體被解釋為中國人對台灣人的「殖民地支配」，美帝國主義的新殖民主義支配與矛盾便遭到了隱沒，然後以台灣反民族買辦的反共資產階級獨立共和國將目前國民黨買辦資產階級政權取而代之，並藉由中國的民族分斷與外國勢力的相結合而永久化。WCC－URM－CCA與台灣長老教會的歷史關係及其關係的本質，終竟明明白白地墮落成反中國人民、反中國教會、反共、反革新解放的活動，這是不得不加以指出的。

## 《台灣關係法》(Taiwan Relation Act)與美帝國主義

一九七二年，中美關係發生根本變化。《中美上海公報》的發表表明了雙方在「中華人民共和國政府是中國的唯一合法政府」，「台灣是中國的一個省」具有共識。一九七九年一月，美國與台灣的外交關係中止，而中國(大陸)據此與美國締結了正式的外交關係。

但是，美帝國主義並未藉由單純的「邦交正常化」等表面的「法律」而放棄其對於台灣的支配。一九七九年三月，美國參議院與眾議院以壓倒性的多數通過《台灣關係法》。這一美國的國內法，對於一九五〇年以來中國事務，從「無條件・全面干涉主義」轉化為「有條件・不干涉主義」的帝國主義法律。舉例來說：

> 任何企圖以非和平方式來決定台灣的前途之舉——包括使用經濟抵制及禁運手段在內，將被視為對西太平洋地區和平及安定的威脅，而為美國所嚴重關切。
>
> 提供防禦性武器給台灣。三
>
> 維持美國的能力，以抵抗任何訴諸武力或使用其他方式高壓手段，而危及台灣人民安全及社會經濟制度的行動。

本法律的任何條款不得違反美國對人權的關切，尤其是對於台灣地區一千八百萬名居民人權的關切。茲此重申維護及促進所有台灣人民的人權是美國的目標。

從中國人民的立場看，此一惡名昭彰的《台灣關係法》乃是對中國內政之干涉，妨害中國以和平民主的方式實現民族統一，盡可能試圖延長中國的分斷，維持美國對台灣的長期支配。《台灣關係法》特別受到台灣自決·獨立派的歡迎，他們希望在《台灣關係法》的帝國主義「法律」庇蔭下持續推進民族分裂主義。

## 結論：亞洲反帝·民主·民族·社會主義連帶與鬥爭

台灣住民乃是由閩南系（福建省南部）漢族人、客家系（Hakka，廣東潮、惠兩地）漢族人、一九四九年因為中國革命而流亡台灣的難民（包含中國各省的）漢族系人，以及人口少到近四十萬人的馬來·波里尼西亞系台灣原住民族（native Taiwanese）所構成。四百年來，漢族系台灣人以其持續的台灣拓殖的歷程而壓迫並掠奪原住民族。特別是，原住民族與部落伴隨著戰後台灣資本主義的發展而遭遇的低度發展和破滅，使其面臨了可說是人種近乎滅絕的悲劇。

十九世紀的古典殖民主義藉由艦炮打開了中國的大門，而台灣則遭到了荷蘭、美國，英國等國的占領或鎖定，並最終因為日本帝國主義而在一八九五年之後陷入了五十年的殖民地支配。一九五〇年之後，台灣因為美帝國主義的軍事干涉而與中國分斷，在民族相殘之下形成了高度的法西斯反共國家安全體制的支配，而親美、反共、反中國、對美（日）從屬化的「美國基地─反共波拿巴國家」的成立與發展，則使台灣形成了美國新殖民地・官僚壟斷・邊陲資本主義的社會構成體。

美帝國主義為了自己的利益，從一九五〇年以來，強使中國分斷，並實行把台灣改編成親美、反共、反中國的獨立的台灣買辦資產階級共和國的台灣政策。一九五〇至一九五四年間，更以激烈的反共肅清的恐怖手段根絕了台灣的激進傳統，四十年來極端反共的意識形態裝置的支配，加以台灣知識層的知識與文化方面的美國化改造（留學政策、人員交流、教育訓練等等），使得台灣成功地依據美國所描繪的「親美・反共・反中國」的形象遭到改造和重編。不但國民黨政權，就連批判並反抗國民黨的台灣「民主化運動」也都具有親美、反共、反中國的特質，至於直接服務於美帝國主義利益的台灣獨立・自決運動則更是越來越顯著地親美、反共、反中國。

全世界中，特別是第三世界中，大概沒有一個地方像台灣這樣既出現了革新的民族・民主主義勢力的衰退，還缺少批判美國與日本新殖民主義的視野，甚至連體制和反體制的兩方都共同地反共・反民族。

為此，台灣的反國民黨民主化運動、台灣獨立・自決運動的後進與反動的本質，在亞洲、第三世界的反帝國主義的民族・民主・解放運動圈裡遭到忽略，甚至——尤其是台灣獨立——被視為與亞洲、第三世界裡的民主主義、民族解放相同的東西。在這種狀況下，台灣獨立・自決運動往往獲得了同情、支持，乃至連帶，然而該運動所內含的美帝國主義嚴酷性、反共、反動，以及直接反中國人民的性格卻一直罕為人知。再度強調，WCC－URM－CCA對於台灣基督教長老教會的中國分斷主義的連帶，不正是最令人感到遺憾的例子嗎。

迎向二十一世紀的亞洲人民將進入面對美日壟斷資本所造成的緊密的支配與掠奪的時代。國際壟斷資本在亞太地區重編了新的國際分工，從而使美日帝國主義資本強化了自身對於亞洲各國、各民族的支配。而這樣的支配以所謂「ASEAN時代」、「亞太時代」之類的說法，瀰漫於亞太各低度發展國家，而廣泛的亞太地區便以美日新殖民主義壟斷資本為中心，作為廣泛的邊陲而獲得整編。

發生在中國北京的天安門事件，最重要的是讓我們深刻見習了貧困國家在新帝國主義時代進行民族積累的巨大困難，見習了帝國主義・資產階級意識形態如何強力支配了各低度發展民族，見習了西方列強對於貧困國家為保衛自身主體而建設的努力所抱持的根深蒂固敵意，並見習了國際媒體帝國主義的巨大惡意。一九五〇年以來，美帝國主義對中國所採取的武力．反共干涉，在台灣方面的體驗而言，則是長期的「台灣獨立」、「台灣住民自決」、「兩個中國」、「一中一台」等主張，將台灣改造為親美．反共．反中國的美國軍事基地的帝國主義及其加害的歷史。展望二十一世紀的亞洲，不管以前的時代究竟如何，我們都必須在人民的層次上展開堅固的連帶，必須對亞洲人民的共同敵人即美日新殖民主義展開不知疲倦的鬥爭。為了亞洲各國、各民族的反帝國主義鬥爭，民族主義與民主主義鬥爭，以及適應於各民族各國的社會主義變革和建設，我們必須在民眾層次上展開連帶、交流，以及協同鬥爭，如此一來，亞洲人民的另類（alternative）道路以及以亞洲人民為主體的新亞洲的激進的再編成，才能開始成為可能吧！

本文依據日文手稿中譯稿校訂

---

一　譯按：此處所稱的「解放」即「光復」。陳映真此處的譯法沿襲了韓國學界指稱一九四五年韓半島光復的用語。

二　譯按：陳映真原文均寫為「美國文化中心」，此處則改稱為符合內文所涉年代的美國文化中心原名「美國新聞處」。

三　譯按：美國在台協會漢譯版將《台灣關係法》所稱的「to provide Taiwan with arms of a defensive character」一句譯為「提供防禦性武器給台灣人民」，但此處陳映真則忠實地譯為「提供防禦性武器給台灣」。

1　本篇為日文手稿，由邱士杰譯，劉孝春校譯。手稿無標註寫作時間，文中提及台灣基督教長老教會與WCC、URM、CCA關係及一九八九北京天安門事件，可能作於一九九〇年代前半。

# 台灣反帝・人民民主主義變革運動初論[1]

## 一、序論

去年十二月初的大選，象徵性地顯示了這些發展：

（一）以民進黨美麗島系和新潮流系在選舉中的「勝利」，把美帝國主義霸占台灣分裂中國的代理人運動台灣獨立運動在戰後台灣歷史上推向了空前的高潮；

（二）李登輝體制在美國支持下，明顯推動國民黨的本土化改造，以因應台灣資本主義必須打破四十年重型產業與金融資本的「國家」獨治，逐步以「國會全面改選」和「修憲」的主導權，完成美國與國民黨主導的獨立台灣，使台灣與大陸的分裂關係固定化；

（三）國獨和台獨，以又鬥爭又團結的關係共同推進台灣獨立的反民族運動，從而在體制內取得矛盾統一；

（四）「左翼」「中國統一派」在這次大選中，也象徵性地表現了七〇年代中期後繼五〇年代肅清運動後重新興起後的最低潮。它在政治、文化、工運、社運各條戰線上呈現思想混亂、認識模糊、失敗主義、離心離德、組織渙散、紀律蕩無、士氣空前低落的情況。

十分明顯，如果以「夏潮」為主代表的革新力量不痛定思痛、重振隊伍，那麼它的覆滅只是時間的問題。

「夏潮」有過幾次「改組」和整頓。但是由於思想上沒有焦點、沒有統一，形式的整頓，無補於事。目前最急迫的需要，是試著以歷史唯物論的方法和觀點，對當前台灣「國家」和「社會」進行一次科學的分析。易言之，就是對當面台灣的社會構造體做出分析，並加以定性，規定當面台灣社會矛盾構造的核心及其性質，找出人民為自求解放時應該加以否定的構造以及與這構造相應的階級，找出變革歷史的指導力量和輔助力量，以結成變革運動最強大的統一戰線；規定當前台灣社會與歷史的變革之社會經濟學上的性質、方向與路線，從而據之以展開學生、環保、文藝、文化、原住民解放、工人運動和農民運動……。[2]

過去運動的失敗和不發展，在於對台灣社會及「國家」性質認識的空泛、幼稚，甚至長期沒有認識，以致在認識、行動、組織上陷於癱瘓，實踐力低下，主觀主義、唯心主義、事務主義和失敗主義不斷嚴重化。我個人在這些方面完全犯了嚴重的錯誤，蹉跎敷衍，問題益為嚴重。

由於事態和形勢嚴重，不能不不惴淺稷，先草擬當面台灣社會構成體論，用它來作為大家討論、反省與理論建議的起點。我深認為，大家據此經過認真、理性、科學的態度充分討論、爭辯，是一定能夠在目前大家認識水平的基礎上，取得比較一致、比較好的共同認識，從而以這共同認識形成過程中所獲得的思想上的發展為積極性的發展，重新整頓我們的隊伍，重新展開工作，並在實踐過程中，一點一滴地把理論完美化、正確化，使它發揮更大的指導戰鬥的作用。

## 二、台灣社會的「新殖民地」性質

### (一)從經濟體制上分析

第一，台灣戰後資本主義的初期積累，帶有美帝國主義反共·反中國干涉主義的非經濟性和新殖民地政治性。

(1)美農復會指導下的土地改革，是為了消除「地主–佃農」土地關係中的矛盾，以防杜共產主義在台灣農村的發展，最後有利建設一個非共、反共、親美的資本主義基地國家。

(2)美國對台軍援，是廉價支援、改造「國軍」，就地整編為現代化封鎖共產主義中國大陸，破壞中國人民社會主義政權的武力，同時分擔了國民黨軍事費用，有利台灣戰後資本主義積累和發展。

（3）美帝經濟援助買得國民黨政權對美帝國主義附庸化，增進戰後台灣資本積累，發展各種基建，並使美國得以深入滲透與支配台灣政經部門。

（4）美國擬定、促成的投資條例、匯率改革辦法，基本上在發展台灣私人資本，使台灣成為一個美式資本主義社會，作為反共基地台灣最可靠的社經基礎，並使台灣整編到以美帝為首的世界資本主義體系內部分工結構。

這些從一九五〇年開始的美國對台措施，是台灣資本主義發展的深部構造。台灣資本主義從發生當初，就帶著美國反共新殖民主義的根苗。

第二，台灣戰後基本生產工具，掌握在美獨占資本和國民黨買辦官僚資本手中。美國資本與台灣國營企業間各種技術、資本合作，使國民黨官僚資本（國營企業）帶有買辦性，也使美國掌握了對台支配的物質基盤。

第三，台灣加工出口資本主義，是以對日本的進口（原材料、半成品、技術、軟體）依賴與對美輸出的交互依賴而發展。台灣成為美日工業生產部門之一環，成為美國輕工業產品的生產基地，同時加深了日台經濟更深的垂直分工關係。台灣資本主義工業再生產具有高度對外依賴性。

第四，外來投資總數上在台灣國民經濟中所占比率雖不高，但美國和日本投資在台灣出口貿易中占有先進地位。

第五，國民黨獨占的官僚資本主義部門具有深刻買辦性（台電、石油、交通、台糖、肥料etc）。廣泛中小企業則編入「太平洋經濟發展三角關係」的國際分工之中，使台灣各產業部門不能有緊密的內部分工關係而建立更為自我完善的經濟構造，使台灣戰後資本主義失去民族主體性。

第六，美日獨占資本與國民黨買辦官僚獨占資本在台灣進行苛酷的對於勞動人民和自然環境的掠奪與剝削。國際分工和島內外層層轉包制度，使資本對環境的破壞和掠殺成為一種制度；極端反共專制和分工轉包，廣泛提高了台灣社會平均生產與擴大再生產勞動時間和強度，以外國生產基地而從屬。

綜上所述，台灣戰後資本主義，從其發生的時刻，一直到成長與發展，都在本質上深深地帶有美（日）新殖民地性格。一方面它不再設總督直接在台灣施行政治、經濟的支配，使國民黨國家有表面上的「獨立」性。但在事實上，台灣社會的經濟不能獨立自主，和美日新殖民主義結成中心和邊陲的關係，即在政治上，國民黨政府對美日毫無獨立主權可言，而在戰後冷戰結構下，對美（日）表現出明顯的附庸買辦，即新殖民地的性質。

## (二)從政治體制上來看

從台灣四十年來的政治制體制看台灣社會的新殖民地性格，可以舉出下列幾點——

第一，一九五〇年韓戰爆發，第七艦隊封禁海峽，宣布美國支持中華民國，「防衛」台灣。一九五三年，《中美協防條約》生效，美軍「依條約」深入「國軍」重要機關，並以軍援結構，在台灣形成美軍顧問團、大使館、農復會、美新處、開發總署以及CIA各種公開和隱蔽的單位，對台灣進行全面、強力的支配與干涉。而國民黨在與中共內戰中失敗覆亡的歷史，因冷戰的激化，在台灣受到美國出於間接占領台灣、包圍中國大陸的需要的斷然支持而敗部復活，乃不惜以民族利益與它自己政權的自主性作為交易的條件，在一九五〇年到一九七八年間美國全面無條件干涉台灣海峽，軍事占領台灣的時期，國民黨政府充分表現了對美國的隸屬化、附庸化和買辦化等新殖民地性質。

第二，一九五〇年以來，美國對台政策，在於塑造一個「親美、反共、與中國分立」的台灣，積極可使台灣成為美國反對中共、包圍中共的軍事戰略基地，消極可使台灣成為美國的附庸國家一如菲律賓等。因此美國的兩手，同時支持國獨和台獨，並且在八〇年代後期李登輝親美買辦政府成立後，美國正積極促成國府在其台灣化和土著化(本地化)過程中，與民進黨本地買辦資產階級民族分裂主義的溫和派合流，使台灣長期對美附庸化和新殖民地化，以使海峽分裂長期化和固定化。一九八九年末大選，美國已成功地使台灣朝野反民族、買辦、新殖民地親美資產階級在爭吵中走向體制化，展開台灣進一步對美（日）附從化的過程。

第三，從一九五〇年開始，美國在政治和文化上，對台灣進行有計畫、有步驟的美國附庸化改造。美國新聞處遍設於台北、台中、台南和高雄，宣傳美國「反共、民主、自由、繁榮、進步」的價值；長年留學制度造成人才外流和高等知識分子的「親美・保守・反共・反中國」性格；此外，美國透過各種「合作」計畫、「儲訓」計畫及「人員交換訪問」計畫，對台灣朝野政治、文藝、文化、新聞、軍事人員進行美國化洗腦及反共、反華訓練。這一切的營為，在李登輝體制登場，大量反民族・親美・反共・反中國知識分子為國獨、台獨推波助瀾的今天，顯現了台灣美國化政策長期執行的「傑出」效果，及台灣在政治、文化、知識上的美（日）殖民地化。

第四，世界戰後冷戰結構的形成，社會主義陣營的存在和發展，使美國對舊殖民地的接收和延長無法成功，前殖民地遂紛紛「獨立」，反帝民族民主運動的潮流高漲。美帝國主義乃改取新殖民地主義政策，在各前殖民地培養買辦法西斯軍事政權，鎮壓各地左翼民族解放勢力，以實力支持反共法西斯買辦國家。台灣亦復如此。

一九五〇年，美國對台各種軍經援助開始，卻在暗地裡支持國民黨對台灣反帝、民族解放、新民主主義運動家、進步知識人、文化人的殘酷逮捕、酷刑、槍殺和監禁，並以這反共恐怖，樹立了國民黨·法西斯·獨裁政權。當時在台灣完全沒有階級基礎的國民黨，是在美國授權下，為冷戰戰略的目標所成立的美國傀儡、附庸性法西斯，與二次戰前日、義、德具有政治經濟基礎的法西斯有所差別。

因此，一九五〇年由美帝國主義授權、轉包和武裝支持，在台灣成立的國民黨「國家」，有十分明顯的新殖民地傀儡、附庸和買辦性質。

## 三、台灣社會的「半邊陲主義」性質

### (一)台灣社會的資本主義性質

日據時代的台灣社會，明顯地是一個「殖民地·半封建」社會。除了至極明顯的現代殖民地性，由於「地主─佃農」的土地關係，經現代日本民法的約束下繼續在日本殖民體制下存在而為殖民支配所利用。因此，一方面是以「地主─佃農」制為骨幹的中國傳統封建宗法關係繼續存在，另一方面，地主階級對社會和政治已無法發揮傳統封建關係中的巨大作用。在另一方面，農業相對的資本主義化，殖民地資本主義生產關係增強，相對地使台灣社會封建部門「半封建」化。

但是在戰後台灣，土地改革消滅了傳統地主。傳統佃農變成零佃、獨立的小自耕農。一九六〇年代以後，外資導入，加工出口輕工業展開巨步發展，各種明顯的變化說明資本主義生產關係已成為今日台灣主要的、領導的生產方式和生產關係，已無疑義。

國民黨政權固然有「半封建．半殖民地」性格，代表大陸買辦階級、地主豪族、大資產階級和官僚階級，然而其階級基盤已在一九四九年的變革中崩潰，充其量也只能說「半封建」的殘餘。蔣家族及老立委、老國代的消亡已屬必然。國民黨的買辦官僚獨占資本性質與日俱增，而其「半封建」性則早已消失。

固然，目前農村中是否有新的「地主─佃農」關係，其地租或實物地租情況如何？富農經濟之存在與性質如何，皆有待進一步研究，作為台灣戰後資本主義非成熟、非主體性等性質之證明。但不論如何，台灣戰後經濟之相對的資本主義性，應無疑義。

## (二)台灣資本主義之「邊陲資本主義」性質

台灣戰後資本主義發展過程，也同時是對美日邊陲化的過程。

這個過程，離不開海峽民族分裂與對立，離不開美帝主義為反共政治不惜以反共專制，抑壓人權，而取得反共富國強兵的經濟成長。

因此，台灣戰後資本主義和先進的、成熟的資本主義不同，而內包著許多後進的性格。例如官僚資本主義因素（即官商合一、官商不分），山東、上海幫難民資本主義（華僑性格），以及公私營資本主義結構中血緣、地緣、派閥的性格等。

邊陲資本主義的發展，在其反共獨裁下的積累過程中，多以對人權、民主和自由的法西斯鎮壓為代價，並在反共的、買辦的獨裁下，壓低工資，讓美日跨國資本得以肆無忌憚地對人和自然進行原始掠奪。

台灣的邊陲資本主義化，是以五〇年展開的東西、兩岸對峙為背景的，並且以強化對日本經濟的垂直分工依賴，編入以美日新殖民主義為中心的太平洋資本主義體系中。

## （三）台灣資本主義的「半邊陲化」

從六〇年到八〇年初，台灣戰後資本主義的發展過程，伴隨著對美日中心資本主義經濟的邊陲過程。

一九八〇年代後半，美日貿易摩擦加劇，日幣大幅對美金升值。日本中級及中上級產業紛紛找上包括台灣在內的NIEs即「新興工業化經濟體」合作，促成它們的工業升級，以更高附加值的商品，繼續對美國市場增加輸出。

台灣資本主義因而更加深了與日本的垂直分工關係，在輸出產品「國內成分」相對降低，自日輸入技術、半成品、零件與機械設備相對增加的條件下增加了對美輸出，台灣和美日跨國獨占資本的企業內國際分工深化，進一步增加了經濟剩餘，從而從單純的、原始的邊陲化發展成「半邊陲化」。

台灣經濟的半邊陲化發展，增加了要求國民黨放棄對台灣重化工業的獨占和對金融企業的獨占。一九八九年李登輝解嚴體制，正為台灣官僚、買辦獨占資本與民間半買辦、半官僚資本的結合、重編過程，為台灣戰後資本主義的獨占化、巨大化，即買辦的國家獨占資本主義化做好準備。

## 四、台灣社會構造的性質是「新殖民地・半邊陲資本主義」

綜上所述，台灣戰後資本主義社會構造體，同時具有「新殖民地」和「半邊陲資本主義」的兩重性質。

必須指出：台灣戰後社會構成體的形成，是在美帝國主義干預下中國民族分裂的背景下形成。台灣社會矛盾結構的克服，不能不暫時地在「分裂國家」的框架中思考。這不意味台灣社會變革運動與大陸無關。相反，台灣社會變革的道路，與大陸社會主義革命的民主化（黨群間的民主關係）、自主化道路（克服中國大陸與世界資本主義市場經濟結合時發生新的買辦主義和邊陲化）有十分密切的關聯。台灣社會與大陸社會的各別特殊性與互動性，有辯證上矛盾而又統一的性質。

在上述台灣經濟體制、政治體制的分析所得出來「新殖民地．半邊陲資本主義」構造，怎樣反應在人的關係，即階級關係呢？

## （一）美（日）新帝國主義獨占資產階級

他們以直接投資、技術與資本合作在台灣活動。更重要的是，他們透過政治上的巨大影響力，掌握軍事、能源採購、貿易與生產。

在台灣，外國獨占資本在政治上的利益，遠比經濟、物質上的利益為大。在此意義上，台灣EIA、AIT各相關機關、學術交流基金會(即過去的美新處)、「亞洲基金會」,實質上代表了美國獨占資產階級在台灣深刻支配著李登輝時代的國民黨和政府,也支配著民進黨兩派親美、買辦資產階級。

## (二)國民黨官僚買辦獨占資產階級

在經濟上,他是台灣龐大「國營企業」(即國民黨國家資本主義企業)的官商資產階級。國民黨國家的買辦・新殖民地性質,自然規定了國民黨各級國家資本主義產業的買辦性和新殖民地性。

是故,台灣地方派系中,地方官僚資產階級,亦依附在國民黨政治特權中,從人民榨取利益。他們經由營造、建築、交通、地方金融、性產業而獨占利益和權力。

然而擴大而言,國民黨高層黨、政、軍、情治官僚階級,卻同屬於這一「官僚・買辦・獨占資本主義資產階級」的範疇。理由是,國家的政治經濟屬性,規定了這一龐大的特權官僚資產的屬性,他們以政治特權,浸透寄生在台灣買辦官僚資本主義各階層中以賄賂、腐敗、特權集聚私為。

## （三）本地買辦資產階級

台灣資本主義的「新殖民地性」和「半邊陲性」，使「國營企業」以外廣泛資產階級不能不帶有買辦性，而相對地缺少民族資產階級的獨立性。尤其是他們中比較大的、多少分享台灣島內市場的，為了自己的非經濟超額利潤，與外國資本、官僚資本主義合作的，「半買辦、半官僚資本家」，以及中小企業中與美日資本合作的最績優貿易公司資本屬之。他們與外國獨占資本、與國民黨官僚買辦獨占資本，既有共同利益，又有利益上的矛盾。

這三個階級，是冷戰構造和美國反共戰略所培養長大，成為代理美國獨占資本利益的階級，因此他們長期以來因國共對立、民族分斷獲得獨占利益，因此堅持要在美國支持和指揮下讓民族分裂繼續維持下去。他們是朝野兩派反民族・親美・反共・反中國・民族分裂主義的主要階級成員和推動者，是台灣社會的最高支配者。一九八九年十二月大選後，造成這三個階級趨同團結的開始，儘管表面上他們有熱烈的競爭與爭吵。

## （四）城市・鄉鎮新地主食利階級

隨著台灣資本主義的發展，城市化的擴張正迅速展開。全島土地在近年暴騰，房租高漲，社會經濟剩餘中越來越大的一部分為新興城鄉住屋、大樓、廠房地主所中飽。[3]此外，民間半金融企業如保險、信用合作社、農會、地下投資公司，集資哄抬購土地，使市鎮土地趨於集中。他們上焉者挾賄買特權進行擴張（如國泰系），下焉者受到國民黨反福利主義的保護，賃屋、購屋者無力抵抗，任其盤剝，在政治上是保守、反人民的性質。

## （五）中小企業資本家

台灣中小企業規模小、數量大（共約十一萬個企業）。它們的形成因素：

（1）島內市場為國民黨官僚買辦資本主義及少數民間半官僚、半買辦大企業獨占。

（2）在美國有意鼓勵下，在六〇年代加工出口工業發展政策中，對抗國營企業而存在、發展，編入世界分工中展開。

（3）銀行被獨占，只能以不斷接訂單來周轉與發展。

（4）國民黨有「外來政權」的殘留性格，格於過去的階級鬥爭體驗，對土著「富可敵國」的大企業有戒心，故在政策上採取不協助、不鼓勵產業巨大化的政策。

(5)此一階級的上層，與外國資本的技術、資金合作，成為日本出口工業的生產基地，創出附加值較高，利潤率也較大，擔負了台灣第二次技術和產業升級的任務，但同時也加深了他們的買辦性。

(6)大部分的中小企業資本，資本額少，購買新技術的力量弱，端賴不可思議的機靈、吸收、摸索，對自己和工人進行辛烈的剝削，艱苦奮鬥。

這個階級受到(一)－(四)階級的壓迫。在未來的展望中，隨台灣資本主義的獨占化、寡頭化，註定了沒落、破產或轉變成獨占大資本的轉包機關，因此有一定的變革願望。

這個階級對中國(統一)的態度，在七八年大陸開放、八八年台灣開放探親前後，有所改變。大陸廉價而豐厚的勞力市場，使他們敢於冒死犯禁與大陸貿易或在大陸投資……

(7)在未來資本獨占化趨勢下，他們只有消滅、淪為獨占資本各層轉包機關和單位之一途。

## (六)知識分子

隨著台灣資本主義的發展，和戰後台灣教育、文化方面的全面美國化，台灣知識分子中有複雜多樣的分化：

（1）留美系保守・親美・反共高級知識分子。留美高級知識分子，主要地是一九五〇年以後，台灣對美半殖民地化構造形成後自然的產物。

但是不能否認，留美高級知識分子中也有前進而革新的人。一九七〇年保釣、認同、統一運動，以及至今各別的進步、愛國的知識分子所在多有，但一般而言，他們是例外。

這一批「留美學人」、「專家」和「教授」，率多有極端親美、保守、反共，甚至有普遍反中國傾向。他們占領當前台灣政治、經濟、黨、商業、工業、教育等各領域中的重要位置，主張台灣與中國的分立、親美、反對社會主義中國……是社會的守舊、反民族勢力。他們是美帝國主義和買辦傀儡政權和買辦台獨的鷹犬和僕從。

（2）附生在外國企業、官僚買辦獨占企業、半官僚半買辦獨占大企業、國家研究單位的高級知識分子，分別負責各個不同範圍中管理職位的知識分子。他們自己沒有生產工具，卻分潤企業與機關的高級薪資，他們在政治上隨其所附依的企業性質而分別有買辦、官僚性質。

（3）自由業中產階級知識分子。他們是醫生、律師、工程師、會計師、大學教授等高收入自由職業者，他們當中有一部分人有留美（日）經歷，一般的親美（日）、保守、反共、反中國。

（4）中下層知識分子，他們是一般大學、專科出身的知識分子，擔任教師、職員、推銷員等。一九八八年以後，隨台灣財富再分配過程而貧困化。他們政治立場分歧，醉心於投機發財的人也不少。一般而言，他們向來未被意識化。

（5）（大專）學生，他們年輕、有朝氣、有熱情、有理想，肯為運動犧牲奉獻。但絕大部分人仍安於逸樂、不關心政治、冷漠。這主要是因為完全沒有被意識化的緣故，在政治上完全尚未開發。

## （七）工人階級

台灣的工人階級，是六〇年代以後從農村被「擠壓」出來、「離農」流入城市工廠、吸收到國營企業和廣泛中小企業生產單位的工資勞動者。一九八〇年，第二代城市工人登場，和農村關係更遠。他們的人數隨台灣資本主義化而劇增。他們是經濟上、政治上飽受壓迫、歧視和剝削的一個階級。他們受外國資本、買辦官僚獨占資本、半官僚半買辦大企業和廣泛中小企業資本的壓迫。尤有甚者，他們在四十年極端反共獨裁下，受到最劇烈的壓迫與掠奪，卻不能反抗，勞動三權長期遭到蹂躪。解嚴後，國家與資本依然堅定聯合，對工人階級施行毫不猶豫的鎮壓。

勞動階級目前尚未被意識化。在政治上覺悟低，對自己階級力量沒有自信，在長期凌辱與壓迫下，有悲觀、自卑、自棄的情緒。他們對於自己擺脫工人地位、自命中產階級、沉迷酒色、逃避現實、受到消費文化逸樂主義麻醉的人也不少。

然而他們物質上、精神上受苦最久、最深，非有結構變革無從解放翻身。在意識化、組織化的條件上，他們是真正具有主導台灣社會變革能力的一個階級。

## （八）農民

台灣的佃農在一九五〇年初消失。大量獨立的中小自耕農取代了過去地主、富農、中農、佃農、貧農的階級結構。

隨著工業和國家對農業、農民的壓榨，大量農民離農，成為廉價的龐大產業預備軍。農業人口有轉為軍、公、教中產階級，更多流入工業區成為高勞力密集產業的工人。

最近國民黨計畫進一步實施農業資本主義改造，以法律放棄「耕者有其田」政策，為資本主義土地再集中準備條件。新的佃農和工資農業無產階級的出現是有可能的。

其他養殖農業、某種經濟作物農業的「富農」階級，有待調查。

一般而言，農民長期受到國家和工業資本的盤剝，在城市化、資本主義過程中，只有趨於沒落的一途，但他們同時又具有小私有、小資產階級和自發的資本主義傾向。

在一定條件下，他們是變革運動的輔助力量。

## （九）城市貧民[4]

他們是「離農」的、年紀較大的、沒有特殊技能、為填補零細勞動力短缺的日僱工和城市小攤販、拾荒者，和無固定職業或失業的人口。他們對生活極端不滿，其中有人因為沒有意識化而成為「黨外」運動在城市中激烈的力量，是「台獨」運動激烈盲從的重要群眾。

## （十）台灣原住民族

原住民在台灣漢族資本主義發展中，成為島內的邊陲，在國民黨漢沙文主義同化主義上，台灣山地十族受盡雙重民族壓迫，即外國資本和漢資本主義的壓迫，還經歷民族、文化、社會、經濟的全面崩潰。在階級上，他們淪入台灣最低的勞動層，婦女和母性受到悲慘的摧殘。台灣少數民族面對與漢族支配、與外國支配的雙重民族解放鬥爭。目前的缺點，是他們未被意識化，受到民族失敗主義、自卑和虛無化的荼毒。

# 五、變革的性質、任務和力量

## （一）變革運動的性質：民族主義和人民民主主義的變革[5]

**美（日）帝國主義是四十年台灣社會矛盾的總根源：**

（1）在美（日）帝國主義支持和「授權」下，國民黨在台施行了四十年反共、分斷獨裁，並以高度獨裁的國家，進行資本主義生產與擴大再生產，和資本的高額積累。在政治上，為了美國在亞太地區戰略利益，美國支持國民黨長年在台的人權蹂躪、政治壓迫，為了支持國府對外「代表全中國」，間接支持「萬年國會」。美（日）帝國主義和國民黨反民族法西斯專制體制在民族對立分裂對抗中獨占巨大利益。

（2）美帝國主義也長期支持台灣買辦資產階級的台灣獨立運動，原準備在必要時取代國民黨，為美國干涉中國分裂中國服務。目前，在美國指導下，國民黨分裂主義進行本地化改造，準備和台灣買辦資產階級共同組成一個台灣買辦資產階級共和國，以中國的分裂結構，永久獨占在台灣的利益。

（3）台灣資本主義的邊陲化，和美（日）帝國主義對中國—台灣的干涉有深刻關聯。為克服台灣經濟的殖民地和邊陲化，必須根本地反對和打倒新帝國主義和新殖民主義。

因此，反對帝國主義，實現民族解放是殖民地半邊陲社會變革的第一個性質。具體的任務是：反對美、日帝國主義對台灣的支配，打倒和反對國民黨或非國民黨買辦政權，即國獨或台獨政權，先在台灣建立地方性中國民族自主的政權，克服民族分裂，有計畫、有階段地完成反□□□[6]。

因此，反帝、民族主義、民族解放是變革的第一個性質，直接打倒美（日）帝國主義，就是打倒國民黨買辦、官僚資產階級專制，就是打倒台灣買辦資產階級的台獨賣國主義；反對和打倒朝野台獨反民族買辦勢力，就是挖了美（日）新帝國主義在台支配的牆角。

**台灣半邊陲資本主義構成體的矛盾是：**

（1）國民黨買辦官僚獨占資本（國營重化工業與銀行以及地方官僚獨占資本）和私營大企業與廣泛中小企業資本的矛盾。這個矛盾，目前正透過一九八九年權力重編，以經濟上「自由化」、「國際化」，政治上台獨化、總統直選、改黨、老代表退職，以資本的獨占、寡占重編，與政治權力朝野買辦資產階級間的矛盾統一解決中。此一矛盾統一和重編的結果，是廣泛中產階級的貧困化，和工農、少數民族的進一步貧困化，以及台灣社會的進一步殖民地半邊陲資本主義化。

（2）國民黨官僚・買辦獨占資本、台灣民間買辦資本和人民大眾間的矛盾。

「人民」一詞，在當前歷史階段，在台灣社會，主要指的是台灣漢族和先住民族工人階級；其次指的是農民、一般先住民、城市貧民和進步的民族主義的知識分子、學生和市民。

國民黨官僚、買辦獨占資本和民間買辦資本，在政治上有這共同綱領：親美、反共、反中國。他們以台灣新殖民地化、邊陲資本主義化的強化和保持同中國的分裂為他們最大利益。因此，人民和他們之間存在著不能調和的鬥爭和矛盾，是變革運動應該打倒的對象。

但表面上看，國民黨和民間台獨運動有激烈的鬥爭，此為權力之爭，而不是階級利益和政治原則的鬥爭，應該深入地向人民宣傳和揭發它們的同一性。

（3）中小企業資本與人民的矛盾面與團結面。

中小企業是台灣外銷貿易的骨幹。但平時他們受到國民黨官僚買辦資本和民間半官僚、半買辦大企業資本以及新興城鄉地主食利階級的壓迫，且在「自由化」、「國際化」趨勢下將在官僚買辦獨占資本與民間大企業資本巨大化、獨占化過程中淪為制度性轉包工廠和商人。在這一點上，他們有一定的要求變革的願望。他們的願望，是打倒國民黨和民間買辦特權大資本的獨占，讓他們有機會分享機會和金融上的方便，要求更自由地到大陸投資設廠……

然而，他們在辛勤工作之外，也對環境和工人進行不得不然的苛刻掠奪，以完成其積累。這是在一定程度內和人民矛盾的。

（4）知識分子和人民的矛盾面與團結面。

知識分子不成為一階級，在比較發達的資本主義社會，因其配屬的資本而規定其階級性。尤其在邊陲資本主義社會，知識分子往往是買辦、精英資產階級的主要成員，為外國資本和各種買辦、半買辦資本服務，而與人民為敵。

邊陲資本社會的知識分子，尤其在台灣，特別具有親美、保守、極端反共、反社會主義的性格。

但是也不能忽略知識分子進步與變革的可能性。反帝民族解放運動和反對邊陲資本主義的鬥爭，沒有大量爭取知識分子參加，是不可能的。

因此，要對具體知識分子和群體，加以客觀、具體、科學的對待，加強宣傳和意識形態工作，以又團結又鬥爭、謙虛謹慎、團結一大片、與人為善、真誠相待的方針，團結和爭取之。

因之，台灣社會變革運動的第二個性質，是以台灣各族工人為變革運動的主導力量，以農民、城市貧民、愛國和進步的知識分子為同盟隊伍，以激進化、進步學生為變革的「重要催化力量」，團結一般知識分子、中小企業資本家和愛國的公民，進行人民的民主主義變革運動。

所以說人民的民主主義，是有別於由親美、保守的官僚、買辦資產階級、投機食利階級所包辦的一九八九年以後台灣的「民主」運動，是由台灣「新殖民地・半邊陲資本主義」社會底層廣泛工人為主導，農民、原住民、城市貧民為核心，再以愛國、進步學生為「重要力量」，團結愛國中小企業資本和其他愛國進步勢力，打倒外國勢力、各種買辦、官僚資產階級，實現以工人、農民、原住民、城市貧民和其他愛國階級、民眾聯合專政的民主主義。

反帝・人民民主主義的變革，在經濟上要打倒和反對外國資本的帝國主義支配，要反對和打倒買辦官僚獨占資本，以人民民主主義政權接收「國營企業」，改變其性質為人民民主主義國家的資本主義企業，並且改造半買辦、半官僚大資本為大型民族資本主義企業。

對於中小企業資本，要保障並鼓勵它們與大陸經濟進行民族內分工，協助其資本主義升級，並促成大陸初級輕工業的發展。

人民民主主義的經濟，依法限制城鄉投機土地資本對人民肆無忌憚的剝削，保障廠礦、公司、人民受到租賃、住屋、設廠的合理權利。

在政治上，人民民主主義反對帝國主義和殖民主義，必要時先建立台灣地方的中國民族自主政權。對外國帝國主義、對各種獨占的買辦、官僚資本及其階級進行鎮壓和改造，充分發展人民內部充分的民主主義。並在最終以和平、民主、自主方式完成祖國的統一。

在文化上，人民民主主義的文化，對外主張民族解放、民族自主、反帝反霸、團結第三世界民族／民主運動；對內發展、提高和創造工人、農民、原住民、城市貧民為核心的民眾文化和民族文化，批判洋奴買辦、保守反共、反民族、消費主義的庸俗色情文化，在學術、知識、文藝、文化上，建設具有中國民眾和民族特色的文化。

人民民主主義的社會運動，主張以民眾為中心，以各地區、地域為單位的社會運動，從地方人民的自己主導、自己調查研究、自己組織動員的工人運動、農民運動、社區運動、婦女運動、醫衛運動、環境運動、教育改革運動、原住民解放運動、殘障保護運動、反核電運動、和平反戰運動……落實「人民」當家作主的、真實的民主。

## 六、結論

(一)台灣當前的社會構造體性質，是新殖民地・半邊陲資本主義社會。

(二)新殖民地・半邊陲資本主義社會的矛盾構造是：

（1）美日帝國主義對人民（工人、農人、城市貧民、原住民、中下層中小企業、中下層市民、進步學生和知識分子）的壓迫；

（2）美日帝國主義＋國民黨買辦・官僚獨占資本主義對人民的壓迫；

（3）美日帝國主義＋國民黨買辦・官僚獨占資本主義＋半買辦・半官僚大企業資本＋城鄉新地主食利階級對人民的壓迫。

（三）在人民的陣營中，台灣各族工資勞動階級是變革的主導力量，農民和工人有密切的社會同盟關係。其他城市貧民、一般原住民是核心內的同盟，進步・反帝・愛國學生、知識分子和市民是重要的友軍。意識化以後的進步學生是變革運動主要的催化力量。

（四）變革的性質是：

（1）反帝・民族解放運動；

（2）人民民主主義變革運動；

（3）和平・人民民主的祖國統一運動。

（五）變革的任務：

（1）反對和打倒美日帝國主義及其朝野僕從，即國民黨和民進黨各系反動・反民族・親美・民族分裂主義；

（2）人民民主主義運動，即「人民」內部的民主，草根性、人民參與的民主運動，反對內外反動階級；

（3）在民族分裂歷史時期階段性、策略性以和平／非和平／兩者的矛盾統一方式建立台灣地區性中國民族自主政權，推動和完成祖國統一。

## 七、路線和實踐

（一）台灣社會變革運動路線，是反帝（民族解放）人民民主主義變革。反對美（日）新殖民主義問題不必贅論。而人民民主主義的提起，是要在以工人為核心的人民的統一戰線力量，領導台灣完成資本主義的成熟化與完善化，進一步為祖國民主社會主義改革開放的民族經濟發展戰略布署做出貢獻。它是台灣各族現代無產階級所領導的民族資本主義・民族資產階級性的變革。這是因為半邊陲資本主義下，台灣買辦・官僚資產階級的買辦性、賣國性、反民族性格和反動官商保守性，無法完成這一歷史任務的緣故。

（二）因此，實踐上的首要課題，是台灣各族工人階級先鋒隊伍的組成。從而，今後在理論・意識形態的建設、統合與為此一建設與統合的鬥爭、學習、組訓刻不容緩。

先鋒隊建設之後，在新的理論、思想武裝下，展開精準、隱蔽的組織工作，積極、迅捷、堅定，走進工人群眾展開意識化宣傳和組織工作，爭取三年內創造大好形勢。

（三）決定先鋒隊伍和勞動黨的組織、工作關係。

（四）要大力推進理論／意識形態工作。要組成理論建設工作組織，配合具體實踐與客觀形勢，發展和完善反帝·人民民主主義變革理論，以及聯繫這一理論和其他歷史、社會科學和文化、文藝創作、文藝批評的相關理論。

（五）和工人合作，同時以同樣切迫性和重要性，大抓學生工作，要有專責組織抓好大學校園內的學生工作。

（六）要大抓意識形態宣傳工作。在親美、保守、反共、反中國、反民族文化的知識環境中，要大破保守、買辦文化，大立反帝、人民民主主義的文化和意識形態。要有計畫、有步驟地重新爭奪台灣社會和歷史的解說權；要有計畫、有品質地、科學、客觀地展開認識新中國的文化運動，正確、公正、科學、有民族立場地認識新中國的成就和缺點、勝利與挫折。

（七）展開反帝·愛國·統一的人民統一戰線（popular front），廣泛創造和團結反帝·人民民主主義的戰線。

未署名

本文依據手稿校訂

1 本文依據手稿校訂，稿面無署名、無標註寫作時間。文中提及台灣選舉時事及政黨派系起落，可能作於一九九六年。

2 作者於手稿稿面本句旁標註「秩序上應以工農學生為先」。

3 手稿在本段旁寫有「他們和地方官僚資產階級，和買辦官僚資產階級有各種瓜葛」，可能為欲補入此段落的文句。

4 手稿在本段旁標註「vagabond，prostitute，gangs，不確定性」。

5 「五、變革的性質、任務和力量」大標下，僅有此處小標（一），而無（二）、（三）……。

6 手稿此處文句字跡模糊無法辨識。

# 共同的勝利和光榮

## 香港回歸的歷史意義[1]

十九世紀初期，經由工業革命，大規模的、機械化生產方式登上舞台，以英國為首的西歐資本主義有劃時代的發展。英國新興資產階級經由市民革命建立了自己的國家政權，並且為了尋求更大的市場、原料和勞動，向外擴張，以堅船利砲割占殖民地，世界於是進入帝國主義的時代。資本主義的發展帶來帝國主義，而帝國主義也增進資本主義的發展。一時之間，在二次大戰以前，估計全世界有七五％的人口，在帝國主義＝殖民主義下喘息。

一九一七年蘇聯革命後，成為亞洲、非洲、中南美洲各殖民地／半殖民地民族解放運動的策源地。經過二次大戰後，殖民地紛紛獨立。香港的非殖民地化，象徵著西歐在亞洲殖民主義掠奪歷史的終結；象徵著十九世紀舊式帝國主義時代的結束。

鴉片戰爭以後，中國由漫長、停滯的封建社會，向「半殖民地／半封建社會」淪落。半殖民地社會，不若完全的殖民地那樣，遭逢全民族的殖民地化和亡國化。半殖民地有形式上的、殘破的主權，但土地卻被瓜分為各國勢力範圍、租界和割讓地。到了第二次世界大戰結束以後，過去帝國主義列強強加於我的不平等條約基本上廢除，而依據不平等條約割占的勢力範圍、租界地、割占地——例如台灣——基本上皆告光復，重隸中華。

但是帝國主義時代和戰後冷戰時代的連續性和承接性，世界上仍有些殖民地不能解放。在我們的「盟國」英、美掣肘之下，在國共內戰與冷戰結構相結合下，國民政府在戰後收回香港的要求遭到峻拒，英國繼續在戰後統治香港。

今天，香港的回歸，便意味著中國半殖民地歷史殘留物的最終消除，鴉片戰爭以後國恥歷史的結束，中華民族向著民族解放、國家獨立的新時代邁開了更大的步伐。

香港回歸，台灣竟而有些尷尬。既不好咒罵，又不好開懷歡笑。這是歷史知識不足的結果，以為香港回歸是共產黨一家掙來的光榮。事實不然。

一九一九年的巴黎和會上，中國北洋政府的代表就提出過要求歸還新界的議案，因為國力衰弱，被列強打了回票。一九二四年，中山先生領導下，以廣州為基地的國民黨，在第一次全國代表大會宣言中，要求廢除一切不平等條約，並與列強重訂平等、友好新約，其中當然包含收回香港。但當時中國局勢紛亂，不為列強所理睬。一九四三年，抗戰勝利在望，國民政府提出戰後收回香港，並有以武力收回的計畫，但由於前述的原因而不果。

自從鴉片戰爭之後，中國陷入橫遭帝國主義豆剖瓜分的命運。但歷史地看來，中國人民前仆後繼、百折不撓地抗拒帝國主義的侵凌，終究沒有讓帝國主義亡了中國，反而在二十世紀中後，逐步走向獨立自強的道路。香港的回歸，是中國人民長期反帝獨立運動和歷屆政府堅苦卓絕的努力的共同結果，是一切不分政治派別的全體中國人能夠共享的勝利和光榮。

本文依據手稿校訂

1 本文依據手稿校訂，稿面無標註寫作時間。文中評述香港回歸，可能作於一九九七年。

# 民族分裂的悲哀 1

雖然我時常被看成政治性的人，但其實，我是一個搞文學的人。一九八〇年代以後，台灣的民族分離運動、台獨運動，似乎一年比一年普遍和高揚。我就常想，後日子孫看我們這個時代，恐怕就會問：在你們那個時代，許多人怎麼就不肯當中國人，怎麼就沒有愛國主義？

但歷史並不是這麼說的。一八九五年台灣割日，台灣人呼天搶地，通街號哭，匆忙間成立了一個抗日臨時政權「台灣民主國」，卻終於淪亡。日本近衛師團占據台灣時，一路上碰到十分堅強的抵抗，有些地方老弱婦女都戰死在抵抗的戰場上。一八九五—一九一五，台灣農民和地方豪強，以最落後的武器，和以最現代化武器裝備起來的日本帝國主義周旋了二十年之久。

一九二〇年到一九三一年，台灣人民以思想文化運動、社會運動、農民運動和工人運動，向日帝進行長期、堅決的抗爭，有人也奔向抗戰中的祖國，參加抗日鬥爭，寄希望於抗日勝利，光復台灣。一九三一年以後，非武裝抗日運動全面被鎮壓之後，台灣的文學家和文化工作者，一仍以新的創作和團結，堅持了抗日。甚至到了皇民運動最苛烈的四〇年代初，有些文學家仍然在屈折中抵抗。

《馬關條約》把台灣割予日本，是台灣和祖國的第一次分離。這第一次民族的分離和離散所造成的痛苦、悲傷、遺恨和忿怒，表現在這一段歷史留下來的檄文、宣言、就義殉國前的供狀，也表現在各社會運動的組織和營壘的綱領、宣言和口號中。無數優秀的文學作品，以更深刻的思想感情、鮮活的形象和語言，表現了我們民族被強權強加撕裂的屈辱、痛苦和悲憤。

一九四五年台灣光復，台灣人民舉島狂歡。台灣和大陸內地，藉著人員、書刊、雜誌的交流，建立起為今人所不能想像的、密切的思想、文化、文學以至政治上的聯繫。一九四六年內戰爆發，台灣人民和知識分子投以焦慮、關懷的目光。一九四七年元月，兩萬台灣學生發動示威，抗議美軍汙辱了北大女生沈崇，喊出「中華兒女不可侮！」、「美軍滾出中國去！」的口號。同年的二月事變，基本上和當時全中國反內戰、反獨裁、要求和平建國和高度地方自治的運動是同一性質，也都受到當時國民政府的鎮壓。

一九四七年十一月到一九四九年春，省內外作家、理論家、文化人，在《台灣新生報．橋》副刊上進行了關於建設台灣新文學的、熱情洋溢的爭論。他們幾乎眾口一詞地主張台灣（文學）是中國（文學）的一部分，使台灣文學得以復歸於中國文學，是建設台灣新文學的動機與目標。

他們主張到人民中生活，寫出反映台灣人民的生活的作品；他們也討論中國三〇年代的文藝理論，期望寫出更好、更深刻的作品。一九四九年四月，著名作家楊逵、《橋》副刊編者及同人歌雷與雷石榆被捕入獄。一九四五—一九四九年，台灣作家、文化人、知識分子和當時全國的形勢與思潮，是緊密地保持了一致。

一九五〇年韓戰爆發，美國第七艦隊封斷了海峽，我們的祖國再次分斷。為了外國勢力的戰略利益，為了一黨一家之私，我們民族再被割斷為兩邊，長期間互相憎惡、醜詆、仇恨和相殘。在民族對峙、國家分裂的構造上，我們對外國勢力恭順，對自己的民族鄙夷；讓別人的殺人武器花掉我們巨大的公帑，把彈頭從台灣指向自己的同胞；並且以「國家安全」的藉口，殺害了大量的過去抗日愛國的社會運動家、文學家、工農運動家和知識分子。

也恰恰是在這個同民族對峙、互相仇恨、受到外國操持的分裂構造上，長期地培養了一個怪胎：台獨運動的怪胎，時至今日，它已經為我們民族的發展造成一定的阻害。我們正在經受長期以來依恃外國勢力、對付自己的兄弟同胞所造成的禍害。而禍害中最大的，莫過於今日的知識分子對於當前民族分裂對立的現實不以為屈辱、不以為哀痛，更不以為憤怒。

台灣人民有過偉大、光榮的愛國主義傳統。這前面已經說過了。這愛國主義的實踐的力量，正是來自對民族屈辱的羞恥、忿怒與悲哀。對於帝國主義列強加於中國的侵凌所懷抱的屈辱、忿怒和悲哀，是二〇年代五四新文學運動的強大動力。對日帝殖民主義的強烈義忿和悲痛，也是日據下台灣新文學發展的強大動力。日本帝國主義的侵凌也是抗戰時期，一切抗日文學創作高發展的動力。

因此，我一直沒有忘記，我是在我們民族於外來勢力干涉下分裂、同族相殘這樣一個歷史時代在台灣的中國作家。民族離散、分裂帶來的恥辱、忿怒與悲哀，直到祖國完全統一之日，將是我生活、思想與創作最強大的鞭策與力量。

未署名
本文依據手稿校訂

1　本文依據手稿校訂，稿面無署名、無標註寫作時間，可能作於一九九〇年代。

# 看哪！那一面歷劫的赤旗……[1]

馬克思主義思潮在台灣的萌發和發展，受到二〇年代以降亞洲殖民地和半殖民地一般民族解放運動歷史發展的影響，另一方面也受到中國革命運動深刻的制約。

早在一九二〇年代初，殖民地台灣知識分子一方面受到殖民地生活中的矛盾的激發，一方面受到日本本土反對日本獨占資本主義和帝國主義的日共或左翼學者、思想家的影響，而開始研究馬克思主義，試圖認識殖民地生活中的巨大矛盾，並思進一步變革和實踐。一九二三年，和日本著名的社會主義者堺利彥、山川均相親炙的連溫卿，夥同蔣渭水和其他一些進步青年在台灣籌組了「社會問題研究會」，就是一個殖民地知識分子自發地在馬克思主義中尋求思想與實踐出路的一例。當然，在一九一七年共產主義蘇聯的成立，以及當時它在反對帝國主義、促進殖民地解放的思想、政策和實踐，強烈地吸引了當時亞洲、非洲、拉丁美洲的知識分子這樣一個歷史潮流下，台灣知識分子逐步向左傾斜，是理所當然的事。

其次，在日本本土，除了因日本獨占資本主義高度發展下劇烈的社會和階級矛盾條件上，有日本共產黨領導的日本無產階級政治、文化、思想和藝術運動，使日本左翼各戰線的運動家輩出，也聚集了來自半封建、半殖民地中國和日本殖民地朝鮮和台灣的學生、知識分了和工人。這就自然地促成一部分台灣留學日本的知識分子受到日本本地階級運動、朝鮮人在日民族解放運動，和透過中國在日留學生所帶來的中國左翼運動甚至中共的影響，而接受了馬克思主義關於帝國主義時代中殖民地民族、階級和文化等各方面理論與實踐的影響。例如一九二七年，東京帝大台灣學生加入「新人會」，就在「東京台灣青年會」中，增設了「社會科學研究部」，學習馬克思主義，並且和日本及台灣島內的左翼運動組織和個人展開積極的聯繫。今天我們尚知其名的楊逵、楊雲萍等，便曾是該「研究會」的成員。此外，日本共產黨人和台灣、朝鮮兩個日本殖民地左傾知識分子在國際主義原則下的團結，也是當時一個令人注目的特質。一九三二年，朝鮮、台灣和日本的共產黨人在「納普」（NAP，「全日本無產者藝術聯盟」）的指導下組成「文化同好會」，並發行屢遭鎮壓的機關刊物《同志》。其實，更早的，在東京的「台韓同志會」，就提出過共同反對日本帝國主義、台鮮民族鬥爭上的相互團結和「擁護中國革命」（國共合作）的綱領，這與四十年來台灣知識圈和運動圈不關心亞洲、第三世界的文化與鬥爭的狹小心態不可同日而語。

再次，台灣當時有大量知識分子分別到日本和中國大陸去留學。其中在兩地受到當地階級運動和民族解放思潮影響的台灣留學生，因逃避兩地憲警的偵查和通緝，在日本者逃亡於中國大陸，反之亦同，而造成台灣左翼知識分子和中國的階級與民族解放運動的擴大洗禮與合流。其中，謝雪紅和林木順、蘇新、蕭來福等人，在台灣、日本、中國大陸（甚至蘇聯）之間的往來與活動，是一個顯著的例子。

日本共產黨和日本左翼文化、文藝團體也派人潛伏來台工作。把推翻日本帝國主義、促進日本殖民地台灣和朝鮮的民族解放當作自己首要任務的日共，在台灣從事馬克思主義的宣傳與活動，策動台灣人民起而與日本殖民統治對決，是當然之事。而這也是台灣本地知識分子、文藝家甚至工人和農民接近馬克思主義思想影響的一個來源和條件。

中國共產黨的成立與它的工作，也對台灣二〇年代以降馬克思主義及實踐在台灣的發展，有極為深遠的影響。中共的「全國學生聯合會」在日本的中國留學生中有其組織和工作，自然地也使台灣留日學生和它發生了接觸和影響。例如該「學聯會」在日本就組織過「在日台灣學生聯合會」。在中國大陸的台灣留學生，也受到中共關係的「中台同志會」或「台灣革命軍青年團」的影響、吸收與組織。一九二八年四月，依共產國際（Comintern）的指令，在日共和中共的指導下，「台灣共產黨」作為日本共產黨民族支部的一環而在上海成立，就說明了中共和當時共產國際的實踐對台灣左翼運動的深遠影響。而台灣共產黨之隸屬於日共，也同時說明了在當時國際關係中，台灣作為日本帝國所擁有的殖民地地位條件上，台灣的民族解放運動被定性為反帝民族獨立運動這樣一個總的綱領而表現的理由。今日在性質上極端反共、親帝國主義和反中國的台獨運動，常常引用當時台灣甚至國際民族解放運動中以「台灣獨立」為政治綱領的表面現實來支持自己，是昧於當時無產階級運動具體歷史狀況的說法，從而也就無法理解《波茨坦宣言》後左翼運動中「台灣獨立」題綱自然消失的理由。而「台灣共產黨」的成立，也立刻對島內、對在大陸和日本的台灣知識分子、學生、社會運動和政治運動，發生了重大的影響。

從另一方面說，恰恰由於作為由中國割讓給日本殖民地的台灣這樣一個獨特的歷史條件，台灣的共產主義運動，在思想、路線、組織和在歷史上，就難免受到日本共產黨、日本共產主義運動和中國共產黨、中國共產主義運動的深刻影響。一九二七年到二八年，台灣左翼在左傾後的「台灣文化協會」中發生了思想和路線上的重大爭論。以中國大陸上海大學出身者為中心的「上大派」的王敏川系，和「非上大派」即主要受到日本山川均一派影響的連溫卿系的鬥爭，演變成連溫卿被開除的結果。此外日本左翼的分裂，也直接會投影於台灣的左翼運動。「山川派」和「福本派」的鬥爭，就曾波及到台灣著名的左翼作家和社會運動家楊逵，也波及到台灣的無產階級文藝運動的路線和組織的鬥爭。

從一九二〇年代初發展起來的台灣左翼政治、文化和社會運動，在日本酷苛的帝國主義和殖民地主義的條件下，奮勇顛仆前進，在殘酷的鎮壓、起訴、逮捕和拷問中受到極為重大的打擊。一九三七年日本發動侵華戰爭，並且點燃了台灣左翼民族解放運動家歷年來不憚於諄諄預警的「第二次帝國主義戰爭」戰火的同時，台灣共產黨的黨人和同情者遭受日帝全面性的鎮壓，使黨人被捕的被捕、逃亡的逃亡、潛隱的潛隱，有一些人也不免於變節投降。而曾經一度風飆雷動的運動，終於在日本帝國主義的鐵蹄下闃寂無聲。然而，僅僅十幾年左右的時光，日政時代台灣的無產階級抗日民族解放鬥爭的歷史，卻鍛鍊了一批英勇的兒女，至今受到紀念，其中並且還有人健在至今，過著富有民族與人間尊嚴的老戰士的生活：例如周合源、郭德金、王紫玉、潘欽信、莊春火……在今日一些關懷歷史和社會的座談會、講演會甚至社會運動的現場上，偶爾都能看見他們的身影。已經物故的謝雪紅、蘇新、王敏川、翁澤生、連溫卿、張文環、楊逵、王萬得……在台灣史的學者中，依然是耳熟能詳的歷史人物。

一九四五年，日本戰敗，日本帝國主義撤出台灣，台灣光復。從一九三七年被強力鎮壓、拷打、囚禁的黨人或出獄、或從地下恢復活動。一九四七年二月，台灣民眾在全中國社會和歷史巨大顛倒和重組的大風波中，對陳儀當局的苛烈掠奪和腐敗強烈的不滿，引發為市民蜂起。在這並不是由黨人發動的蜂起事件中，當時尚力量單薄的台灣共產黨人，不可諱言，不論在台北公會堂的文攻或台中地區的武鬥，都表現了相對傑出的政治認識、組織能力和戰鬥力量。在二月事件過程中，許多對「白色中國」幻滅的台灣青年，轉而對「赤色的中國」張開了期待的眼睛，隨著內戰形勢的快速逆轉，青年紛紛投向黨人的地下組織。

一九五〇年韓戰爆發，亞東形勢一變，東西冷戰推到了高峰，台灣成為美國對中國大陸進行反共軍事包圍的基地，美國第七艦隊封斷海峽，並且在「中美合作」的旗幟下對台進行大量軍經援助，鞏固國府在台灣嚴峻的統治。在美國支持下，國府自一九五〇年展開了為期四、五年全面、徹底、堅決而慘酷的反共政治肅清，使四千個少數真實和大量虛構的共產黨人、教授、知識分子、文化人、市民、工人和農民走上刑場，使另外約四千人投入自十年到十五年、無期徒刑的政治黑獄。一九二〇年初以來，在反對帝國主義、反對殖民主義、在中國民族解放運動中艱難成長、發展的台灣左翼思想、政治、文化運動和它的運動家，遭到徹底、乾淨的粉碎與消滅，一蹶而數十年於茲不得一振。而在血腥肅清的土壤上，在冷戰和內戰雙重結構上，美國意識形態藉其優異而強大的意識形態機關——美新處、美國使領館、留美系統、基金會、軍經援助機關、中情局、人員交換、交流和培訓——在台灣朝野進行全面的美國化改造，並且終於在「後蔣時代」成功地形成一個高度美國化的精英「康白度」(comprador)政權。而在這同一個過程中，美國也有效地在一定的台灣內部條件上培育了與國府屬性相同(親美、反共、反中共甚至反中國),卻在政權問題上與國府有殊死之爭的台灣分離主義運動。

一九六〇年代末,在中國文革和先進資本主義國家知識分子的左傾的反叛運動下,海外台灣留學生和僑生發生了局部、各別的左傾思想的胎動。一九七一年保衛釣魚台事件觸動了戰後一部分留學生反對美日帝國主義的左翼民族主義運動,並在反共戒嚴體制下的台灣引起波波漣漪,發展了現代詩論爭(一九七〇—七三)、鄉土文學論戰(一九七八—七九)和校園社會關懷(「百萬小時服務」、「社會調查運動」)及國事改革運動。

一九七六年文革結束,文革的暗部逐漸揭露,海外中國留學生的左翼運動迅速潰頹。保釣運動中民族主義派的餘緒,集結在《夏潮》雜誌,在鄉土文學論戰前後發揮了一定的進步啟蒙作用。台灣左翼激進傳統的薄弱及其在一九五〇年初的全面、徹底的潰滅;進步社會科學、理論認識和發展上的不足;對五〇年以後台灣社會性質之認識上的貧乏;與民眾和社會間重大的脫節……都使一九七八年台美斷交、台灣以《台灣關係法》編入美國保護地區的新殖民地關係以降,「夏潮」系日漸趨於萎縮。一九八九年北京六月事件和同年秋後東歐、蘇聯巨變的奔流,使台灣民間「左」系統一運動,遭到新的打擊。

一九八〇年中後,英文的激進社會科學書刊在少數精英學生中流行。在激進學生運動傳統極為單薄的校園,這些社會科學書刊究竟起著什麼樣的影響,不易究明。在反共、親美、反中國的台灣獨立運動教師和書刊大舉浸透台灣高校校園的背景下，基本上反對台獨，對中共當局政治與政策評價不統一，在民族統一問題上有從未相互辯解的分歧意見的，不乏品質優秀的進步知識分子之間，保持著苦悶的「分歧」甚至猜忌。

在我極為寡陋有限的閱讀範圍中，歷史地看來，台灣的左翼運動，一般的讓人覺得似乎是傑出、勇敢的運動家比較多，而深刻、有創見的理論家比較少。人們在連溫卿的論文（〈一九二七年的台灣〉）中看到有過「影響深遠」的台灣社會性質論爭——主張台灣資本主義過少而不是過多，因此在變革問題上應該發展資本主義、在政治上搞民族鬥爭而不是階級鬥爭的一派，和主張日本帝國主義下台灣永遠不可能發展土著資本主義、故應展開殖民地的階級鬥爭、達成台灣的解放一派的爭論——但未見雙方論文的全貌。至於無數的檄文和宣言文中所見，以一般的運動性、煽動性的分析與控訴為多，體系、科學的、具有創見的理論嫌少。這當然極大部分歸因於運動歷史的短促、運動環境的極端艱困與險惡，使運動的歷史還來不及鍛鍊出偉大的理論家。

當美國系、右翼、保守主義建制化高等知識分子長期占領了台灣自政治、經濟……以迄教育、意識形態高地，當同樣或更甚地親美（日）、反共、反中國的台獨運動以鉅額金錢出版、辦報（三家到四家日報）、搞「國策基金」和政黨等而自成「建制」的時代，當代自詡以馬克思主義的原則理解中國和改造中國的知識分子當前最急迫的課題，也許是對分裂的祖國的三個社會——

大陸、台灣和香港——進行比較客觀的、科學的——政治經濟學的分析，做出這三個社會之社會構造體的結論，並從而取得三個社會之變革運動論及其相關部分的結論，據以思考包括了香港和台灣的中國人民前去的方向，並在這樣的討論甚至爭論的過程中，取得彼此真誠的相互理解，並從而求取應有的團結與發展。

本文依據手稿校訂

1 本文依據手稿校訂，稿面無標註寫作時間，可能作於一九九〇年代。

# 和平·民主·自治·統一

## 二二八民變與省工委運動的傳統和精神[1]

在過去很長一段時期，國民黨當局以湮滅、歪曲的手段對待一九四七年台灣「二二八」民變的歷史。他們說「二二八」民變是潛伏在台灣的共產黨人煽動所引發的，是「喪失民族國家觀念」的部分台灣親日分子所為，藉此規避國民黨陳儀當局領台後百般惡政引發民忿，從而發展成人民蜂起的罪責。

另外還有一股由外國支持的台獨勢力，長期進行著偽造、歪曲、獨占「二二八」民變歷史的勾當。他們把「二二八」事件說成台灣人尋求獨立建國的原點，說成「台灣人反抗中國統治」的起點。

大凡歷史上的獨裁者、騙子和野心家，莫不以歪曲、變造和獨占歷史解釋，來支持他們殘酷的支配體制，遂行他們對權力的貪欲，欺世盜名，完成他們不可告人的圖謀。在今年的二二八紀念日，在朝在野的騙子和野心家，正在擴大他們瘋狂偽造歷史的勾當。他們以屈死於二二八民變和嗣後仆到馬場町的四千多個白色恐怖受難志士的鮮血為墨汁，肆無忌憚地顛倒黑白，把二二八民變和在台灣的新民主主義革命都寫成台灣獨立運動的序章。

所幸史事不遠，遺老猶生，文獻俱在。獨裁者、野心家和騙子們這次企圖以大規模歪曲和獨占台灣人民鮮血寫下的歷史，是註定要遭到可恥的失敗的。

騙子和野心家都在說，二二八民變是最早的台灣獨立運動，是「台灣人反抗中國人」的最早的鬥爭。

事實拆穿這可恥的謊言。

領導處理二二八民變的當時台灣最有威信、位階最高的人民群眾組織是「二二八處理委員會」。一九四七年三月七日所發表四十二條（其中最後十條是「處委會」中特情分子所加）《處理大綱》中，完全沒有台灣獨立的思想和要求。正相反，《處理大綱》強調要求以當時中華民國一省的地位，提升台灣的行政和政治地位，建議早日廢「長官公署」，正式建省。

因此，《處理大綱》有關政治方面的綱領第一條，就是「制定省自治法，為本省政治最高規範，以便實現國父建國大綱之理想」。其中，當時台灣人民對國家認同、對台灣定位的思想，十分明確。那就是認同台灣為當時中國的一省，並在省的地位上，要求切實的、有法律依據的自治。

應該注意到一九四七年當時，台灣尚未建台灣省政府。上述的綱領，也是要求廢除「長官公署」的臨時省政機關，要求台灣在行政上升格為中國的一省。這是進一步整合到祖國中國的要求，不是什麼從中國分離出去的要求。

其次，《處理大綱》具體、詳細地提出大量起用本省人擔任台灣省政的領導工作。例如「省各處長三分之二以上須由在本省居住十年以上者擔任之」，「各地方法院推舉檢察官以下司法人員，過半數以本省民充任」等等，這是要求在作為中國一省的基礎上，照顧台灣的特殊歷史與民情，要求高度的自治，讓台灣人民當家作主。

再次，《處理大綱》提出周全的民主要求，保障台灣省政中人民基本人權和民主權利。例如：「除警察機關之外，不得逮捕人犯」；「憲兵除軍隊之犯人外，不得逮捕人犯」；「禁止帶有政治性之逮捕拘禁」；「非武裝之集會結社自由」；「言論、出版、罷工絕對自由」等等。

此外，《處理大綱》也是兩岸和平的綱領，反對國民黨拉台灣人民到大陸打內戰。例如要求「在內陸之內戰未終息以前，除以守衛台灣為目的之外，絕對反對在台徵兵，以免台灣陷入內戰漩渦」。在自我認同為當時中國一省的基礎上，台灣人民反對國民黨打內戰，更反對使台灣牽涉到民族相殘的內戰，保障台灣的和平與安寧。

一九四七年三月四日，「處理委員會」宣言，此次運動除求改革政治、肅清貪官汙吏，「別無他求」。到三月五日，處委會李萬居報告：「此次事件目的在求政治改革，而非要求『託治』。」什麼是「託治」呢？就是國際「託管」台灣。原來，美國眼見中國大陸內戰失利，美國為自己的戰略利益，必欲將台澎從中國分離出去，以霸占台灣。因此，在二二八民變前後，美國當局大肆在台灣煽動台灣獨立和聯合國託管台灣，但除了像廖文毅等少數士紳地主，無人響應。李萬居的報告，反應了台灣人拒絕和反對台獨和託管的思想。

再從整個二二八民變過程中各群眾團體的文件、傳單、口號來看，更證實二二八民變根本是反國民黨貪官汙吏、要求民主自治的運動，是當時中國人民反對國民黨官僚資本的掠奪、反對國民黨腐敗獨裁統治、要求台灣的高度民主自治，甚至要求呼應大陸的革命、建立「新民主主義政府」的運動。例如——

「台灣省自治青年同盟」的綱領第一條，要「建設高度自治，完成新中國的模範省」。它的傳單號召「奔赴到本省高度自治的旗幟下吧！只有高度自治，才是台灣進步的唯一的、光榮的道路」。

一九四七年三月四日，台南市出現了一批標語，顯示國共內戰已延長到台灣來，而台灣有民眾呼應中共提出的政治號召：

趕走國民黨政治，實行自由新民主政府；

農工趕緊起來，趕走國民黨，建設新民主政府。

所謂「新民主政府」是以中國工農階級的同盟為核心，團結愛國的、進步的知識分子，民族資本家，反對國民黨政權所代表的地主、買辦資本家的新政權。但不論其色彩如何，體現出當時台灣人民在當時中國政治的框架中思索自己的出路，和「台灣獨立」毫不相干。

「台灣民主聯盟」的《告台灣同胞書（之一）》中說——

> 我們要求政治上徹底的改革，要求實現民主政治……我們是漢民族，應該和全國被獨裁一黨專政所壓迫的同胞攜手起來。我們切不要亂打外省中下級政府人員和商民，他們和我們一樣同一漢族同胞……
>
> 要和國內同胞精誠團結，打倒惡劣腐敗政治……

這一文件很清晰地表現出當時台灣人民充分認識到矛盾的本質不是什麼「中國人」和「台灣人」之間的矛盾。他們認識到，大陸人、台灣人都是漢民族。事變的根源，是全中國被壓迫人民和國民黨腐敗獨裁政權的矛盾。因此，呼籲被壓迫的本省人和外省人堅強的團結，打倒共同的敵人——「惡劣腐敗政治」！從而勸阻盲目「亂打外省中下級政府人員和商民」。

同一組織的另一份《告台灣同胞書（之二）》中說——

對著我們此次忍不可忍的抵抗，不只六百萬同胞熱烈響應，四萬萬五千萬全中國同胞也一樣寄以熱烈的同情……不分皂白毆打外省來的低中下級公務員的行動必須迅速停止……

接著，文件提出七條口號，其中有「打倒封建官僚資本」、「打倒分裂民族、歧視台胞的政策」、「停止毆打無辜外省同胞」、「不分本省外省全體人民攜手為政治民主奮鬥到底！」、「民主台灣萬歲！民主中國萬歲！」。

綜上所述，一九四七年台灣二二八民變的本質，是反對國民黨腐敗專橫的政治，要求政治改革，要求台灣正式建立省政府，施行有法律保障民主生活的高度自治權的運動。運動明白地認識到，包括台灣人民在內的全中國被壓迫人民與國民黨腐敗專制政權的矛盾才是問題真正的焦點，從而要求被壓迫的本省、外省同胞團結起來，打倒惡劣統治。

這哪裡是「台灣人民獨立建國的原點」？哪裡是「台灣人反抗中國人統治的起點」？

那些騙子和野心家還說，自二二八事變以後，台灣人民便完全拋棄了對中國的幻想，快步走向中國分離分裂的道路。

但歷史的事實又要再次揭破這些惡劣的謊言。

二二八台灣人民要求民主自治的蜂起，在三月八日登陸的國民黨軍殘暴鎮壓下歸於失敗。但是，以謝雪紅為首的台灣志士並沒有為之喪膽氣餒。八個月後的十一月十二日，以在二二八民變中親自領導了台中鬥爭的謝雪紅為首的「台灣民主自治同盟」宣告成立。這個繼承了二二八民變的歷史和精神傳統的組織，是以「爭取台灣省自治、響應全中國人民建立民主聯合政府」為宗旨的。「台盟」(「台灣民主自治同盟」的簡稱)的立場和路線，在它的「綱領」、「規程」和時局口號中表現得很清楚——

(一)台盟的規程中有一條：「本同盟以實現台灣省之民主政治及地方自治為宗旨。」這說明台盟以台灣為中國之一省、實現地方自治的根本立場。

(二)台盟的口號中，強調「打倒獨裁專政，實行人民民主」；綱領中也有一條：「設立民主聯合政府，建立獨立、和平、民主、富強與康樂的新中國。」這說明台盟以國民黨腐敗、專制政權為鬥爭的對象，打倒國民黨在台灣的地方政權，和台灣其他各黨派、各階級組成省民的民主聯合自治政府。

（三）台盟在當時的國際環境下，除了繼承二二八民變中凝聚起來的「民主、自治」的綱領，特別突出了一個新的綱領，那就是反對美國帝國主義及其在台宣傳的「台灣獨立」和「國際託管」。原來在二二八事變過後，美國開始強化對台灣的軍事占領和經濟掠奪，並且不斷地在台灣進行「台獨」和「託管」宣傳，因此，反對美帝、反對台獨、反對託管，成為當時「台盟」的一個新的、重要的任務。謝雪紅也迭次發表聲明，反對美帝國主義向台灣伸手，反對「台獨」和「國際託管台灣」，立主反蔣必須同時反美，缺一不可。

從「台盟」的建設，可以說明這些直接領導、參與過二二八民變的台灣人運動家，不但沒有在事變後和中國走得越來越遠，「拋棄了對中國的幻想」。正相反，事變更加開闊了他們的視野，使他們能更從全中國的局面去看待台灣的矛盾，認識到帝國主義的野心。他們不但沒有走向台獨，反而迭次義正辭嚴地發表聲明，反對美帝、反對台獨和反對託管。五十年前，他們就認識到「反蔣也要反美」，至今仍有深刻意義。反蔣而不反美，正是台灣反蔣民主運動走上反共、反華和分離主義的癥結所在。

因此，這些從二二八鬥爭而組織「台盟」，而奔赴中國的台灣最早一代民主運動家，儘管在一九五八年後一段激左路線中遭到打擊，但至今未改其志，紀錄上幾乎沒有一個後來走上台獨道路——謝雪紅、蘇新、王萬得、楊克煌、吳克泰、陳炳基、周明、周青、蔡子民、葉紀東、江濃，莫不如此。台獨野心家的宣傳，可以休矣！

台獨野心家篡奪二二八的歷史的勾當，在李登輝國民黨的協助下，「成功」了一大半。現在，台獨野心家的胃口和膽子更大了。他們竟想染指台灣的中共地下黨的歷史，妄想一手遮天，據為己有！他們要把在五〇年代國民黨恐怖肅清中被殺、被捕的人，也要收到他們炮製杜撰的台獨歷史中去！其無知無恥，到了匪夷所思的境地。

直接領導、參與和經歷了二二八民變的「台盟」，在它的口號中，已經出現了「中國人民解放萬歲！」的標語。這說明了以反對國民黨封建腐敗統治、力爭台灣之高度民主自治的台盟，在當時國共內戰中的政治傾向。從當時中國的全局看來，這是相當自然的。

二二八民變不久，謝雪紅、蘇新、楊克煌、王萬得等人成功地脫走，繼續以香港為基地，進行「反蔣」、「反美」的鬥爭。但大部分留在台灣的志士，如著名的郭琇琮、許強、吳思漢則一步步參加了中共在台的地下組織——而不是發展「台獨」和「託管」運動，繼續在台灣貧困的工農階級中艱苦工作。到了一九四九年底，國民黨在大革命中崩潰，敗退台灣，國民黨開始在島嶼台灣展開一場殘酷的恐怖，全面、廣泛地進行秘密、非法的逮捕、偵訊、酷刑拷打、非法和秘密的審判，以及非法、秘密的處決與投獄，造成四千餘人刑死，八千餘人判處無期徒刑以至刑期不等的有期徒刑。

這一萬多人之中，固然有大量的冤、假、錯案，但都和「台灣獨立」扯不上任何關聯。

一九四七年三月八日，中共新華社廣播電台，曾以中共中央的名義對台廣播。廣播把二二八事變定性為「台灣人民和平的自治運動，由於蔣介石政府的武裝大屠殺，被迫起而自衛，發展成武裝的鬥爭」。對於「處委會」三十二條《處理大綱》表示同情與支持，對台灣同胞在蔣介石統治下「比當日本帝國主義的亡國奴還要痛苦」的處境表示關懷，並對當時台灣的抵抗運動提出若干深入的建議，並共期台灣自治運動最終的勝利。

因此，到了三月八日國民黨二十一師登陸大屠，鎮壓了事變以後，痛定思痛的台灣人民自治運動逐漸更專注地凝視在大陸上進行著的國共內戰，從而提高了認識，做出了自己的抉擇，從而直接參與到火熱的地下實踐——這完全是順理成章的事。

因此，不論是二二八民變本身，還是「台灣民主自治同盟」的結成，還是投身地下黨省工委的發展，這一台灣最早的民主運動的性質，都是堅守台灣作為當時中國一省的立場，為反對國民黨封建腐敗政治、為台灣的民主改革、為台灣的高度自治而奮鬥的運動。國民黨武裝鎮壓之後，隨著全國內戰形勢的大逆轉，台灣自治運動提高為中國解放戰爭的一個組成部分，參與了全中國人民打倒國民黨封建統治、重建新中國的選擇。

這就是關於一九四七年二月民變和一九四九年底到一九五三年白色恐怖犧牲者歷史性質的結論。任何謊言、歪曲、欺騙都不足以改變這個結論。

在海峽戰雲密布下，重新溫習台灣人民最早的民主自治運動的歷史，有強烈的時代意義。這段歷史的傳統可以概括為：台灣是中國的一省，為了照顧到台灣歷史的特殊性，主張在高度自治和民主保障下與中國統合為一，在這個基礎上，反對帝國主義、反對「台獨」、反對「台灣託管」。

未署名
本文依據手稿校訂

1 本文依據手稿校訂，文中尚未論及省工委運動，或為未完稿；稿面無署名、無標註寫作時間，可能作於一九九〇年代。

# 歷史的啟迪

## 重溫上世紀二〇至四〇年代、包括台灣人民在內的中國人民與朝鮮人民在抗擊日本帝國主義歷史上的大同團結[1]

### 一、前言

在一八九四年日清戰爭中，中國戰敗。一八九五年台灣依《馬關條約》割日，淪為日帝的殖民地。其後不久，朝鮮也在一九一〇年「合併」於日本，全鮮淪為日帝的殖民地。

台灣的日本殖民地化，是全中國自一八四〇年第一次鴉片戰爭後，在世界史的帝國主義時代中，向半殖民地·半封建社會沉淪的總過程中殖民地化。在這總過程中，中國只能勉強維持岌岌的「主權」，但國家領土、主權被割讓為殖民地勢力範圍，讓渡開礦權、鐵路修築權、內河航行權、海關管理權，並被迫大量賠款……在列強「利益均霑」的強盜脅索下，中國遭到帝國主義列強的豆剖瓜分。

也因為這樣，台灣（包括香港）的殖民地化，並不是一個自來獨立民族的殖民地化，而是中華民族在全面半殖民地化的總過程中，作為中國的一部分，被強行「割讓」出去給日帝，成為其殖民地。因此，和一九一〇年朝鮮民族全面淪為日帝殖民地，慘遭亡國之痛者之不同，在於台灣廣泛抗日人民，在現實上和心理上都存在著一個有再度奮起之可能的祖國。而這祖國中國，不但在思想、心理上鼓舞著與祖國處於分斷狀態中的台灣革命人民，更在現實上成為西渡投奔大陸從事北伐革命乃至抗日戰爭的一代台灣人具體的依傍。

上個世紀二〇年代，在第三國際領導下，各殖民地紛紛組建各民族、各殖民地和半殖民地的無產階級戰鬥組織。而無產階級國際主義的思想和原則，作為新的、重要的指導原則，在戰鬥中，深刻影響了中國、台灣島和朝鮮的革命思想和實踐。小論以日帝台灣總督府所刊《台灣總督府警察沿革誌》（一九三九）第二篇《領台以來的台灣治安狀況》——經中譯後以《台灣社會運動史》、分六冊出版（台北：創造出版社，一九八九），以及西渡祖國從事北伐革命和武裝抗日鬥爭的台灣人李友邦將軍所組建「台灣義勇隊」的機關刊物《台灣先鋒》（一九四〇年四月—一九四二年十二月）中的斷簡殘篇、片言隻字，管窺一九二〇年代後半直到一九四二年底，同為日本殖民地的台灣和朝鮮革命人民之間戰鬥的、無產階級國際主義的思想連帶和實踐，做初步的概括。

## 二、一九二〇年代後半到一九三〇年代初台灣抗日民族・民主運動中的朝鮮連帶

一九二八年四月十五日，作為「日本共產黨台灣民族支部」的台灣無產階級第一個政黨，在共產國際、中共和日共關懷之下，在上海成立。在這個秘密的建黨會議中，除了由彭榮（據稱是彭湃的化名）代表中共黨列席講話，做了總結中共建黨迄一九二七年因蔣介石政變而受到嚴重挫折的、右傾機會指導下所犯的錯誤經驗和教訓，以為台灣的黨重要借鑑的重要講話外，座中還有一位當時流亡大陸的朝鮮人共產主義者呂運亨列席。

稍早，原開明（地主）資產階級、改良主義的抗日民族文化啟蒙運動團體「台灣文化協會」，經一九二七年左右路線鬥爭而左傾化。一九二八年一月，文協召開了它所組建的「台灣機械工會聯合會全島大會」，公開宣布機械工會的成立。在成立宣言中幾條口號裡，就有一條：「朝鮮、日本、台灣工人團結萬歲！」

到了一九三一年日本向東北進軍前夕，台灣各抗日戰線和陣地全面遭到強權鎮壓前夕，台灣和朝鮮人民間戰鬥的團結意識顯著強化。

一九三一年，作為台共外圍的強大的台灣農民戰鬥組織「台灣農民組合」公表「婦女部組織」

提綱。在提綱最後二十二條口號中，就有一條：「台、日、中、朝姊妹聯合起來！」

同年，「日本全國農民組合」第二次大會召開。台灣農民組合作為反抗日帝而自求解放的兄弟組織，去了賀電，電文中說：

對於我們共同的敵人的日本帝國主義，除非宗主國、朝鮮、台灣和半殖民地中國人民鋼鐵般的團結，就別無解放的途徑。

同年十一月，台灣農民組合為紀念蘇聯革命成功十四週年，發表紀念祝賀文章。文末八條口號中，就有一條：「團結日本、台灣和朝鮮的工農民眾！」

一九三一年，台共內部發生分派鬥爭而分裂。重建的台共「政治提綱」中有關「勞動運動的提綱和對策」一節，有幾條團結朝鮮人民的規定：

「關於宣傳、鼓動及教育」項下第二十條：「日本、台灣、朝鮮、中國的工農階級應聯合起來」。新組建的台共還規定了「（台灣）農民組合當前應該提出的三十五條口號」中，有一條是：「日本、中國、朝鮮、台灣的工農，團結起來！」而有關新台共的青年運動綱領口號中，也列有「日、中、鮮的革命團結」的規定。在其婦女運動綱領口號中，也有「台、支（中）、日、鮮的婦女，團結起來！」的規定。事實上，在「新台共」組建時的「台灣共產黨改革同盟」草擬的「政治綱領」中，也有一條「與日、華、印（度）、鮮的工農團結」明確的原則。

## 三、三〇年代前後，「上海台灣青年團」抗日運動中的台灣人和朝鮮人間的戰鬥團結

根據日本偵警機關的調查，一九二八年台共在上海秘密組建後不久，因事跡不密，而遭日本警察偵查，文件洩露、人員四散、組織潰敗。黨的骨幹翁澤生和林木順滯留上海，無法回台開展工作。這時，共產國際領導的世界性殖民地反帝鬥爭在中國和國際各地發展。趁此機會，早些已參加中共領導的「上海反帝大同盟」，並參加其實踐活動的翁、林二人，在一九二九年六月，策畫紀念日帝據台「始政」三十四週年活動，團結了在滬朝鮮人、台灣人和大陸人青年，藉此展開反對日本帝國主義的活動。而翁澤生並在會中發言強調，紀念台灣淪日，「我等台灣人希望與中國、朝鮮各團體互相提攜，同日本帝國主義鬥爭」。七月，翁澤生、林木順等在總結「六一七」台灣陷日紀念活動基礎上，在上海成立了暫時性的「台灣青年團」，並以同名稱加盟於上述「上海反帝大同盟」。

經過一番組織調整後，上海的「台灣青年團」與「上海反帝大同盟」相互應援，展開各種反帝活動和宣傳，在一九三〇年團結了上海各進步文化、文藝、工會等團體，發動台灣陷日卅五週年抗議集會，和抗議一九三〇年日帝殘酷鎮壓原住民（「霧社事件」）集會。

在此基礎上，「台灣青年團」和在滬中共所關懷的「在滬朝鮮獨立運動者同盟」及「上海朝鮮人青年同盟」，保持了密切的聯繫。一九二九年十一月，朝鮮發生「光州事件」時，「台灣青年團」與上述朝鮮人團體積極合作，應援當時瀰漫全朝鮮半島的獨立蜂起事件，在滬開會、演講，意在以被壓迫民族的共同戰線，來擴大同被日本帝國主義壓迫各民族的反帝共同戰線。一九三〇年元月，「台灣青年團」發表了《援助朝鮮獨立宣言》。

宣言譴責了日本帝國主義在朝鮮「強盜的、無恥的」掠奪，和剝奪朝鮮母語和文字等令人痛恨的暴行。而「近來，日帝為了解決其資本主義重大危機」，企圖大舉向其殖民地和蘇聯進攻、瓜分中國，同時在朝鮮斷行血腥的鎮壓。宣言呼喚「東方的苦命工人、農民、勞苦大眾」和「朝鮮的兄弟」「共同打倒日本帝國主義和世界的帝國主義強盜」。宣言末尾的口號中就有一條「援助朝鮮的同胞」！

同年三月，在上海的「台灣青年團」和「上海反帝大同盟」，結合在滬朝鮮人反日帝組織，公開紀念一九一九年韓國人為民族獨立蹶起的十一週年抗議紀念大會，發表《「三一」紀念宣言》。

宣言回顧了十一年前的三月一日，全朝鮮的人民，不分男女老幼的反帝獨立大蜂起，要求獨立的呼喊，響徹了半島的鄉村與城市。但這雄壯勇敢的起義，遭到日帝殖民當局殘暴、血腥的鎮壓而告失敗。宣言反思「三一」運動的經驗教訓，指出殖民地的民族・民主革命要求有無產階級的領導和東方各國各民族革命力量的團結與支援，始克成功。宣言說，「在此偉大的『三一』紀念日，我等代表台灣全島的革命群眾，對朝鮮革命表示無限的同情。」宣言口號中有：「聯結朝鮮、台灣、中國的革命勢力奮起！」；「支援朝鮮革命——擁護中國、台灣、印度、安南各國的革命！」和「朝鮮獨立成功萬歲！」。

## 四、「台灣義勇隊」和大陸上朝鮮抗日鬥爭團體「朝鮮義勇隊」的緊密團結

台灣人抗日革命運動家李友邦（一九〇六—一九五二）在二〇年代中末，脫走日帝統治下的台灣，奔赴國共合作下革命的廣州，入黃埔軍校，幾經波折，在一九三九年組建「台灣義勇隊」於浙江金華。現在還沒有具體的事證可以證明李氏的「台灣義勇隊」之組建，與早在一九三八年左右由流亡中國大陸的朝鮮人革命家金若山組建的「朝鮮義勇隊」，有什麼樣的關聯，不過，從

一九四〇年創刊到一九四二年為止的、由「台灣義勇隊」編輯和發行的機關刊物《台灣先鋒》共十冊看來，可以說明《台灣先鋒》對「朝鮮義勇隊」、對朝鮮獨立革命事業，抱著熱烈的同志的、戰友的情感。

《台灣先鋒》第一期（一九四〇年四月十五日）有〈台灣義勇隊致「日本在華人民反戰同盟」的公開信〉，把鹿地亘組建的在華進步日本人反戰團體，即「同盟」的成立，和「朝鮮義勇隊」、「台灣義勇隊」之組建的重要性等量齊觀，認為這些力量強化了「打倒共同敵人日本帝國主義的力量，稱讚「同盟」是中國民族的朋友，也是朝鮮、台灣被壓迫人民的友人。同一期，刊有張一之文章〈台灣革命運動史提綱〉中，論及當時台灣抗日革命「基本口號」時有一條說，「在日本統治下的朝鮮民族與日本下層大眾」正在共同抵抗日本法西斯，立場與目標與台灣被壓迫人民完全一致，「是一種同盟的力量」。

同期，另有王正西輯錄的一份簡明的編年，題為〈日本資本主義繁榮史上的血的年月〉。文章開頭就指出：「在這裡，台灣人、朝鮮人、日本人同樣受到壓迫；在今天，台灣人、朝鮮人、日本人應站在一條線上。」從這編年中，人們看到作者王正西對朝鮮革命大眾的深厚感情。「一八八二年七月二十三日，朝鮮革命志士襲擊日寇在韓京公使館」；「一八九四年六月五日，東學黨在各地舉事，日寇駐韓公使大島圭介回京」；「七月二十三日，朝鮮兵拒日寇公使大島進京，日兵與鮮兵衝突」；「一九一〇年八月二十二日，倭駐朝鮮統監寺內正毅與朝總理李完用訂《日韓合併條約》」；「九月三十日，公布朝鮮總督府官制」；「十月一日，倭陸軍大臣寺內正毅兼任朝鮮總督」；「一九一九年九月二日，新任總督齋藤被朝革命志士投彈，齋藤倖治，其他死傷二十餘人」；「一九二五年五月八日，針對台灣、朝鮮統治之《治安維持法》公布」；「一九三〇年四月廿九日，朝鮮革命志士潛入日人『天長節』慶祝集會投彈，將當時侵華日軍白川軍司令官炸死，同席高級將官、官僚多人重傷」。

《台灣先鋒》第二期（一九四五年五月十五日）刊有一篇〈「朝鮮三一少年團」致「台灣少年團」的信〉。文中充滿著深切的戰鬥的情誼。

在第四期（一九四〇年八月十五日）開卷，刊了轉載自重慶《掃蕩報》的社論〈中國抗戰與朝鮮台灣〉，先表揚了「朝鮮義勇隊」和「台灣義勇隊」在抗日殺敵、對日軍進行反日宣傳和策反上的功勞和貢獻。對於「朝鮮義勇隊」隊長金若山和「台灣義勇隊」隊長李友邦先後到四川重慶與中國抗日中央洽談，表示了歡迎。文章概要分析了中國終於奮起抗戰的形勢，強調了「中韓兩大民族同受倭帝國主義侵凌與壓迫，認識到抗戰之成敗，直接固將決定中國之存亡續絕，間接亦決定台灣朝鮮之解放前途」。文章接著數度讚揚「三韓志士」在朝鮮本土抗日鬥爭「火熱般的民族意識」，而「中韓兩大民族的命運同一」，「願三韓志士暨台灣同胞格外奮起……爭取最後的勝利」。

同一期，也刊出楊民山〈日寇統治朝鮮民族的新花樣——評日寇的兩個怪法令〉。文章旨在揭穿日本當局頒布法令，強迫朝鮮人「創氏改名」，即將韓民族原有的族姓、名字改為日本式的姓與名，旨在進一步消除韓民族意識，進行向日本「同化」政策。另一項法令《預防拘留制令》，可不問有無現行事據，一旦被警憲視為「思想不穩」，即可任意逮捕、拷問和審判，目的在強化對朝鮮的獨斷統治，脅迫進步知識分子和運動家表白「轉向」。文章進一步指出，中日因「七七」事變展開全面戰爭，日本勢必把朝鮮變成其在華「兵站基地」，因此朝鮮的警察政治和「內鮮一如」的騙局，又壓制、又欺騙、又驅策朝鮮人民。文章末尾堅決表示，具有英雄、光榮愛國主義傳統的朝鮮人民一定不怕威脅、不受利誘、不被同化，最終打敗日本帝國主義。

第五期的《台灣先鋒》有一篇署名張秀延寫的〈在日本「國策線」下的朝鮮經濟〉，比較科學地討論了侵略戰爭體制下的朝鮮社會與經濟。作者認為日帝下朝鮮的侵略戰爭「工業化」，使農民分解為城市軍需工業的工資勞動者，或被徵往日本本土各廠礦當工人，或被迫移民填植中國東北地方，同時被迫擴張戰爭工業和戰時糧食的供應，農村相對被整編為現代軍工資本主義經濟。其次，軍事工業化增加了小資產階級技術人員及知識分子的需要。第三，新興城市興起，城市資產階級市民抬頭。但文章的結論認為，在日帝軍需工業化推動的資本主義化，絕對無法導致朝鮮社會經濟和生活的進步，相反，只能帶來朝鮮殖民地經濟進一步對日帝獨占資本的依附化，最終隨日帝的敗局而破滅。

同期，有韓志成寫〈目前環境與朝鮮義勇隊今後工作的方向〉，分兩期刊出。文章指出在抗日中國戰場上的「朝鮮義勇隊」有兩大目標：（一）直接參與中國抗戰，促成中國抗戰的早日勝利；（二）以戰鬥與革命實踐，號召和發動朝鮮民族更加積極進行朝鮮的解放運動。在分析當時形勢時，作者指出，日帝「以政治進攻為主，以軍事經濟的進攻為輔，擴大侵略」。此外驅使日本農民和朝鮮農民對華北進行「大量移民」，從事艱困的拓殖勞動。再次，是利用日本浪人、中國漢奸和無知的在華朝鮮浪人控制日占區的「穩定」。但日本面臨著（一）戰爭時間拖延，資源與戰力無以為繼；（二）中日民族間矛盾的深化；（三）在朝鮮日本殖民當局與朝鮮人民的矛盾擴大等三方面矛盾。在「朝鮮義勇隊」今後工作方向上，韓志成提出（一）集中力量；（二）發展敵後工作；（三）建設朝鮮革命武裝等方針。

我們在同一期的《台灣先鋒》上，發現了由朝鮮義勇隊隊長金若山親自執筆發表的文章〈一切反日力量團結起來——紀念朝鮮義勇隊兩週年〉。金若山首先分析了第二次世界戰爭的根源在於世界少數金融寡頭，為其私利，重新瓜分殖民地，強化其野蠻的掠奪，把十億以上的人數捲進殘酷的帝國主義戰爭。而中國抗戰伊始，即「樹立了勝利堅實的基礎」。但在日帝垂死前夕，正做著更殘暴、危險的掙扎和進攻。

金若山指出，中國抗戰「鼓舞和激勵了一切遠東被壓迫民族」，熱烈參加中國抗戰，「把中國的每一個勝利看作是自己的勝利」，並且在參與中國抗戰中團結了自己。金若山回憶，抗戰三年多來，「在前方、在後方、在敵後，我們朝鮮革命者與中國戰友攜手共同作戰……親如手足。中國同胞對於我們朝鮮義勇隊愛護備至」。金若山強調，朝鮮的解放與世界革命，「特別與中國革命息息相關。中國抗戰是遠東反帝鬥爭最主要的一環，是反對日本帝國主義的主力」。中國抗日的成敗，牽動遠東和世界的形勢，因此與遠東一切被壓迫民族利益關係密切。「正因為如此，中國抗戰一開始，我們朝鮮革命者就以熱烈的姿態，迎接、參加了中國抗戰……」

另外有一篇是署名馬義春所寫〈被絞殺了的朝鮮新聞事業〉，概括地介紹了朝鮮併日後報業的滄桑。在一九一九「三一」運動前，在「武斷」統治下，不准許朝鮮人辦報。一九一九年改採懷柔政策，集中在漢城的《東亞》、《朝鮮》、《時代》各報，得以稍舒一口氣，但也不時遭到停刊的處置。然而，在現實上，日帝不斷改訂嚴酷的出版法，並統制報紙用紙，不時以政治謠言和威脅，打擊報紙在民眾中的威信，並以白色恐怖、威嚇、暗殺著名記者、編輯，以嚇阻抗日思想與言論。作者在結論中指出，隨著對華侵略的擴大，日本的目標在最終消滅韓語文和朝鮮獨立色彩的一切報刊來抹滅朝鮮人民的民族意識與文化。但這一切的陰謀勢必永無得逞之日！

出刊於一九四一年三月十五日的第七期《台灣先鋒》上，有王通寫的〈朝鮮三一革命運動——失敗的教訓〉，從「三一」抗日蜂起的歷史中總結了六點經驗和教訓：（一）沒有革命的階級黨政之領導，是革命不能堅決、徹底貫徹的主因；（二）「三一」革命沒有深入人民群眾的方針，領導權甚至落到了民間黃教和外來基督教的影響；（三）大部分的革命幹部出身地主、資產階級和小資產階級知識分子，致使認識和實踐上有了局限性，產生改良主義的、宗教色彩的、求乞於國際列強干預日本以求自己的「獨立」的種種錯誤；（四）在事變中，儘管領導部內有一些錯誤，但發動起來的人民群眾則表現了無比的革命激烈性和徹底性，教育我們，只有依靠勇敢、徹底、絕不妥協的群眾，革命才能成功；（五）徹底拋卻對帝國主義的任何幻想，從經驗教訓中認識到，向帝國主義團伙乞求正義與解放，只能是痴心妄想！

一九四二年十二月出刊的《台灣先鋒》上刊出了署名馬義的文章〈如何援助韓台革命〉。在接近勝利的一九四二年，文章對於在大陸上協同抗日的來自殖民地韓、台抗日義勇軍所做的貢獻和起到的作用，給予高度評價。就具體援助韓台在大陸革命力量，作者提出了八項具體建言。（一）「幫助解決韓台團體經濟上的困難」；（二）「調節韓台各革命團體間的關係」；（三）「確定韓台在反侵略戰爭中的地位」；（四）「協助韓台革命向敵後發展」；（五）「建立與擴大韓台革命武裝」；（六）「協助韓台團體培養幹部」；（七）「救濟韓台革命者之家屬」；（八）「發展中、韓、台人民兄弟的友誼」等，並期「建立一個中、韓、台間廣泛的聯盟」。

## 五、結論

儘管小論的作者由於用功不足，只能找到包括台灣人民在內的中華民族和兄弟的韓民族人民在二〇年代到四〇年代間緊密、熱烈、忠誠的反帝革命的團結的難於忘懷的歷史，那就更不必提兩大民族在冷戰高峰期的朝鮮戰爭中建立的血肉凝成的友誼。重新紀念、認識、發展、繼承和鞏固這光榮的友誼和傳統，無疑十分重要。

在當前，中、韓兩民族在追求和平發展的同時，面臨著亟待解決的問題，即在新帝國主義干涉下，不斷強化我們民族的分斷對峙和民族反目與猜忌，使民族的分裂結構長期化，讓帝國主義在我們民族分裂的傷口上任意訛詐和勒索。如何克服外來勢力干預下的民族分裂，最終獲取民族自主的、民主的統一，是時代對中韓兩大民族提出的課題。重溫當年韓中民族共同抗擊日本帝國主義的光輝難忘的歷史，重新開展把兄弟民族的鬥爭與勝利，看成自己的鬥爭與勝利的歷史實踐，把我們的祖國統一起來，應當是這一段患難與共的中韓民族史給予我們的寶貴的啟迪吧！

本文依據手稿校訂

1 本文依據手稿校訂，文前空白處有「To：申正浩先生」。稿面無標註寫作時間，從陳映真關於李友邦的研究與寫作脈絡推想，可能作於一九九〇年代。

# 一九七〇年代的反冷戰思潮

## 台灣冷戰思潮之四[1]

一九五〇年韓戰勃發以後，「自由世界」的思潮急速地右傾化和保守化。極端的反共主義、對於資本主義、自由主義和民主主義過分誇大和樂觀，瀰漫於戰後西方世界——以及附從於西方世界的第三世界買辦國家之中。隨著冷戰意識形態和冷戰價值的擴大形成，是全球各地非共社會中對左翼工會、黨人、知識分子、文化人和學生的組織性的追捕、監禁、拷問和處刑的嚴厲化和擴大；是冷戰的陣營對立為基軸的戰後資本主義體系的擴大和發展；是以美國為中心的、世界新殖民地主義剝削、獨占、控制體制的擴大和形成。

一九六〇年代末，世界資本主義在冷戰中享有連續近二十年的成長，卻也經歷了一次韓戰，越戰在美國介入後戰局方殷，台灣海峽也發生過金馬與對岸的局部砲擊，以及第三世界地區更多的內戰和代理人戰爭。在西方「自由」、「民主」、「發展」、「科技」的閃亮的招牌詞語背後，廣泛第三世界的貧困、內戰、文盲、掠奪、不發展與環境的構造性崩解，顯示了戰後「自由世界」的深刻矛盾。另一方面，隨著廣泛新殖民地社會反帝、民族和民主主義的鬥爭在艱難中挺進，西方資本主義體系的、新殖民主義的思想和價值，不但受到第三世界變革運動的理論與實踐所責問，甚至也在先進國家的內部，受到學生、知識分子和市民的責問與批評，而在六〇年代終，引發了資本主義先進國家中知識分子和學生的「反叛」。

## 六〇年代末到七〇年代初的「思想革命」

六〇年代中期以後，美國發生了「民謠復興運動」。勞動人民歌唱和平、歌唱勞動、生活和愛情、歌唱對於自由的嚮往的美國傳統民謠，被先進的民謠藝術家加以採集、改唱、新唱和創造性的改編，在大學校園、在知識分子中受到廣泛的回響，後來成為反越戰、黑人民權運動的戰歌。

美國介入越南戰爭，干涉越南事務，師老無功，逐漸受到美國人民和知識分子的懷疑。越南戰爭中美國介入的性質、意義和歷史，受到責問和挑戰，終於爆發成廣泛的反越戰、反帝國主義干涉的和平主義運動、在國民範圍內引起長期、多次幾萬人、十幾萬人的抗議示威活動。六〇年代中期以後，美國黑人民權運動、反種族歧視運動在馬丁·路德·金牧師的領導下蓬勃發展，最終爭得若干對黑人歧視的法律和制度的改善。

在校園、反體制、反傳統、反資本主義和帝國主義傳統價值的運動以不同的形式開展。教育的民眾化和民主化改革，校園中學術、思想、言論的自由運動在高校校園蔓延。馬克思－列寧主義、毛澤東主義、胡志明主義和卡斯楚－蓋瓦拉思想在美國先進高校校園中受到討論和閱讀。激進的學生組織（例如SDS，「民主社會學生會」）以全國性範圍集結而成。批評資本主義管理化社會的嬉皮文化運動以一種思潮與生活方式在中產階級青年和知識分子中拓展。

反資本主義、反資產階級、反帝國主義的文化和思潮，不僅僅在美國，也在法國、西歐和東京的高校圈、知識圈、文化圈和運動圈中掀起一波波浪潮。無可諱言，從一九六六年正式展開，在中國大陸推起紅衛兵運動的「無產階級文化大革命」最抽象的思維和精神，深刻地影響了六〇年末的這一思想革命運動。

## 戰後中國留學生的思想激變

一九五〇年，中國在內戰和冷戰的雙構造中分裂。西方對中國大陸進行了軍事、政治、經濟和文化的封鎖。中國大陸停止了對西方派遣留學生。一九五〇年以後，從台灣、香港和其他海外華人社會前往歐美留學的學生偏面[2]逐年增加，基本上受到美國和西方的、資本主義體系為中心的學術、知識、科技和文化的支配性影響，成為向自己出身本地傳播冷戰時代學術和思想的工具。

一九六〇年代後半，上述西方「反冷戰」思潮在西方高教校園中發展，港台在美歐校園的學生逐漸受到無法避免的影響。六〇年代末，美蘇對抗形勢因六〇年代初中共與蘇聯的衝突、中共在社會主義陣營中的自主立場，而發生變化。美國採取了聯中（共）反蘇的戰略，中共也採擇了聯美制蘇的戰略。中（共）美關係迅速發生戰略性解凍。為了政策遽轉的輿論準備，美國傳播工業系統大量播放中共的訊息，在美國掀起了「中國熱潮」，對戰後中國大陸做了大量非冷戰的、友好的報導，對港台學生產生了極為震撼性的影響。國共內戰問題和歷史，在港台留學生中，發生了再認識和再解釋的強烈需要。對於一部分學生，以大陸為匪區、以中共為匪黨、以毛澤東為匪首的世界觀發生巨大動搖和重組。反冷戰的世界觀，頭一次突破了一九五〇年以後的反共冷戰一元化的價值和知識體系，而逐漸形成戰後一代中國留學生的激進史觀和人生及世界觀。

當然，內戰和冷戰意識形態，也因這個激進思潮的挑戰而重組以增進防衛力。世界範圍的兩個階級、兩個意識形態的矛盾不因其各自的重組而消解。海外台獨運動因西方對華（中共）政策的戰略轉換，與國府同樣敢受到驚慌震動。在台獨陣營中，一時有聯蔣保台、聯蔣抗共之說，與「倒蔣・獨立・聯美（日）・抗共」的思潮並存。「革新、民主化」成為抗拒中共、抗拒民族統一的口號，重新（自五〇年代「自由中國運動」以來的第二次）被提出。在擁護國民黨的一方，則提出「革新保台」的口號，堅持在新的領導中心蔣經國（時蔣介石尚健在，正全力協助蔣經國接班）下，推行改革，拒共保台。

## 第一次保釣及其波紋

二次戰後，美國在冷戰格局的形成中以「戰後處理」占領日本。冷戰對峙形成以後，包括琉球在內，日本列島成為美國以蘇聯和中國大陸為假想敵的軍事戰略基地。一九六九年，美日協商在七〇年由美方將包括我國領土釣魚台在內的美國占領下的琉球「歸還」日本。一九七〇年，美日私相授受中國領土釣魚台引起留美港台學生、海外華人社會及台灣台北地區部分大學生的抗議。此時，高度依恃美國霸權主義維護其聯合國安理會席次的國府，對釣魚台主權問題先倨而後恭，立場極為軟弱，甚至對主張力保釣魚台的學生、華僑進行政治恫嚇，引起港台留學生和海外華人的強烈反感，保釣愛國運動在當時中共對同島主權所做強烈而鮮明的主張下，引起激動的波濤，發展成為戰後一次涉及廣泛政治、文化、思想範圍的某種反冷戰性的啟蒙運動。

由於海峽兩岸對釣魚台主權問題上的對立，海外保釣運動迅速分裂為左右兩翼。左翼發展為在內戰中的台北與北京之間要求認同於北京中國的「認同運動」；又發展為中國統一運動。這個運動在一九七〇年中後文革的結束中，因革命內面的矛盾與錯誤的顯露而遭到挫折，至今一蹶不振。保釣的右翼，集結成「反共愛國聯盟」，後來在蔣經國的擬似「改革」運動中參加國府體制下黨、政、教育、文化各領域的工作，成為今日國民黨「主流」、「非主流」系中改革的精英。

在七〇年由旅台港、澳、馬僑生發動、由本地大學生、知識分子參與的保釣運動，受到國府當局嚴密的監控。美國的華人留學生保釣運動的激進化，在一定程度中深刻影響了台灣保釣運動部分學生的思潮。一九五〇年反共大肅清之後，激進的歷史學和社會科學及哲學在台灣知識生活中絕跡。一直要到一九七〇年保釣運動，對一九四九年中共革命，以及領導這個革命的思想和意識形態，才相應於部分海外保釣運動的左傾化在台灣也有所發展。反對帝國主義、反對資本主義、反帝民族主義，在社會科學、歷史學和文學上的階級的、歷史唯物主義的思潮，以初期的、比較淺顯的程度在當時的大學生中激起了漣漪。

這些「新思想」的挑戰，在七一年後美國與中共的接近、季辛吉訪問大陸，日本和其他「自由世界」主要國家紛紛與中共建立外交關係、與台灣斷絕關係，在台灣激起了廣泛的危機感和焦慮感。就在此時，以《大學雜誌》為中心，配合蔣經國的「改革奪權」運動，激起了改革自保的議論。一時之間，反帝國民族主義、革新（擁蔣）保台主義、民主化改革（反蔣）、獨立、拒共主義的言論，以明白或曲折的語言在《大學雜誌》中爭鳴。在台大校園中，代表本土中小企業新買辦資本主義的台獨系和保釣中的左翼——反帝、民族主義、民族統一派在「民族主義座談會」中公開爭論。國民黨以「台大哲學系事件」鎮壓了民族主義知識分子，陳鼓應、王曉波遭到徹底的鎮壓，其餘數名講師橫遭池魚之殃。第一次保釣在台大哲學系的整肅中落幕。《大學雜誌》中分成三股系譜。擁蔣革新保台的一系，今日在國民黨「主流」、「非主流」精英改良主義陣營中成為主力，活躍在今日的政壇。台獨系（其中包括由當時國民黨改革派排出的許信良和張俊宏）代表新興中小企業資本的政治需要發展為七〇年代中期開始的黨外勢力。反帝、統一、民族派則遭到重大鎮壓，七五年以後以雜誌《夏潮》為中心，艱苦延續保釣的「左」翼傳統。

第一次保釣運動在台灣高校校園引起了強烈的社會意識和鄉土關懷。七〇年初，在六五年迅速發展的加工出口工業和集中在加工出口區的外資所造成的工業傷害、高度剝削、礦坑災變、農業的蕭條和漁民的艱苦，引起了學生的深切關注。社會調查和報告、學生「上山下鄉」為人民服務（「百萬小時服務」）在一些高校校園中開展。「山地社」、「慈幼社」等社會服務社團戰後第一次出現於校園生活。在國民黨嚴密監控下，這些運動雖然沒有能在理論、組織和實踐上縱深發展，以致迅速消萎，但在校園思潮歷史上卻留下不能磨滅和忽視的痕跡。

# 「現代主義」文學和「現代詩論戰」

保釣運動的反帝・民族主義思潮，對於台灣戰後文藝思潮起了極為重要的影響。「現代詩論戰」（一九七〇－七四）和著名的「鄉土文學論戰」是這個影響的結果。

一九四五年日本戰敗，一九三〇年代開始遭到嚴重鎮壓的反帝、反封建、民族解放、現實主義這樣一個台灣殖民地文學，至此而獲得解放。四五年以後，兩岸文學的溝通與接觸，使台灣文學重新與中國的現、當代文學接觸。現實主義、干涉生活甚至新民主主義的文學，反帝、反封建的文學在艱苦克服語言障礙的條件下迅速恢復。一九四七年以後，一場「新現實主義」文學的爭論熱烈展開就台灣文學的特殊性及其與大陸中國文學的共同性問題，當時文學的現實主義性質的問題，以進步的歷史科學和社會科學為基點，進行了廣泛深入的辯論。

一九五〇年韓戰爆發。第七艦隊干涉海峽。國共內戰因世界冷戰而固定化、長期化。中國以台灣海峽為界開始了長期分裂局面。一九五〇年到六四年，國府開始了徹底、殘酷的反共肅清，估計有四千人遭到刑殺，另四千人遭到長期及無期監禁。反帝、民族主義的進步知識分子、學生、新聞記者、編輯、文化人、文藝作家和評論家，連同黨人和工人、農民遭到毀滅性的鎮壓。反帝、反封建、現實主義的文藝遭到一九三一年以後更為徹底的鎮壓。

就在這肅清的血腥泥土上，從香港、從美新處、從汪偽時代的現代主義文人，發展了所謂「現代主義」文學。

一九五〇年代「現代主義」文學以這些特殊性質，在政治恐怖和冷戰歷史中找到它發展的土壤。(一)現代主義文學講求文學上絕對的「純粹性」，反對文藝中任何具體的內容、故事、思想和情節；(二)因此現代主義文藝排斥文學的民族性，講究無差別的「國際性」，排斥在文學中反映歷史、社會、生活和人；(三)內容的「純粹」化，使表現形式趨於膨脹，只有形式，沒有內容，形式遂趨於奇詭、晦澀；(四)排斥生活與歷史、社會的結果，文藝趨向於極端的主觀，而表現極端混沌、晦澀、夢魘似的心靈/心理世界；(五)表現高度資本主義「現代化」生活中尖銳的、異常的心理、官能的倒錯、變異世界。

基本上作為西方高度發展期資本主義的意識形態的現代主義藝術和文學，因冷戰陣營的邏輯，在美國強大意識形態的支配下，「輸入」於當時還停留在「進口替代工業」資本主義時期的台灣，並以其規避現實、規避主題與思想，以及極度親美——間接地反共的特質，在進行著恐怖的政治肅清的同時，在台灣文藝界迅速發展。七〇年前後，現代主義文藝，尤其是現代詩，竟奇異地成為軍系政工作家出身的詩人的文學表現形式，表現了在冷戰中昌盛的現代主義文學的反共、保守性質。

一九七〇年前後，華裔評論家關傑明和旅美香港籍批評家唐文標，展開了對於支配一九五〇年至一九七〇年台灣文（詩）壇的現代詩，展開了猛烈的批判。「現代詩論戰」主要在《中外文學》雜誌（台大外文系）、《龍族詩刊》、《中國時報．人間副刊》上展開。許多當時尚在海外求學、不同程度受到保釣運動的思潮——反帝、民族主義、資本主義批判的思潮所影響的學者和評論家的回響。美國的保釣運動在當時的香港刊物《抖擻》上發表論文，對戰後台灣文學，尤其是小說，進行了再發現、再認識和再評價。

「現代詩論戰」在批判台灣自一九五〇年以降的極端西化、模仿西方現代主義文學的現代主義「新詩」的過程中，提出了反對晦澀和怪誕的形式主義，主張文學應該老嫗可讀，應該反映具體的生活和社會；反對現代詩的「國際主義」，提出文學語言、形式的中國民族風格；反對現代主義的「純粹」主義，主張文學應為民眾和民族更好的發展與進步服務的現實主義。

為現代主義文藝辯護的一方，以反現代主義的文藝思潮為「左翼」文學理論，而提出具有政治誣陷的反論。但總地看來，現代主義文藝理論和作品，受到了根本性的批判，而失去了一挫不能再復的霸權和威信。一九五〇年的政治肅清，一方面使中國現當代文藝思潮成為政治禁忌而在台灣斷絕。反帝、反封建、民族和民眾解放的文學、現實主義的傳統，在五〇年以後的台灣文壇成為禁忌。一九七〇年到七四年的現代詩論戰，因保釣運動思潮的影響，得以將這些消失了二十年的反冷戰文藝思潮奇蹟般地重現於台灣文壇，並且發揮了巨大作用。

## 學術上的民族主義的微瀾

保釣思潮，也在學術領域起了微弱的影響。一九五〇年以後，台灣的高等教育和學術圈，受到美國留學制度、美國的獎學金制度、美台人員交換、研究合作、基金會等深刻的影響，因此台灣學術圈表現出全面親美、親西方傾向，在學術知識的流派、方法論、研究主題甚至語言上，長期受到美國保守系學術的強大支配。

一九七六年，作為一個例証，就出現過類似下述主張恢復學界的民族主體性的論文：〈從崇洋媚外到民族意識之覺醒〉（吳明仁）；〈知識分子的崇洋媚外〉（林義維）；〈現代人與現代化〉（江帆，此文側重批評「人心向外，人心媚外」）。一九七五年以後，以台灣大學醫學院年輕醫師為中心，以「讓台灣的醫學說中國話」的理念，創刊中文醫學研究、理論刊物《當代醫學》。同一群醫師並集資刊行旨在普及現代醫藥衛生知識於民間的《健康世界》月刊。

## 「鄉土文學論戰」(一九七七—一九七八)

觀察一九七〇年以降的「現代詩論戰」的評論家彭歌(姚朋)對於現代詩論戰中發展起來的民族文學論、民眾文學論和社會文學論中的「反冷戰」、「反內戰」性質,有高度的政治警覺,而在七七年他的無數短評中開始批評反現代詩一派文學理論中有「左派」思想,並以四九年前大陸左翼文學運動所造成的顛覆性危險,發出了於當時為嚴重的政治性指控。同在一九七七年中,王拓、陳映真、李慶榮、尉天驄等人提出台灣社會的殖民地性,提出當面台灣文學反殖民、反帝的(中國)民族主義任務,並以文藝社會學觀點整理、分析和說明戰後台灣文學的歷史和思想發展。

同年四月和八月,銀正雄、彭歌和余光中分別寫評論文章,對鄉土文學的現實主義表示懷疑其「製造社會矛盾」,甚至指控(公開點名批判)鄉土文學有階級文學和台獨文學的嫌疑。余光中則以著名的〈狼來了!〉公開控訴鄉土文學為共黨的階級文學。

同年九月,鄉土文學派進行了辯護和反擊。十月,著名的前一代文學理論家胡秋原發表〈談「人性」與「鄉土」之類〉對彭歌的羅織進行強有力的反擊,徐復觀以〈評台北有關「鄉土文學」之爭〉衛護了鄉土文學,對意圖對鄉土文學論戰進行政治裁誣的勢力加以批評和制止。

同年十月到十一月間，文壇外的「自由主義」學者張忠棟、孫震、董保中等人發表評論，完全站在體制一方，對鄉土文學的思想感情表示反共主義的懷疑和批評，並極言共產主義、階級主義文藝之「可怕」。同時，胡秋原在一九七七年底至一九七八年春，連續發表批判文學的西化主義和買辦主義。

國民黨的文藝評論家、若干「自由主義」教授、作家和評論家、「現代派」的軍中政工系詩人和作家，則以對鄉土文學做反共的政治指控來回應鄉土文學派的辯論。對鄉土文學的政治指控所造成的緊張狀態，至七八年「國軍文藝大會」而到了高潮。但胡秋原、徐復觀、鄭學稼仗義為鄉土文學辯誣，在那個反共戒嚴時代，有力保護了鄉土文學。

## 「現代詩論戰」和「鄉土文學論戰」的總結

（一）「鄉土文學論戰」就思想內容來說，是一九七〇年至一九七四年的「現代詩論戰」的延長，是突破一九五〇年反共大肅清之後的反共、冷戰文藝思潮，恢復和銜接了一九五〇年以前民族文學和民眾文學、現實主義文學思潮，基本上批判了模仿（西方）、自西方舶來的現代主義文藝思潮，並打擊了它自一九五〇年以來的霸權。

（二）現代主義和內戰–冷戰意識形態結合，在鄉土文學–現代詩論戰中以反共的、體制的意識形態權威打擊了現實主義–鄉土文學。

（三）鄉土文學–現實主義文學在文學理論上，以及作為文學理論之基礎的台灣社會性質論上，沒有深刻的、體系的理論建設，影響現實主義–鄉土文學在創作實踐與理論、批評開展上的進一步發展和完善化。民族文學、民眾文學的提起，缺少體系的、科學的理論發展，因此八〇年代以後，無法在理論支持下形成更有力的理論指導和創作實踐。

（四）論爭以後，現實主義–鄉土文學在創作實踐上，在數量、質量上沒有更好、更優秀、更傑出的作品產生。

（五）兩個論戰的紀錄和過程證明，留學歐美、以「自由主義」為言的一部分詩人、作家、文化人、教授……站在反鄉土文學、反現實主義文學的一邊，把鄉土文學和現實主義文學視為「左派文藝」而加以凶狠的打擊，說明戰後台灣知識分子美國化改造，及戰後「自由主義」知識分子有一部分是落後而反動的。

（六）一九五〇年政治大肅清以後，台灣文藝思潮清一色反共、右傾的條件下，一九七〇年以降保釣運動的思潮所引發的兩次文藝論戰，開始有左右之爭，並為八〇年代文學上的統獨論爭埋下了火種，在台灣戰後文藝思潮史上，有極為重要的意義。

本文依據手稿校訂

1 本文依據手稿校訂，文前空白處有「To：社會大學雜誌編輯部」。稿面無標註寫作時間，可能作於一九九〇年代。

2 原文如此。

# 戰後批判

## 民族分裂時代的台灣社會與意識形態及其克服[1]

台灣戰後歷史中的意識形態，是內戰的意識形態；是東西冷戰的意識形態；是極端扈從美日帝國主義的意識形態；是反共．反中國．反統一．反民族的意識形態。

這些意識形態系統，不但是台灣國民黨官方的、體制的意識形態，也是乍見似乎是反體制的「自由派」學者的意識形態，同時也是和國民黨在政權問題上激烈爭奪的黨外／民進黨的意識形態。國民黨系官僚、學者、言論人和「自由派」學者、教授、言論人，和「在野」系政客、學者、言論人，在以下的問題上幾乎完全一致，至少是大同小異：

- 反共、反中共。
- 親美、親日、親西歐、親世界資本主義體系。
- 對「民主」、「自由」和「繁榮」的崇拜，但缺少對其本質的批判。
- 分離主義、反民族主義、反統一主義。國民黨系主張以「勝共統一」、「和平演變統一」、

「文化及經濟顛覆統一」，其實就是維持分裂現況，拒絕統一。「自由派」人士主張各種統一的條件：國民所得、「政治民主化」、「社會多元化」、「兩千萬人的福祉」、「不能有浪漫的憧憬」，其實也是反統一。台獨派的反中國、反民族，更毋庸細論。

・反對中國民族主義，斥為「義和團」、頑固派。不反對帝國主義、霸權主義和軍國主義。有些人甚至進一步主張帝國主義有益、有利論。

這些意識形態來自一個共通的下層建築，即台灣戰後社會經濟的構造；來自台灣戰後獨特的社會經濟構造中一定的階級。

戰後台灣的社會構造體（social formation），是什麼樣的社會構造體呢？

## 一、台灣社會的新殖民地性

首先，從台灣戰後資本主義和世界資本主義體系的經濟和政治關係來看，台灣戰後社會，是一個新殖民地的社會。新殖民地的特質有：（一）在主權問題上，有形式上的、表面的獨立自主性。新殖民主義不在新殖民地設立直接的殖民統治機關，也不派兵、派總督、派官僚系統和警察施行直接統治，而是以政治、經濟、文化（意識形態）等手段，由當地統治階級為帝國主義施行代理統治；(二)實施經濟上的宰制，保持新殖民主義資本在新殖民地的獨占關係和支配關係，使新殖民地本土資本主義無法獨立、健全地發展，在技術、資本、原料、半成品和流通上，庸屬於新殖民主義資本；(三)實施文化、知識和意識形態的支配，即新殖民主義的、西方的、白人中心的學術、文藝、文化、哲學和知識系統在新殖民地政治、文教、文化藝術、知識系統中占據支配性地位，對當地土著文化、藝術、價值和學術發生抑制和破壞作用；(四)軍事上的宰制：透過精密武器的買賣、建制、技術、零件、訓練等，新殖民主義對新殖民地國家施行軍事上的控制。

台灣社會的新殖民地性，也可從這幾個方面來看。

首先從政治上看。

前文已經說過，台灣中華民國國家(state)在一九四九年破滅，卻在一九五〇年戰爆發，美國帝國主義為了它在西太平洋圍堵共產主義的戰略利益，自外而內、自上而下地塑造了一個高度個人權威主義的、把反共國家安全無限上綱的「國家」。一九五〇年以後階段的中華民國，如果沒有美帝國主義的強加於台灣社會，先設立國家，後培養這個國家的支持階級，是完全不可能的。那麼，由美帝國主義一手栽培養育起來的國民黨國家，當然在政治上對美國幾乎言聽計從，使台灣實際上成為美國軍事基地國家，在外交上自居「自由陣營」，絕對性支持美國外交方針，以蘇聯、中共及社會主義圈為假想敵。

此外，一九四五年至一九五〇年間，中台關係尚未明朗，台美間一切關係，皆經由CIA在台活動來達成。一九五〇年以後，CIA在台灣情報、軍事、外交關係中，有舉足輕重的地位。由於台灣幾乎沒有反美政治勢力，CIA在台灣各階層肆無忌憚地活躍，廣泛滲透到政、黨、軍、特、商、學各界。一九七九年以前的美國領事館及大使館、美新處，一九七九年後的「交流學會」、各基金會、文化中心，實際上對支配台灣政治、商務、文化和意識形態，起著重大的支配作用。

美國對台灣的政治支配還有一個法律文件：《台灣關係法》。這個國內法律，已把台灣規定同美國的屬國，不但明顯干涉了台灣內政，也明顯干涉了中國的內政。

其次從經濟上看。

台灣戰後資本主義的發展，和早在一九五〇年開始的美經濟援助和軍事援助不可分。美國的經軍援助，最大的目的，在於政治和戰略上的利益。美國認為，幫助台灣建設成一個資本主義的台灣社會，這個社會本身將會發揮來自自身需要的反共力量。因此，台灣戰後資本主義發展的若干基礎工程，全是美國直接參與、計畫、領導、監督下完成的。美國農復會協助台灣完成土地改革，以和平方式消滅地主階級，創造獨立自耕農的農村，緩解了農村的階級鬥爭。匯率改革和外人投資獎勵、外人投資保證和使台灣成為美日加工工業基地的加工出口特區辦法，也全是美國參與策畫、完成的。

美國也以它的剩餘農產品和政治影響力，一九五〇年代開始培植台灣財團資本主義企業體。美國資本透過援助、透過貸款和美台特殊關係，廣泛以與官資及民資合作、或形為合資、實為獨資方式，參與台灣國民經濟。此外，美國以《三〇一法案》強迫台灣匯率升值，強迫對美超經濟採購，強迫台灣市場對美國商品無選擇開放，強迫美國金融、服務產業資本進入台灣。在貿易問題上，台灣與美國沒有對等談判之權，美國資本挾其對台政治支配，對台灣市場予取予求。

再次，從文化、意識形態關係來看。

一九五〇年以後，美國技術、知識、價值和意識形態，在台灣取得長期支配地位。在高教領域中，美國教科書、教育制度、留學生制、獎學金、人員交換、人員培訓、基金會贊助等，長期以來，在台灣創造了大量的精英資產階級。這些美國訓練和培養的知識分子，早已占據了台灣政治、經濟、社會、財政、商貿、文教、軍事、情報、憲警、大眾傳播、言論等各高地，對在台灣的美國價值、意識形態、文藝、政治的傳播和再生產，起到強大影響。此外美國商品、行銷、廣告、美國電視節目、美國影片、美國在台民間語文教學機構、美國報刊、美國在台商貿機關……都對於在台灣「美國夢想」（American Dream）、美國的世界觀的傳播與再生產，起到巨大影響。

最後，從軍事上來看。

雖然一九七九年以後，美國直接在台駐軍、派設軍事機關與人員，基本上已經停止，但美國透過軍事情報關係、軍事工業採購、武器買賣、零件買賣、軍事科技的講習培訓，美國對台灣軍事建制（military establishment）仍然具有極大的支配、監督、控制的現實。

綜上所述，國民黨台灣國家基本上是美國的庸屬國家，是中國內戰和國際冷戰歷史下畸形的存在。它完全合乎第二次大戰後在東西對峙形勢上廣泛美國控制的第三世界的新殖民地社會的特點。

## 二、台灣社會的半資本主義性質

從台灣社會內在的社會性質來看，台灣是一個半資本主義的社會。

什麼是半資本主義社會呢？

半資本主義社會，是新殖民地社會的資本主義性質的一種。它有這幾個特點：（一）在新舊殖民主義支配下，當地的前資本主義部門不容易消萎，有時反而因新舊殖民主義而長期存在。

在少數半邊陲地區，資本主義有比較大的發展，前資本主義有比較顯著的消萎，但是由於新殖民主義支配的關係，其資本主義存在著構造不平衡、畸形化，而無法臻於高級化和成熟化。(二)因此，新殖民地社會，有封建性、半封建性和半資本主義性等三種複雜的性質。前二者，前資本主義即封建性質以不同程度占著優勢；後者則資本主義性質占著優勢，但又無法向資本主義的高度成熟階段發展。(三)一般而言，「新興工業化社會」(NIEs)都屬於半資本主義社會。它的持續發展，抑或消滅，正在受到政治經濟學家的關注。

台灣戰後資本主義構造體的半資本主義性質，有下列幾個特質：

首先，美國獨占資本對台灣戰後資本主義具有高度的「相對自主」性。台灣戰後資本主義系受美(日)獨占資本主義所哺育，為台灣設立一個高度個人權威主義國家以保障台灣戰後資本的累積與再生產；以經軍援助協助公共建設，初始積累以及其他供資本累積與再生產的結構(匯率改革、外人投資條例、民間企業、貸款等等)，美國資本對廣泛「國營企業」、私人財團資本，有優越的合作地位。美國資本對台輸入、營運等，享受高度超經濟的便利與優惠。這一切，使台灣戰後資本主義各組成部門喪失獨立自主性。

因此，台灣國家更多地保障美(日)資本的利益。這種保障，又常常以犧牲台灣本地各資本的利益為代價。美台貿易摩擦中，台灣國家只能對美國資本的苛刻要求逆來順受。

在美國新殖民主義下，美國獨占資本在西太平洋的戰略利益，使國民黨官僚資本對內保持高度獨占。官僚資本和財團資本有複雜的外國資本關係，從而獨占台灣市場，進行超經濟的掠奪，使台灣獨占性大資本帶有黨派性、家族性、新買辦性，從而失去了現代性。由於特權特惠的支持，長期不完全競爭、長期的資本社會化猶豫、長期管理的後進性、研究發展落後，使台灣官民大獨占企業保持後進的性格。

一九六五年以後，以國際加工基地為根本性格，依中心國「國際採購中心」(global shopping center)的品質、價格、數量而生產的台灣加工出口輕工業加工產業，帶動了六五年以後的台灣資本主義。這些產業高度庸屬於中心國家的資本、技術、半成品和市場，規模小、依靠殘酷的自我剝削與對自然的剝削累積，在國際與國內層層轉包過程中，承攬最底層、末端的部門，永遠無法形成資本的集中和高級化，且和島內工業構造脫節。

國共內戰的慢性化和延長化，使台灣戰後資本主義帶有顯著的難民性格，席不暇暖，沒有長期投資，沒有長期發展觀點，集中、長期搞回收快、勞力密集、附加價值低的產業之投資，或從事商業、建築資本的投資，根本上使戰後資本主義穩定、長期發展，而無法逐漸具備獨立的、民族資本主義性質。因此，當競爭條件惡化，台灣資本主義不是努力向高級化、技術化、高附加價值化發展，而是將零細資本向東南亞及中國大陸超低工資地區輸出，形成台灣戰後資本主義的早衰性資本流出。

綜上所述，台灣戰後資本主義一方面使傳統的前資本主義經濟衰落到無足輕重的比率，一方面在美國新殖民主義反共的政治經濟培育下發展了由「國營」官僚獨占資本、民間半官・半買辦財團特權資本，以及中小企業加工外銷資本三大部門結成的台灣戰後資本主義。這資本主義由於台灣社會的新殖民地性，由於官、商獨占資本的超經濟掠奪和累積，由於島內獨占資本與向島外加工出口資本間的結構失衡，使台灣戰後資本主義儘管取得了相當的累積，但一般的存在著新殖民地性、家族經營、資本家族(非社會)化、研究發展部門極度落後以及難民主義等前現代性，阻礙台灣戰後資本主義的獨立自主、成熟化和高級化，無法為更進步的社會發展階段準備條件。這便是台灣戰後資本主義的「半資本主義」性質之所由來。

## 三、台灣文化的新殖民地性格

一定階段的歷史時代有一定性質的文化。這一定時期的文化，極大地受到一定階段的社會生產方式以及相應的生產關係所決定，即一定時代的社會、經濟條件所決定。台灣社會的新殖民地性格，自然規定了台灣當前文化的新殖民地性質。當前台灣文化的新殖民地文化，表現在這幾個方面：

・文化上的自卑主義，認為洋人的知識、文化、哲學、宗教、政治、社會、制度一概一貫地比中國好。中國文化黑暗、落後、殘酷……大大妨礙進步與發展。相對地，文化上的民族自卑主義過高評價外來文化，認為西方的一切代表了合理、進步、「民主」、「自由」、富裕等等，卑視和忽視中國的民族文化。

・極端崇洋媚外。外國學術、知識、大眾傳播、價值觀念、商品、生活習慣廣泛支配社會的物質和精神生活。

・鄙視民族主義。認為講民族主義就是心胸狹隘、思想守舊、頑固。對於新舊帝國主義、對於政治、經濟、文化的外國霸權主義只知道歌頌，卻毫無批判的能力。

・講「國際主義」、講「世界公民」而解消中國民族的自主、解放與發展。有人進一步反對、憎恨中國的一切。公開主張民族分裂主義，反統一、反民族，形形色色的「獨台」主義和「台獨」主張甚囂塵世之上。

・鄙視民族文化，就是鄙視作為民族構成體的民眾的文化、民眾的知識、智慧、傳統、習俗、文藝等優秀的部分。

四十年來，台灣文化顯現突出的上述的新殖民地的奴隸文化。雖然國民黨宣傳「民族文化復興」，那是針對中共當時的無產階級文化大革命而不是針對支配性的外國文化勢力。國民黨四十年來庸屬的政治、經濟和社會體制，四十年來對美對日背叛民族利益和尊嚴，其實是台灣新殖民地文化的總本山。有人因為反對國民黨而連帶反對它虛偽的「民族文化復興」的口號，戮力與國民黨競相羞辱和出賣中國文化，形若相爭，實皆同奔於反民族之路。

## 四、台灣文化的半資本主義性質

台灣半資本主義社會構造，是戰後冷戰體制下的成長，即一方面在政治、軍事、經濟、財政和文化上庸屬於美帝國主義，一方面對內以無限上綱的反共國家安全高度權威主義國家之下，進行庸屬的、超經濟的、特權的累積和擴大再生產。這累積、擴大再生產的歷史過程，不但犧牲了自由、民主、人權、正義，也犧牲了完全競爭、勤勞、公平，更犧牲了全部的自然環境，以及人的倫理、理想、自我認同，更破壞了民族尊嚴與認同……。這種冷戰的成長、獨裁的成長，造成了一種共通的文化現象「新興工業化國症候群」(NIEs syndromes)。

(一)環境品質崩潰。作為中心國家的加工基地，在國際、國內層層轉包，末端小工廠無法負擔防汙裝置，四十年下來，資本對環境的掠奪成為累積的重要部分。專制體制不准人民自動組織環保運動，長期下來，對自然生態變得冷漠而殘忍。

（二）勞動不安（labor unrest）。長期冷戰與反共獨裁下的成長，以政治壓抑勞動三權，進行酷烈的掠奪，完成高額累積。一旦因累積至一定程度而在政治上發生形式上的「民主化」，勞工要求分享剩餘的動力爆發。但因長期在反共戒嚴體制下，加上消費主義的腐蝕，工運僅止於短視的經濟主義，無法進一步意識化和政治化。抗爭無力、抗爭無效，終又自暴自棄、消極頹廢，對前途更為失望，勞動倫理和秩序慢性敗壞。

（三）管理倫理的敗壞。由於官僚資本、新買辦資本、財團特權資本長期依特權進行超經濟掠奪；城市地主食利階級坐享社會發展暴利，國家基本上不保護廣泛中小企業，投機、特權、僥倖者迅速致富，終至中小企業已不再若過去以勤勞、管理求前途，資本主義管理倫理淪喪。

（四）社會倫理敗壞。外匯累積因投資猶豫而益增。僥倖、特權、特惠、投機、犯罪者暴富，社會沒有公理、公平，國家、社會和個人喪失了目標和理想，消費主義氾濫，使社會倫理全面崩潰，犯罪在品質和數量上陡增，犯罪年齡下降，社會倫理紐帶摧折。尤其是色情產業，已氾濫到全島城鄉各個角落了。

（五）全國性的賭博。因以上原因，全國範圍的賭博日盛。有價證券、土地、票券、房產、稀有金屬以全國範圍被當作投機賭博，糜亂而瘋狂。

## 五、新文化運動的展望

為了克服台灣新殖民地崇洋文化、買辦文化和反民族的文化、民族自卑主義的文化，為了反對台灣半資本主義社會的腐敗、虛無、拜物、萎靡和官能化的文化，根本之道，就要根本性地變革台灣新殖民地社會，變革半資本主義社會。因此台灣新文化運動，就必須是這個總的變革運動的一個重要部分。

台灣新文化運動，首先必須是克服新殖民地文化的運動。因此新文化運動的第一個特質，就是民族文化運動，是在我們長遠以來偉大而豐富的民族文化中優秀、進步、美善的部分，加以新的研究、總結和繼承，並發揚光大，重新創造，在我們民族文化中重建民族自尊、尊嚴、啟發和新的文化原創力。

其次，對於外來文化，特別是四十年來傳來台灣的西方文化中的糟粕部分、庸俗、腐敗、種族歧視、帝國主義、霸權主義、西方中心主義、物質・商品主義的東西，加以深刻、透徹的批判，對這些文化中優秀、進步、有用的東西，要嚴肅認真地吸收和學習，豐富我們的文化，蔚為我用。

我們也要調查、研究和學習作為民族文化的構成單位的人民的文化。在目前階段，「人民」，指廣泛的工人階級，指農民的中下層，指城市貧民，指台灣九個原住民族人民。在他們那兒，保存了較多民族傳統的信仰、戲曲、歌謠、藝術、建築、價值、儀禮，而且其中還有不少是真正有人民生活內容、民族特色的東西。要發掘、調查、集中這些好的、有人民特色、人民的創意和想像力、有人民的世界觀的文化，去除比較落後、比較糟粕的東西，並且以此為酵母，進一步加以發揚和創造，發展有中國民族特色、有豐富民族創意和智慧、有光明的、健康的民族信心的、有廣大人民性格的文化，進一步發展民族團結、民族解放、民族統一的文化。

其次，為了克服半資本主義社會廣泛腐敗、色情、庸俗、虛無、唯利是圖、僥倖、投機、對人和對環境冷漠的文化，我們應當批判這些文化所由產生的畸形的台灣資本主義，以及依靠特權、特惠從事超經濟掠奪和積累的各階級——官僚資產階級、新買辦階級、財團資產階級、中產階層的上層的生活和他們的文化，從而發展以勤勞人民為中心的、勤勞、素樸、強烈要求改變世界和生活的文化，掃除資產階級腐朽、投機、虛無、靡奢的文化，建立以人民為核心的、民主、進步、健康、勤勞而又活潑、生動而且豐富的、人民民主主義的文化。

總之，新文化運動應該是反新殖民主義的、自主的、民族解放的、民族團結的、具有民族特色的、反色情腐敗、反僥倖投機、反特權獨占，同時提倡公正、勤勞、科學、具有高度人民性和民主性的文化。

為了達成這些目的，要有理論、有調查、有方針地發展人民大眾的文化，由這些豐富的人民大眾的文化去豐富地、有創意地重建我們民族文化，從而增進民族團結，促成民族的再統一。我們應該全面清算和顛倒四十年來買辦的、新殖民地的、親美事大的一切高等教育、學術、文學、藝術、風俗和意識形態，重建有台灣特點、有中國具體特點的新的學術、知識、教育、文藝和文化。

這就需要進行全面的「戰後批判」——對於一九五〇年以降一切思想、知識、學術、文藝、政治和意識形態，全面進行深刻而徹底的結算、分析、調查和批判，把過去因內戰和冷戰而自然或人為地壓抑、歪曲、抹殺、湮滅和顛倒過的東西全面解放、全面擺直、全面復權、全面揭露和全面再顛倒過來，才能真正結束一個長期壓抑、歪扭的時代，讓被抑壓的良心、正義和真理重新復甦，讓解放人性、解放真理、解放創意、解放真實知識的心靈和力量重新滋長和壯大……

本文依據手稿校訂

---

1 本文依據手稿校訂，稿面無標註寫作時間。從陳映真關於台灣社會性質論的寫作脈絡推想，可能作於一九九〇年代。

# 台灣戰後政治史和文藝思想史下的鄉土文學論1

一九七七年到一九七八年間，台灣爆發了一場「鄉土文學論爭」。在這場論爭中，國民黨當局甚至動員了黨和軍隊的言論機關——《中央日報》和《青年戰士報》參加，也動員其他無數黨團刊物圍剿鄉土文學。一九七七年八月，由國民黨中央文工會主任、教育部長、政戰部主任（王昇）和救國團主任（李煥）等召開了「第二次文藝座談」批判鄉土文學。一九七八年一月，王昇推動「國軍文藝大會」，向鄉土文學施加沉重的壓力。

在這一場戰後台灣罕見的思想鬥爭中，力量對比懸殊，政治形勢極為險惡。但是在台灣的現實政治上毫無依憑、長期受國民黨當局忌遠的胡秋原先生，同和他一樣重真理而輕權勢的老知識分子徐復觀、鄭學稼一道，及時為台灣鄉土文學發言，竟而以無寸鐵之手，阻止了一場文學之獄，挽救了台灣當代文學。

小論企圖從台灣戰後政治史和文藝思想史的脈絡，來說明鄉土文學論的意義，並且從分析七〇年代國民黨國家政權重大危機環境，說明胡秋原先生等人挺身捍衛台灣鄉土文學所表現的大智慧與大勇氣。

## 一、冷戰與內戰重疊下台灣文學遭逢鉅變

一九五〇年六月，朝鮮戰爭爆發，以美蘇為核心的兩極間在全球範圍內的冷戰推到了高峰。美國全面、快速地改變了它的對華政策，採取封鎖和敵對新生中國的政策。戰爭爆發的第二天，美國派遣第七艦隊封斷海峽，同時宣告「台灣海峽的中立」，而且頭一次違背開羅與波茨坦宣言，宣稱台灣地位未定。一九五一年美台訂立軍事協防條約。次年，在美國導演之下，日本片面與台灣簽訂和約。

這一系列國際政治上的巨大變化，使得在內戰中敗北，在台灣面對政治、金融財政的不安與紊亂所造成巨大危機的國府，得到強大的奧援。

在美國干涉主義下，美國對台外交上、軍事上、經濟上的支持與援助，使當時在風雨飄搖中的國府以一個「主權國家」參與國際組織和國際社會，宣稱「代表全中國」。正是由於這個外在的、國際的「合法性」，鞏固了國府在台灣高度個人獨裁的、反共國家安全體制，炮製了由外而

內、由上而下的「國家政權」(state),建立國民黨統治台灣的「內在合法性」。

國共內戰被冷戰局勢凍結了起來。中國隔海峽而分裂、分斷的局面被固定化了。在美國霸權主義的粗暴干涉之下,新生共和國被公開抹殺,而台灣的國府度過了危機,成為西方資本主義圍堵新生中國的前線基地。

而一九五〇年後台灣蔣氏「國家政權」炮製的過程有血腥的性質。從一九四九年末到一九五二年,在美國默許下,台灣斷行一場殘酷的政治肅清。約四千人因而喪命刑場;約八千人被投獄。連續三年,非法的、秘密的逮捕、拷訊、行刑和投獄橫行,在國家暴力下,造成了深遠的恐怖。

中共地下組織遭到全面破壞。不僅黨員、黨的群眾和大量無辜受累的人遭到慘重摧折,自日帝下殖民地反抗運動所艱苦積聚下來的哲學、社會科學和文學藝術理論,也受到全面鎮壓和禁絕。

眾所周知,像一切殖民地、半殖民地一樣,台灣的現代文學也是作為台灣人民反帝民族・民主運動的一個環節而發展的。台灣現代文學第一代作家,受到中國五四運動的深刻影響,在殖民地台灣條件下,以現代漢語(白話文)從事創作,描寫殖民地台灣生活中階級的、民族的苦惱與矛盾(賴和是其中最有典型性的作家)。一九二〇年代末,台灣左翼工人、農民、文化和政治運動蓬勃展開，至一九三一年遭到日帝當局全面鎮壓。從左翼反帝民族、民主運動轉進的運動家，從一九三〇年前後匯集到文學戰線上來，使台灣現代文學推向了成熟時期。二〇年代新舊文學的論爭、三〇年代語言問題（即中國白話文和「台灣話文」的爭論），基本上是殖民地台灣條件下，為保存和發展漢語文學的方向路線的爭論。和世界上一切殖民地、半殖民地的文學一樣，民族文學、民眾文學的課題成為文藝思潮的中心焦點。前者要求在文學語言、形式上堅決保存種性，拒絕同化，要求反映異族支配下的民族矛盾。後者要求文學語言和形式的大眾性，要求在內容上表現殖民地構造下民眾的困境與展望。批判和現實主義成了主要的創作綱領。一九四七年九月到一九四九年春間，以《台灣新生報・橋》副刊為園地，由歌雷、駱駝英、楊逵等作家和理論家所開展的「台灣新現實主義文學」的爭論，甚至把台灣文學的定位與方向，提到為當時新民主主義變革運動服務的文脈中來討論。

但是，如前文所說，朝鮮戰爭在台灣形成了國際冷戰與中國內戰的雙重構造。「台灣新現實主義文學」論戛然而止。歌雷失去了蹤跡，駱駝英據說逃脫了台灣，楊逵則在一九五〇年因《和平宣言》案被判刑入獄，劇作家簡國賢和小說家呂赫若，或刑死或死於逃亡的途中。在日帝殖民統治下，和台灣民眾反帝、反封建鬥爭共同成長的台灣現代文學，在冷戰與內戰重疊結構形成過程中的「國家暴力」中，宣告了一個階段的終結。

## 二、「現代主義」：冷戰與內戰意識形態的文學思潮

朝鮮戰爭之後，美國以強大的外交、經濟、軍事與政治援助，由外而內、由上而下地在台灣樹立了一個反共．軍事波拿帕性質的「國家政權」，並以這高度個人獨裁的國家政權，在世界資本主義體系所允許的範圍中，發展反共富國強兵的戰後資本主義，進行快速而超額的累積，從五〇年代的進口替代向著六〇年代的加工貿易出口換軌，編入著名「美↓日↓台（NIEs）」三角貿易構造中，推展了台灣依附型經濟發展，即日本學界所稱「獨裁下的經濟發展」。

台灣社會從一九四五年到一九五〇年的半殖民地半封建社會，成功（雖然畸形地）地向資本主義移行，有複雜的原因。但在「冷戰／內戰」體制中被無限上綱的反共國安體制，禁絕了資本積累過程中引起的階級抵抗，遮掩了資本主義化行程中沉重的的社會與自然環境的代價，挫折外資滲入過程中的民族主義，以民主與人權蹂躪與壓制，交換資本最任恣的積累與擴大再生產。

在文學上，台灣的當代文學恰恰是在這「冷戰–內戰」構造形成過程中「國家暴力」的洗禮後出台。在那個舞台裡，日據時代艱苦成長的豐富的台灣現代文學的遺產，被當作「奸匪」的文學全面禁止。楊逵入獄；呂赫若、簡國賢橫死；王白淵、王詩琅噤默。而大陸三〇年代和四〇年代文學，更是嚴厲禁止閱讀、收藏和討論，否則甚至有破身亡家的噩運。

就在這血腥和荒廢的舞台上，首先過場的是敗退台灣的國民黨當局所推動的反共國策文學，內容無非是「共匪俄帝的殘暴與陰謀」，目的在為「仇匪恨共」的政治服務。由於政策文學明顯的極限性，不久也告消失。第二道過場的是懷鄉的文學。四九年敗退流亡來台，國家分裂日久，「反攻」返鄉遙遙無期，應該說是民族分裂條件下正常的思想感情在文藝上的表現，惜乎在當時獨特的時空中，總是或顯或晦地在故事中表現反共意識，表現了時代的極限性。

然而，在一九五〇年代初以迄一九七〇年漫長的時代，成為文學思潮的霸權（hegemony）、儼然一世之顯學的，是主要地從美國傳來的「現代主義」。

而作為上層建築的「現代主義」，不但還應該與當時社會的經濟基礎互相聯繫起來理解，也應該與同時期同為上層建築的法政構造相聯繫起來，探求比較科學的認識。

一九五〇年以後，台灣被美國深刻地編入東亞反共戰略配置，以複雜、嚴謹的政治、軍事和經濟、文化援助計畫，滲透到台灣政治、產業、軍事、財政、教育和經濟文化生活中。

從經濟上說，一九五〇年到一九六五年，美援成為台灣資本形成中重要的部分，也是美國資本介入台灣經濟的重要形式。一九六五年後，台灣編入從日本輸入技術、半成品，在台灣加工，對美國輕工市場輸出，這樣一個國際資本主義分工，在嚴苛的反共國安體制中，讓台灣和美日資本迅速高額積累。這就決定了台灣經濟的依附的、新殖民地性質。

台灣社會經濟形態的「新殖民地」性質，還能從它的法政上層建築上去分析。一直到一九七二年，美國的戰略利益和政治意志，基本上對台灣政治、外交、經濟、財政和軍事有深刻的控制與影響作用。從文教方面看，一九五〇年後，台灣高等教育在學制、課程、教科書上進行全面美國化改造，並且透過獎學金、基金會、留學體制、美援計畫中的教育、培訓、交流計畫，大量吸收台灣知識分子赴美「深造」。迨一九八〇年代，留美博士、碩士精英占據了台灣朝野官民各領域的領導工作。美國學術、思想、價值和意識形態幾乎全面支配了台灣各個領域。

在文學領域上，一方面是對三〇年代台灣文學和大陸文學的政治禁斷，另一方面是一九四九年到一九五二年政治肅清後的恐怖，則在上述美國強大的經濟和意識形態全面支配之下，透過美國在台文化宣傳機關和大學英文系半生不熟地「移植」而來的美國戰後現代主義，遂成台灣文壇上支配性的思潮。

為了說明的方便，茲將三〇年代的台灣和大陸文學思潮與「現代主義」文學思潮做一個對比。

| | 性質論 | 語言 | 表現形式 | 目的論與手段論 |
|---|---|---|---|---|
| 三〇年代文學 | • 強調文學的社會性，主張文學介入生活，表現強烈的思想意義和政治立場。<br>• 強調文學之社會的、歷史的聯繫。主張文學為改造社會、推動歷史服務。 | • 使用大眾平白的語言。<br>• 強調語言的民族與民眾的特色。<br>• 主張「從群眾來，到群眾中去」的語言政策。 | • 強調民族形式與大眾喜見樂聞的表現形式。<br>• 主張為民族與為民眾之表現形式。從民族與民眾形式取材豐富和發展表現形式，又以之豐富民族與民眾的文學。 | • 主張文學為政治服務、文學是改造生活的手段。 |
| 現代主義文學 | • 追求文學的「純粹性」，排斥文學表現任何意義、思想、政治立場。<br>• 強調文學的個人特質，強調文學的個人營為。 | • 強調高度的個人語言特質。<br>• 主張破棄語言約定俗成的文化和邏輯，進行語言表達上的重組與實驗。<br>• 思想與語言的極端渾沌與晦澀。 | • 強調極端個人化、實驗化的表現形式。<br>• 以創作者為表現形式的核心。<br>• 反對藝術文學的民族性與大眾性。<br>• 主張從西方移植，強調文學形式的國際化。 | • 主張文學藝術本身的目的性。<br>• 反對手段論與服務論。 |

本文依據手稿校訂

1 本文依據手稿校訂，未完稿。稿面無標題、無標註寫作時間；篇題為編輯所加，可能作於一九九〇年代。

# 一九二八年以前的台灣社會性質芻論[1]

## 一、台灣土地關係在荷蘭殖民地時代的古典封建性質

漢人來台灣的時期甚至遠在荷蘭人占據台灣前。但這些人多為當時的亡命之徒、海盜或在中國大陸犯罪者。但大量、較有組織和目的的移民開始，是在十七世紀初荷蘭本國重商主義的發達，向外擴張殖民地，向南洋群島和台灣等地區擴張和殖民時開始。而台灣之所以被荷蘭殖民者重視，乃因為其地理環境不僅適合於做中、日兩國的貿易轉運站，同時也因為台灣地廣人稀，土質肥沃，適合殖民地性的商品性單一種植（monoculture）。荷蘭入台後，遭到台灣原住民的抵抗，但經過其血腥鎮壓後，才迫使原住民屈服，接受其統治，而這種殘酷屠殺的結果，是原住民的人數幾乎減少一半（如圖表一）。

圖表一　原住民的部落、戶數、人口

| 年 | 部落 | 戶數 | 人口 |
|---|---|---|---|
| 一六四七 | 二四六 | 一三六一九 | 六二八四九 |
| 一六四八 | 二五一 | 一三九五五 | 六三八六一 |
| 一六五〇 | 三一五 | 一五二四九 | 六八六五七 |
| 一六五四 | 二七一 | 一四二六二 | 四九三二四 |
| 一六五五 | 二二三 | 一一〇二九 | 三九二二三 |
| 一六五六 | 一六二 | 八二九四 | 三一二二一 |

「蘭人時代の蕃社戶口表」(參見中村孝志「台湾史概要(近代)」、『民族学研究』十八—一、一九五三年三月、一一六頁。)

殖民者掠奪手段並不止於向原住民或少數漢人征購獸皮、糧食，他們還希望能透過台灣這塊肥沃的土壤種殖大量的經濟作物，以便獲得更多的利潤。但由於原住民社會尚在採擷狩獵的民族共同體階段，尚未進入定耕經濟的時代，其農業生產技術尚不發達，從而農業生產工具落後，因此，引進具有高技術的農業人口便成了荷蘭統治者的當務之急。而中國大陸幾千年來發展的農業技術及熟練的農業勞動人口正是適當的人選。這時中國正值改朝換代，戰火使得流民大增，尤其東南沿海人民，受困於明朝的海禁政策無處可去，因此在荷蘭人的利誘，加上農村在戰火中廣泛衰蔽，在生活逼迫之下，大量移民台灣的活動遂正式開始。

這些來自中國大陸的農業移民，一方面成為荷蘭「王田」中的農奴，一方面則從事捕鹿。王田土地官有制的型態和「大小結首制」的勞動結構，是荷蘭殖民者在台灣的主要殖民掠奪機制，在「王田制」下，台灣的墾田在法律上隸屬於荷蘭皇室所有，由荷蘭東印度公司和荷蘭在台殖民文武官僚、商人代為管理。這種生產關係和土地所有制型態，和當時中國大陸的地主—佃農制、和土地可買賣的形式相較，是更為落後的歐洲古典封建土地關係，而「大小結首制」乃是「合數十個為一結，通力合作，以曉事資多者分為首，多曰小結首，合數十小結，中舉一個富有力而公正眾服為之首，名曰大結首。有事者官以是問於大結首，而大結首以是問於小結首，然後其有條不紊。視其人多寡，授以之地，墾成眾佃公分，人得地若干甲，而結首倍之或數倍之，視其資力」（《台灣經濟史》，頁一二七）。這段話說明結首的條件及結首獲得的報酬，同時由於結首是屬於名譽職，殖民者又可省下一筆行政費用。結首制的推行，使台灣的土地結構後退到歐洲中世紀盛行的封建莊園制度，而大陸農業移民的身分也後退為和中世歐洲附屬於土地的農奴的地位。其剝削掠奪之殘酷，遠甚於大陸秦漢以後的「地主—佃農」關係。

除了農業上的封建剝削外，其他漢人與原住民則是從事捕獵，尤其是當時台灣鹿群眾多，鹿皮及鹿肉製成的鹿脯，成為殖民者的另一項重要的收入。這些鹿皮、鹿脯及農作方面的經濟作物——甘蔗，乃是殖民者用商船運輸到其他地區達到商品交換的目的。荷蘭人先到中國購買一批貨物，如絹帛、絲織品及陶瓷藝術品，運至台灣後再裝運甘蔗、鹿皮、鹿脯一同運往日本，和日本交換白銀，再將這些白銀運往中國大陸交換上述中國貨物，最後則是利用商船載往歐洲出售圖利。這種交換過程中，台灣被充分利用，如土地幾乎都種植單一性經濟作物，而米糧則依賴進口。

這種土地所有制及土地生產關係，是完全建立在配合殖民者的經濟目標上，使台灣的社會性質與當時中國大陸的社會性質有所不同。此時，台灣社會性質，是「殖民地封建社會」，而中國本部社會，則為半殖民地封建社會。因此，史明說「在人種、社會制度、統治政策的各方面上，與中國統治階級不同的荷蘭人統治之下，這樣，所自然發生的台灣開拓者社會，雖然其主要的成分是來自中國大陸的漢人移民者，但是這個新社會，畢竟免不了被種下了和正在崩潰過程中的中國封建社會不相同的因素」(《台灣人四百年史》)，就犯了至少兩項錯誤：

(一)荷蘭人在台灣施行中世歐洲的古典封建制，但中國社會則早在秦漢以後，即使王室貴族所有制(「普天之下莫非王土」)崩潰，而轉變為土地可為民間私人所有，土地可以自由買賣，農民並不完全隸屬附著於土地的「近代封建」制。此一荷統時期(　　)[2]的社會關係，並不是生產力、生產關係比大陸發達(革命性的飛躍)，而是相反，並且隨著荷統期結束，明鄭治台後，到了清代，台灣土地關係迅速地走過秦漢以來兩千多年的變化，成為中國土地關係的拷貝(copy)體。因而說荷統期的台灣是不同於大陸的「新社會」，是主觀唯心主義。(二)就大的範圍而言，台灣的完全殖民地性（荷統期）與大陸的半殖民地性，台灣社會的古典封建性與大陸的近世封建性，固有相異之處，但在大範疇的「封建社會」和「殖民地社會」中，要看到兩者的同一性。而且在社會經濟學上，同一性還是大於相異性的。史明看不見這同一性，完全是因為他苦心孤詣地、主觀唯心主義地拼湊台灣社會與大陸社會的歷史差異，以為其買辦主義的、反民族的台獨運動炮製理論根據所致。

## 二、鄭氏政權下的台灣：封建關係上的商業資本的萌芽

西元一六六二年，鄭成功登陸台灣，驅逐了荷蘭人，這是繼荷蘭人招募漢人開墾台灣後另一次漢人大量移民，與重商主義為主的荷蘭殖民者對台灣經濟掠奪不同的是，鄭氏希望台灣成為「反清復明」的根據地。因此，在其統治台灣二十三年中，土地政策為了此一目標，鄭氏王朝的土地制度與荷蘭人時期者有些不同，如營盤田的設置即其一例。「營盤田」是希望一方面能夠解決「兵員」的糧食問題，另一方面也能隨時動員這些「兵員」，即是「軍兵屯墾制」，平日化兵為農，使能自食其力，戰時化農為兵，期能征戰之用的雙重目的。這是中國傳統土地制度中的屯田、軍墾制一樣的。至於其他改荷蘭人「王田」為「官田」、分配「私田」給鄭氏文武官員的土地政

策，則仍像領主式的古典封建土地關係，農民的封建農奴地位仍無多大改變。

而為了解決當時台灣農業勞動力的缺乏及補充兵員，鄭氏統治當局實行招納流亡、嚴令將士眷屬遷台的政策。這些流亡乃是明、清鼎革交際時，受戰火波及，農村凋敝，棄地逃亡的人，以及清廷為了封鎖海峽，實行遷沿海居民離海三十里到五十里的海禁政策下的流離貧農。在解決了勞動力之後，農作物生產上，經濟作物——甘蔗仍是大量種植，但因為海禁政策導致的自大陸糧食進口困難的情形，則便在台種植稻米日益重要而且逐漸興盛。同時，為了使台灣能夠長期性地與大陸清朝政府相對抗，稻米的自給自足尤所必須。這點也是和荷蘭殖民者的重商主義殖民地經濟不同處。也因此，為了強化台灣的實力以「反清復明」，發展農業經濟，成為當時台灣經濟的主要部門，在荷蘭殖民時期最重要的經濟活動——貿易，在鄭氏支配的台灣經濟中相對成了次要部門。雖然，對外貿易仍是鄭氏政權財政收入上的一項重要來源。其原因是清朝政府在沿海實施的海禁政策，使得大陸和台灣兩地因這項封鎖而使貿易往來受到阻礙，但卻因此促成走私風氣大盛。亞洲、歐洲國家所需要的中國商品，只有向台灣商人購買，由台灣本身所具備的蔗糖和鹿脯、鹿皮，加上走私得來的中國商品，台灣在主觀、客觀條件配合下，竟成了當時中國海的國際貿易重鎮。總結以觀，鄭氏下台灣社會，克服了殖民地性，而進入在封建土地關係的基礎上，有了商業資本主義的萌芽的這樣的一個社會。

台共「二八綱領」中提到，鄭氏入台後「土地悉被鄭氏一族及其部屬的大農戶等分割占有。此後由上述南方移民台灣的漢人與日俱增。所謂台灣民族，即是上述南方移民來台居住為其濫觴。當時鄭氏一族的統治完全建立在封建制度上。」只片面地說明了鄭氏政權下台灣社會的貴族官僚土地所有的封建性，卻沒有述及同時期因海上貿易及鄭氏海盜出身的商業資本主義萌芽的因素。

至若「台灣民族」云云，若從十六世紀，即從「世界資本主義體系」形成的初期以來的世界史的觀點而論，民族的形成，除埃及、中國、印度等古老歷史的形成者外，皆為工業資本主義取代封建主義，資產階級興起，要求衝破封建壁壘以為資本主義商品創造統一，廣擴市場，建立大一統中央政府下明確的(市場)邊境的政治產物。「二八綱領」既言明鄭下台灣經濟主要為封建關係，又何能論及形成新「台灣民族」之濫觴，實為理論上之重大破綻。

## 三、半殖民地封建社會的清領台灣社會

而接著鄭氏統治台灣的是清朝政府。治台初期，清政府渡台禁令依舊，規定「(一)內地商民來台貿易者，須由台廈兵備道查明，並發給路照，出入船只須嚴格檢查，偷渡者嚴辦，偷渡之船戶及失察之地方官，亦照法查辦。(二)渡台者不得攜帶家眷，已在台者不得搬眷來台。(三)潮

州、惠州之地，為海盜淵藪，積習未脫，其民禁止來台」。這些禁海令的實施，一方面是為了防止鄭氏餘黨利用台灣再行割據，反抗中央；另一方面則是封建地主階級的政權清廷內部，因缺少重商主義的擴張政策而有棄台的聲浪。後來經過施琅力陳台灣在國防上的重要，才使清廷決定保台。

但移民禁令的實行不為客觀條件所允許，原因是經過戰亂摧殘的中國沿海農村，尤其是閩粵二省，土地的荒蕪、農村經濟的破產，造成無數流離失所的農民。他們唯有向外移民才能解決其生活上的困境，因此為求生而冒禁向台灣偷渡的情形十分嚴重，以至禁民渡台的命令如同虛設，甚至是大陸沿海關卡上的官吏向移民勒索的藉口。這種禁了又鬆，鬆了又禁的命令一直要到清朝統治中國七十八年後才廢止，而這個渡台禁令的廢止還是在西方帝國主義者頻頻侵略中國後，清朝感到台灣在國防上的重要地位才做出准向台灣移民的決定。而這些移民已不同於鄭氏統治台灣時期的漢人移民，他們和中國的關係不再是對立的而是相聯繫的。

清廷准許移民台灣後，台灣總人口數激劇增加了將近二百萬人。這些新來的大陸移民逐漸往台灣北部與東部開墾。在此，我們必須概括地敘述台灣當時的開墾政策。如上所述，台灣的土地所有關係有其變遷的歷史過程。在荷蘭殖民者時期和鄭氏統治時期，幾乎都是貴族所有的土地關係，生產關係是「莊園主－農奴」和「軍兵屯田制」的封建關係。清朝統治台灣後，一方面因政權的對台擴張延長了大陸的封建近代封建土地制，一方面相應於台灣的開墾社會性質，自然產生了大租戶、小租戶的土地所有形式。所謂「大租」、「小租」是介於官僚統治階級和下層農民之間的體制。大租戶是由統治勢力的代理人或近親、退職文武官員，新從大陸來的殷戶或貿易商人、鄭氏殘黨、莊堡出身的「大結首」產生。他們大多數居住在中國大陸或台灣城市中，屬於「不在籍地主」；小租戶則是荷蘭時代的小結首或鄭氏時代屯田村落的軍隊幹部的後裔，或者是熟悉農業生產的現耕佃人升上來的。

大小租戶的形成，使台灣土地關係脫離荷蘭殖民時期和鄭氏統治時期之土地所有權完全歸於統治者的形式，而變為由領有「墾照」的大小租戶掌握了土地所有權和土地開發權。不過，「墾照」的頒給，有相當大的「利益輸送」成分，這個不合理的政策加上清朝對開發台灣的消極態度，使得後來的、未能領有「墾照」的新移民，往往率先前往未開墾的土地進行開發，等到這些無照墾民已將土地大致開發完成後，統治階級官員、稅吏和軍隊便接管這些新開墾地方，一方面抽取稅收，一方面為墾首保護墾地。但「墾首」卻不是由開墾荒地的農民裡面產生，而是由其他有權有勢的豪強獲得。這個現象和荷蘭殖民時期的大小結首制雖有形式上的一點類似，但最大不同點的是大小結首所擁有的土地其實仍是殖民者即荷蘭皇室所有，本身不過像是富農一樣。而清朝的「墾首」正是實實在在地占取佃民剩餘的地主了，同時在生產方面已不須經由統治者的規定，完全由地主自主。

而大小租戶之間的不同，乃是大租戶往往是由不在籍地主，而小租戶則是定居在開墾區內的地主。矛盾的本質在階級對立，即有土地者對無土地而出傭勞力者所創造的剩餘之掠奪所造成的矛盾，而不在「官—民」關係。封建時代「官—民」矛盾本質上也在於官＝地主，民＝佃農。小租戶由於經常參與和熟悉這些開墾事務，加上定居在開墾區內，因此那些不在籍大租戶的土地便逐漸被小租戶收購，其本身也成為台灣土地所有權的主要掌握者。至此，台灣社會的土地關係，才由「殖民地封建性質」的「王田」、「官田」和清初的「特權所有」轉變為和中國大陸完全相同的土地所有制，即是土地可經由買賣而形成的地主—佃農制。而這種形式乃是隨著台灣愈來愈廣的開發程度而日形穩固。

另外，此時在台灣的商業活動中，其商品流通的方式是透過「郊行」來完成，「郊行」是隨著移民人數的增加、墾殖土地的擴大、生產技術的改良後所導致的農業高生產量及經濟作物種類增加等多種因素而形成。「郊行」的性質與活動，雖然也像荷蘭殖民時期一樣到中國大陸、南洋群島一帶收購商品販賣，但最大不同點是台灣這時已不僅是貿易轉運站，它本身正因上述「郊行」的形成條件而成為一個商品消費市場。尤其是經濟作物種類的增加，如由甘蔗一項擴大至茶葉、米糧、樟腦等，使在「生產—交換」的過程中，主觀條件已經具備。「郊行」即成為海外商品和本地商品集散的組織。「郊行」的功能，除了代理及批發海內外商品，它的成員也像其他中國內地的地主、鄉紳、豪右一樣，對於地方事務參與行事，如(一)捐款並組織團練，參與地方防衛事宜；(二)修築寺廟，參與各種民間宗教信仰活動；(三)參與興辦教育；(四)從事各種公益事業；(五)參與各項慈善活動。產生封建地主性的商業資產階級。原因是在「郊行」賺的錢，一大部分仍投資於土地，而轉化為地主資本。

「郊行」的發達乃是象徵台灣本身已從封建殖民地性格及移民社會性質逐漸向成熟的封建性的社會邁進而且日趨穩固，因為只有在成熟穩固的封建經濟上才有本地商業資本抬頭的景象出現。然而，由於台灣「郊行」組織的穩定，必須以和中國清朝封建統治相結合後為條件，當這種關係在西方帝國主義的船堅砲利打開中國門戶後，「郊行」便走向衰落的局面。這一方面由於中國東南沿海戰火連連，使得進出口商品的來源管道遭受破壞；同時也由於西方列強在不平等條約下取得將商品輸入台灣的權利後，台灣本地商業資本便在外國商人的擴大市場及搜刮原料過程中，失去了競爭的能力，而趨向衰亡。而外國商人進入台灣市場後，其商業活動形式和在中國大陸一樣，是透過洋行及買辦商人階級來代理。如在經營台灣茶葉的販賣過程中「洋行先由外國銀行處(主要滙豐銀行)取得資金，再貸給『媽振館』，由『媽振館』轉貸給茶行，更由茶行貸給茶販，最後由茶販貸給茶農之手」(《台灣商業史》)。帝國主義便是這樣摧殘了中國自發的資本主義因素，阻礙了新的生產力和生產關係在中國的自然發展。

所謂媽振館「向來為茶葉者之間主要的金融機關，自其所為的業務觀之，並非純粹的茶商，也不是中間商人，而介在茶商與洋行之間，經營茶的委託販賣，同時以茶為抵押而貸放資金。換言之，媽振館是介在台北茶館和廈門洋商之間，代銷茶葉，並供給資金」(《台灣商業史》)。

由上述資料看來，可見媽振館是具有濃厚的買辦性的機構。而洋商、媽振館和茶商、茶農間剝削與被剝削的關係(如圖表二)。

圖表二：

烏龍茶：
茶農—茶販—茶館(行)—媽振館—{大稻埕洋行／廈門洋行}—北美等市場

包種茶：
茶農—茶販—茶館(行)—媽振館—{大稻埕洋行／廈門洋行}—新加坡—爪哇等

同時，整個台灣的市場體系也在洋商進入與控制下，完成主要的流通體系(如圖表三)。

圖表三：

台灣物產產地—初級市場—島內中央市場—{廈門、泉州、福州中心市場}—國內外市場在土地生產方面，亦因台灣本身的氣候、土壤適合農作，使得糧食作物及經濟作物提早進入商品經濟的流通過程，這種「使用價值」的生產，向「交換價值」生產的轉變，除了與台灣的開拓性社會性質有關外，另外，僱傭勞動即現銀工資勞動的發達也是原因之一。由於移民次序的先後，因此持有「墾照」者即成了後來者僱主，這些僱傭關係是以貨幣的形式維持，因此米糧被賦予市場商品性質而在市場上流通。

在台共「二八綱領」中敘述的「清朝派遣其封建領主駐在此地，依然持用封建制度統治台灣，然而隨著時光推移，封建制度也逐漸發生動搖。促成此種歷史變遷的主要作用與社會動因是，當時的台灣人與西方諸先進家國開始貿易，內部的商業資本逐漸抬頭，相對地迫使封建制度逐漸走向崩潰的道路」。

清朝的封建統治最主要是表現在土地關係上，而經過土地自由買賣的手段，台灣的土地關係也和中國大陸一般形成了民間地主－佃農制，而且由於其特殊的移民社會性質，僱傭勞動的關係也存在於早期的開墾過程中，但隨著土地的大量開發及小租戶逐漸收購大租戶土地並且佃給其他無照墾民，遂使僱傭勞動的形式已日趨式微，地主－佃農制日益鞏固，而成為主要的生產關係，因此在綱領中「迫使封建制度逐漸走向崩潰的道路」，一方面是過分忽略了當時台灣封建土地關係的成熟化與鞏固化，另一方面，則過高評價台灣商業資本的勃興——因為過低評價了帝國主義商業金融資本、買辦資本和農村高利貸資本對經濟農作農民、對台灣本地自發的商業資本和商業資產階級的掠奪、干預和打擊。為了削足以適第三國際的殖民地／半殖民地民族解放的理論之履，「二八綱領」先粗糙地預設了「台灣民族」的結論，而後辛苦地為這結論找論證，顯示第一代日共、中共、台共黨人在社會科學上還停留在幼稚的階段。

## 四、殖民地・半封建社會的日據下台灣（一八九四—一九二八）

未署名

本文依據手稿校訂

---

1　本文依據手稿校訂，未完稿，稿面無署名、無標註寫作時間。文中闡述台灣社會性質論，可能作於一九九〇年代。

2　手稿於括號內留白，應為待補之荷統時期年分。

# 「台灣戰後資本主義社會性質」大綱[1]

序論

一、台灣社會史之特點

(一)台灣地方社會史

(1)不是一個獨立、一貫自然演進的社會

(a)台灣不是一個獨立的民族和國家

(b)台灣原始社會的斷絕和挫折

(c)漢族封建社會的移入和延長

(d)割讓與殖民
(e)戰後分斷體制下獨自國民傳播發展
(2)台灣殖民地化和民族分斷
(a)日據台灣社會構成理論和變革理論
(b)戰後台灣社會性質論和變革理論之空白
(c)台灣社會形態理論之獨自性和中國歸趨的分歧
(3)世界無產階級運動的重大挫折和理論範式的摸索
## (二)帝國主義理論和台灣的殖民地史
(1)重商主義殖民統治下的台灣(一六二四—一六六二)
(a)荷蘭總統[2]的擴張
(b)荷治下的台灣

（i）政治直接統治
（ii）掠奪性殖民理論
（iii）殘暴的軍事統治
（iv）《聖經》和堅船利砲：意識形態的交配
（c）世界體系論
（2）鴉片戰爭和兩岸[3]的半殖民地化——半殖民地化
——半封建社會
——一八四〇—一九一二
（a）條約港口的開放
（b）帝國主義資本推動的國際貿易
（c）外國商業資本獨占台灣商品農產物貿易
（d）洋務自強運動和現代化
（e）巨大的社會變化
• 階級關係

(i)殖民地商品作物的擴張和大米生產的萎縮
(ii)兩岸民族商貿的萎縮和外資主體國際貿易的擴大——邊陲資本主義化
(iii)傳統民族行郊商業資本的沒落
(iv)買辦階級的興起和局部東方化
(v)兩岸的西方剩餘的產品促銷市場化
(vi)鴉片猖狂進口和白銀大量流失、兩岸社會之貧國化
(vii)民族鬥爭和階級鬥爭
(viii)封建土地所有制的分解：大租、小租制

(3)日本對台灣的殖民統治(殖民地、半封建社會)

(a)日本帝國主義的性質及其發展

(b)日帝統治台灣的三個階段

(i)殖民地基礎工程的整修(一八九五—一九〇五)
(ii)米糖殖民地 monoculture 經濟的建設(一九〇五—一九四五)
(iii)南侵工業化(一九三〇—一九四五)

（c）殖民地台灣社會的階級構成和改革理論
（i）台共的兩個政治綱領
（ii）李友邦的分析
（iii）台灣資本主義論爭
（d）階級鬥爭
（i）台灣文化協會
（ii）民眾黨
（iii）農民組合
（iv）工人運動
（v）台灣共產黨
（vi）統一戰線和分派鬥爭
（vii）文藝戰線和抵抗
（e）日本資本國家獨台資本化——南侵工業化過程中資本的衰退
（f）殖民地「現代化」：美化和批判
（g）皇民主義的本質：影響、復活和批判

（4）美帝統治下的台灣

（a）美帝國主義的形成和發展

（b）美帝和中國內戰

（c）韓戰、冷戰體制形成、美帝對中國內政的干預——兩岸分斷體制的固定化

（d）台灣的反共要塞化和KMT國安國家的形成

（i）美台協防和不平等條約

（ii）軍事、經濟、外交、政治援助

（iii）「農地改革」與red purge

（iv）KMT「國安國家」的法西斯統治。附從US的外交合法性?・Bonapartism

（e）援助經濟和對美依附——從援助到投資

（f）台灣教育、文化、思想、學術、意識形態的美國化改造

（g）《台灣關係法》的帝國主義性格

（h）「大陸不准統、台灣不可獨」——美帝干預下兩岸分裂結構的永久化

（i）作為美帝新殖民地社會的台灣

## 二、台灣戰後資本主義的性質

### （一）台灣戰後資本主義發展的三階段

（1）混亂和調整（一九四五－一九五三）

（a）從日本國家獨占資本到ＫＭＴ國家資本獨占體

（b）內戰財政、通貨膨脹

（c）韓戰、兩岸分斷、一島國民經濟的發足

（d）農地改革

（i）主佃關係結束、獨立小自耕農登台、台灣半封建經濟衰退

（ii）以貧困佃農為基礎的地下黨撲滅

（iii）舊地主家族向工業化資本轉化

（e）米糖農業恢復

（f）美援經濟展開

（2）復興期（一九五三―一九六三）

（a）米糖對日出口年值一億美金

（b）援助經濟年值一億美金

（c）進口替代產業展開、私營資本主義的國家和美援直接投資

（d）對美經濟依附體制成熟、援助改為貸款和美國直接投資

（3）發展期（一九六三―一九八七）

（a）美國指示下整頓和確定固定匯率

（b）美國指示下頒布外人投資獎勵辦法

（c）建立加工出口工業區

（d）由進口替代工業化向加工出口工業化

（e）中小企業加工出口貿易的勃興、外資主導作用

（f）美―日―台三環貿易體系形成和NIEs工業化

（g）NIEs工業的暗面

（i）R＆D低弱、缺長期規畫、勞力密集性

（ii）投機、金錢遊戲

（iii）經營、勞動倫理和紀律鬆弛

（iv）社會失序

（v）金錢、黑道結合

（h）集團資本、國家資本對內部市場獨占、中小企業、外資分工

（4）產業升級和調整（一九八七—）

（a）兩岸經貿開放：兩岸民族經濟體開始形成

（b）電子資訊產業的勃興、產業升級有成與西方發達國家產生新分工的關係

（c）私人銀行開放

（d）資本集聚運動有所發展、集團獨占資本形成、財富分配極化

（e）資產階級政治投資活潑化、台灣本地資產階級政權、國民黨黨政台灣化

（f）資本輸出、國家獨占資本主義的形成？

三、階級構造和階級鬥爭

四、台灣社會形態論

——新殖民地

——國家獨占資本主義

五、社會變革論

（一）一島變革論

（二）一國兩制為歸趨之變革論

未署名

本文依據打字稿校訂

1 本文依據打字稿校訂，稿面無標題、無署名、無標註寫作時間；篇題為編輯所加，從陳映真關於台灣社會性質論的寫作脈絡推想，可能作於一九九〇年代。

2 「總統」，疑為「統治」。

3 「兩岸」，打字稿多處誤植為「西岸」，據文意訂正。後同，不贅。

# 著作年表

## 一九五九年

五月　〈麵攤〉（五月二十四日完稿），發表於一九五九年九月《筆匯》第一卷第五期，署名陳善。

## 一九六〇年

一月　〈我的弟弟康雄〉，發表於《筆匯》第一卷第九期，署名然而。

三月　〈家〉，發表於《筆匯》第一卷第十一期。為首篇署名「陳映真」發表的作品。

八月　〈鄉村的教師〉，發表於《筆匯》第二卷第一期，署名許南村。

九月　〈故鄉〉，發表於《筆匯》第二卷第二期，署名陳君木。

十月　〈死者〉，發表於《筆匯》第二卷第三期，署名沉俊夫。

十二月　〈介紹第一部台灣的鄉土文學作品集《雨》〉，發表於《筆匯》第二卷第五期。

〈祖父和傘〉，發表於《筆匯》第二卷第五期，署名林炳培。

## 一九六一年

一月　〈貓牠們的祖母〉，發表於《筆匯》第二卷第六期，署名陳秋彬。

五月　〈那麼衰老的眼淚〉，發表於《筆匯》第二卷第七期。

六月　〈加略人猶大的故事〉（六月二十七日完稿），發表於一九六一年七月《筆匯》第二卷第九期，署名許南村。

十一月　〈蘋果樹〉，發表於《筆匯》第二卷第十一、十二期合刊本，署名陳根旺。

**一九六三年**

三月　〈哦！蘇珊娜〉，發表於三月一日《好望角》（香港）。

九月　〈文書〉，發表於《現代文學》第十八期。

**一九六四年**

一月　〈將軍族〉，發表於《現代文學》第十九期。

六月　〈淒慘的無言的嘴〉，發表於《現代文學》第二十一期。

十月　〈一綠色之候鳥〉，發表於《現代文學》第二十二期。

**一九六五年**

一月　〈超級的男性〉，發表於《劇場》第一期，署名南村。

二月　〈獵人之死〉，發表於《現代文學》第二十三期。

四月　〈關於《劇場》的一些隨想〉，發表於《劇場》第二期，署名許南村。

七月　〈兀自照耀著的太陽〉，發表於《現代文學》第二十五期。

九月　〈從《先知》、《等待果陀》的演出談現代戲劇〉（九月十二日座談會發言），發表於一九六五年十月《幼獅文藝》第二十三卷第四期、總一四二期。

十一月　《杜水龍》（與劉大任、李至善合撰之劇本，十一月二十二日完稿），發表於一九七〇年四—五月《知識分子》（香港）第五十一—五十二期。

十二月　〈現代主義底再開發——演出《等待果陀》底隨想〉，發表於《劇場》第四期，署名許南村。

## 一九六六年

四月　〈寂寞的以及溫煦的感覺〉，發表於《劇場》第五期，署名許南村。

十月　〈最後的夏日〉，發表於《文學季刊》第一期。

本年　〈永恒的大地〉，發表於一九七〇年二月《文學季刊》第十期，署名秋彬。

〈某一個日午〉，發表於一九七三年八月《文季》第一期，署名史濟民。

〈纍纍〉（約作於一九六六、六七年間），發表於一九七二年十一月《四季》（香港）第一期，署名陳南村。

## 一九六七年

一月　〈唐倩的喜劇〉，發表於《文學季刊》第二期。

〈ASA・NISI・MASA〉，發表於《文學季刊》第二期，署名許南村。

四月　〈第一件差事〉，發表於《文學季刊》第三期。

七月　〈六月裡的玫瑰花〉，發表於《文學季刊》第四期。

〈流放者之歌——於梨華女士歡迎會上的隨想〉，發表於《文學季刊》第四期，署名許南村。

十一月　〈最牢固的磐石——理想主義的貧乏和貧乏的理想主義〉，發表於《文學季刊》第五期，署名許南村。

〈期待一個豐收的季節〉，發表於《草原雜誌》創刊號，署名許南村。

本年　〈打開幔幕深垂的暗室——兼以反論葉珊的〈七月誌〉〉，署名許南村；未刊稿。

## 一九六八年

## 一九七二年

一月　〈當前流行小說中的浪漫主義——王尚義作品論評〉（一月十七日演講），發表於一月二十五日《青年戰士報・副刊》第六版。

二月　〈悲觀中的樂觀——訪問許常惠、史惟亮〉，發表於《文學季刊》第六期，署名本社記者集體採訪。

〈知識人的偏執〉，發表於《文學季刊》第六期，署名許南村。

〈新的指標——國民黨的文藝政策〉，發表於《文學季刊》第六期，署名許南村。

〈日本軍閥的陰魂未散〉，發表於《文學季刊》第六期，署名許南村。

本年　《陳映真選集》（劉紹銘編，香港：小草出版社）。

## 一九七五年

九月　〈試論陳映真〉（九月二十六日完稿），收入一九七五年十月《第一件差事》、《將軍族》（陳映真著，台北：遠景出版社），署名許南村。

十月　《第一件差事》（台北：遠景出版社）。

《將軍族》（台北：遠景出版社）。

## 一九七六年

一月　〈試評〈金水嬸〉〉（一月完稿），發表於一九七六年三月《中外文學》第四卷第十期、總四十六期，署名許南村。

五月　〈生之權利：王曉民和她的家庭——腦震盪後遺症患者家屬的苦難、愛心和希望的故事〉，發表於《溫莎醫藥衛生雜誌》第一卷第二期。〔全集卷一篇題副標內之「愛心」誤植為「憂心」。〕

九月　〈鞭子和提燈——代序許南村《知識人的偏執》〉（九月完稿），發表於一九七六年十二月一日《中國時報》第十二版。

十月　〈孤兒的歷史‧歷史的孤兒——讀吳濁流《亞細亞的孤兒》〉，發表於《臺灣文藝》第十三卷總五十三期，署名艾郢。

十一月　〈感謝和給與〉，發表於《溫莎醫藥衛生雜誌》第一卷第五期。

十二月　〈關於陳映真〉，收入《知識人的偏執》（許南村著，台北：遠行出版社）。

〈美妙世界的追求——兼談中國電影的方向〉，收入《知識人的偏執》（許南村著，台北：遠行出版社）。

《知識人的偏執》（署名許南村，台北：遠行出版社）。

## 一九七七年

三月　〈瓦器中的寶貝〉，發表於一九七七年四月《仙人掌》第二號（一九七七年三月印行），署名石家駒。

四月　〈原鄉的失落——試評〈夾竹桃〉〉（四月完稿），發表於一九七七年八月《現代文學》復刊第一期，署名許南村。

〈「那殺身體不能殺靈魂的，不要怕他！」〉，發表於《出版家》第五十七期。

〈三十年來台灣的社會和文學〉，發表於五月十日《中國論壇》第四卷第三期，署名許南村。

〈弄個歌兒大家唱吧，伙計！〉，發表於《雄獅美術》第七十五期。

五月　〈第一件差事‧四版自序〉（五月完稿），收入《第一件差事》（第四版，台北：遠景出版社）。

六月　〈文學來自社會反映社會〉，發表於一九七七年七月《仙人掌》第五號（一九七七年六月印行）。

〈台灣畫界三十年來的初春〉（六月完稿），收入一九七七年七月《珍重！阿笠——在信中與阿笠談美術》（謝里法著，台北：雄獅圖書），署名許南村。

七月　〈「鄉土文學」的盲點〉，發表於《臺灣文藝》革新號第二期、總五十五期，署名許南村。

〈走出泥淖，展開新頁！〉（七月三十一日「現代詩的方向」座談會發言），發表於一九七七年十二月《詩潮》第二期，署名許南村。

八月　〈當前中國的文學問題〉（八月座談會發言），發表於一九七七年十月十日《中國論壇》第五卷第一期、總四十九期。

十月　〈建立民族文學的風格〉，發表於《中華雜誌》第十五卷總一七一期。

〈關懷的人生觀〉（訪談），發表於《小說新潮》第一卷第二期。

## 一九七八年

三月　〈賀大哥〉，發表於《雄獅美術》第八十五期。

〈夜行貨車〉，發表於《臺灣文藝》革新號第五期、總五十八期。

五月　〈在民族文學的旗幟下團結起來〉，發表於一九七八年六月《仙人掌》第二卷第六號、總十二號（一九七八年五月印行），署名石家駒。

六月　〈台灣長老教會的歧路〉，發表於《夏潮》第四卷第六期，署名張春新。

〈楊青矗文學的道德基礎——讀《工廠人》的隨想〉，發表於《臺灣文藝》革新號第六期、總五十九期，署名許南村。

七月　〈「十年」——追憶〈期待一個豐收的季節〉〉（訪談），發表於《夏潮》第五卷第一期、總二十八期。
八月　〈根植在土地上的人——序王拓君《黨外的聲音》〉（八月二日完稿），收入一九七八年九月《黨外的聲音》（王拓著，台北：長橋出版社）。
〈人與歷史——畫家吳耀忠訪問記〉，發表於《雄獅美術》第九十期，署名許南村。
九月　〈上班族的一日〉，發表於《雄獅美術》第九十一期。
〈試評〈打牛湳村〉〉，收入《打牛湳村》（宋澤萊著，台北：遠景出版社），署名許南村。
十一月　〈現實主義藝術的新希望〉，發表於《詩潮》第三期，署名許南村。
〈智者的進言〉，發表於《大學雜誌》第一一九期。
〈從西化文學到鄉土文學〉（訪談），發表於《大學雜誌》第一一九期。
〈鄉土文學．民族主義．帝國主義〉（訪談），發表於《大學雜誌》第一一九期
十二月　〈一年來的文學〉，發表於《雄獅美術》第九十四期。
〈致一群「自由人」〉，發表於陳鼓應競選辦事處「民主牆」，署名一群不自由的人；刊載於一九七九年九月《鼓聲》第一卷第一期，署名一群不自由的人。

## 一九七九年

一月　〈斷交後的隨想〉，發表於《中華雜誌》第十七卷總一八六期。
四月　〈被壓抑侮辱和虐待者的文學——《日據下台灣新文學》問世的時代意義〉，發表於《大學雜誌》第一二四期，署名許南村。
七月　〈中國人任人恣意侮辱的日子已一去不返了〉（七月七日「七七抗戰四十二週年紀念會」發言），發

表於一九七九年八月《中華雜誌》第十七卷總一九三期。

十月　〈如何建立嚴肅的批評制度〉，發表於《書評書目》第七十八期。

十一月　〈關於「十・三事件」〉，發表於《美麗島》第一卷第三期。

〈夜行貨車・序〉（十一月一日完稿），收入《夜行貨車》（陳映真著，台北：遠景出版社）。

《夜行貨車》（台北：遠景出版社）。

十二月　〈答友人問〉（訪談），發表於《中華雜誌》第十七卷總一九七期。

## 一九八〇年

三月　〈法西斯主義的幻想〉，發表於《中華雜誌》第十八卷總二〇〇期。

四月　〈美好的腳蹤——謝緯醫師的一生〉，發表於《立達杏苑》第一卷第一期，未署名。

六月　〈中國文學的一條廣大的出路——紀念〈中國人立場之復歸〉發表兩周年，兼以壽胡秋原先生〉，發表於《中華雜誌》第十八卷總二〇三期。

〈胡秋原先生與中國新文學〉（六月十七日「胡先生壽辰講演會」發言），發表於一九八〇年七月《中華雜誌》第十八卷總二〇四期。

七月　〈試論蔣勳的詩〉，收入《少年中國》（蔣勳著，台北：遠景出版社），署名許南村。

八月　〈雲〉，發表於《臺灣文藝》革新號第十五期、總六十八期。

〈已博人間志士名——中國民族文學家賴和醫師〉，發表於《立達杏苑》第一卷第二期，署名章慧。

〈「和仔先」二三事〉，發表於《立達杏苑》第一卷第二期，署名怒江。

十月　〈地底的光：洪瑞麟——到泥土和勞動中會見藝術的畫家〉，發表於《立達杏苑》第一卷第二期，署名竺斯辨。

〈雲門舞集的十萬觀眾〉，發表於《立達杏苑》第一卷第二期，署名秦聲。

十一月 〈潘曉的信所引起的一些隨想〉，發表於《中華雜誌》第十八卷總二〇八期。

〈思想的荒蕪——讀〈苦悶的台灣文學〉敬質於張良澤先生〉，收入《帝國主義與台灣獨立運動》（南方朔著，台北：四季出版事業有限公司），署名金耕。

〈試論施善繼的詩〉（十一月三十日完稿），發表於一九八一年二月《現代文學》復刊第十三期，署名許南村。

## 一九八一年

一月 《Exiles at Home: Stories by Ch'en Ying-Chen》（Lucien Miller譯，密西根：Center for Chinese studies, The University of Michigan）。

二月 〈不朽的冠冕——《諾貝爾文學獎全集》中文版總序〉，發表於二月二十二日《中國時報·人間副刊》第八版（篇題〈不朽的冠冕——《諾貝爾文學獎全集》出版緣起〉）。

三月 〈在存去爭議聲中看水筆仔紅樹林〉，發表於《立達杏苑》第二卷第一期，未署名。

〈鐵與血的時代史詩：《滾滾遼河》〉，發表於《立達杏苑》第二卷第一期，署名怒江。

〈為抗日歷史做見證的小說家：紀剛醫師〉，發表於《立達杏苑》第二卷第一期，署名竺斯辨。

〈台灣近代雕刻的先驅者：黃土水〉，發表於《立達杏苑》第二卷第一期，署名竺斯辨。

〈醫學和文學上的幾個共同思考〉（演講），發表於《益世雜誌》第一卷第六期。

四月 〈人性·社會·文學——陳映真談台灣小說的發展傾向〉（四月七日訪談），發表於一九八一年五月

六月　十日《南洋商報・文林版》（新加坡）。

〈注視一件在逐漸株連擴大中的文字獄——我們不服台北地院的兩個錯誤判決提出上訴之理由〉，發表於《中華雜誌》第十九卷總二一五期，署名曾祥鐸、許良雄、陳映真。

〈青年的疏隔——試評《再見，黃磚路》〉，收入《再見，黃磚路》（詹錫奎著，台北：文鏡文化事業），署名許南村。

七月　〈讀七教授〈坦白的建議〉有感〉，發表於《中華雜誌》第十九卷總二一六期，署名尉天驄、陳映真。

八月　〈懷念蘭大弼醫師——「……因為我的心裡柔和謙卑」〉，發表於《立達杏苑》第二卷第二期，未署名。

〈黑澤明電影腳本的「靈魂」：小國英雄——高舉人的「純粹性」的電影劇本作家〉，發表於《立達杏苑》第二卷第二期，未署名。

九月　〈吳念真的機會和問題〉，收入《吳念真自選集》（吳念真著，台北：世界文物出版社），署名許南村。

十月　〈中國的希望繫於國民的道德勇氣——讀劉青〈沮喪的回憶與瞻望〉後的一些隨想〉，發表於《中華雜誌》第十九卷總二一九期。

十二月　〈醫師的人間像——記吳新榮醫師的世界〉，發表於《立達杏苑》第二卷第三期，未署名。

## 一九八二年

一月　〈陳映真看〈大橋下的海龜〉〉，發表於《益世雜誌》第二卷第四期。

二月　〈關於中國文藝自由問題的幾些隨想〉，發表於《中華雜誌》第二十卷總二二三期。

〈論強權、人民和輕重〉（訪談），原文〈On Power, People & Priorities〉發表於二月五日《ASIAWEEK》（香港）第八卷第五期。訪談全文（禾心中譯）及陳映真對原刊之更正和修訂說明函刊載於一九八二年四月《大地生活》第一卷第六期。

〈今年該寫了〉，發表於二月八日《自立晚報》第十版。

〈《劇場》時代〉（二月十日「知識分子與電影」論壇發言），發表於一九八二年四月《大地生活》第一卷第六期。

〈電影的危機〉（二月十日「知識分子與電影」論壇發言），發表於一九八二年四月《大地生活》第一卷第六期。

三月 〈台灣文學往哪裡走？〉（三月二十日座談會發言），發表於三月二十八日《臺灣時報》第十二版。

四月 〈無盡的哀思——悼念徐復觀先生〉（四月十八日「悼念徐復觀先生演講會」發言），發表於一九八二年五月《中華雜誌》第二十卷總二二六期。

〈從中國的智慧中去尋找生態環境保護工作的啟示〉，發表於四月二十一日《自立晚報》第十版。

五月 〈消費文化．第三世界．文學〉（演講），發表於《益世雜誌》第十九期。

〈如果我能從頭來過……〉，發表於《雄獅美術》第一三五期。

六月 〈從蟄居到破蟄：陳夏雨的世界——訪問雕刻家陳夏雨先生〉，發表於《立達杏苑》第三卷第一期，未署名。

〈台灣省醫學史中的彰化基督教醫院〉，發表於《立達杏苑》第三卷第一期，署名編輯部。

七月 〈青青子衿，悠悠我心〉（「台灣文學三十年座談會」發言），發表於《益世雜誌》第二十二期。

〈色情企業的政治經濟學基盤〉，發表於《大地生活》第一卷第九期，署名金耕。

〈訪陳映真談傷痕文學〉（訪談），發表於《大地生活》第一卷第九期。

八月 〈人權的關懷不應有差等——訪陳映真談對羈獄政治犯的關心〉（訪談），發表於《大地生活》第一卷第十期。

九月　〈路線思考的貧窮〉，發表於《生活與環境》第二卷第三期。

十月　〈讚歎和不滿足之感——看侯金水雕刻展的一些隨想〉，發表於《中華雜誌》第二十卷總二三一期。

十一月　〈人民應該起來爭取反對日本軍帝國主義復活運動中的主體性〉，發表於《生活與環境》第二卷第四期。

〈思想的索忍尼辛與文學的索忍尼辛——聽索忍尼辛在台北演講的一些隨想〉，發表於《中華雜誌》第二十卷總二三二期。

〈萬商帝君〉（十一月十五日完稿），發表於一九八二年十二月《現代文學》復刊第十九期。

## 一九八三年

一月　〈迎接中國的春天〉，發表於《中華雜誌》第二十一卷總二三四期。

〈為了中國的春天……——讀《中國之春》第一期的一些隨想〉，發表於《聯合月刊》第十八期。

〈雲・序〉（一月完稿），收入一九八三年二月《雲》（陳映真著，台北：遠景出版社）。

二月　〈戒絕「消費」這個鴉片——不要讓環境葬送在托拉斯的組織裡〉，發表於《益世雜誌》第二十九期，署名許南村。

《雲——華盛頓大樓系列（一）》（台北：遠景出版社）。

三月　〈鈴璫花〉（三月二十日完稿），發表於一九八三年四月《文季：文學雙月刊》第一卷第一期。

五月　〈自尊心和人道愛——電影《甘地傳》觀後的一些隨想〉，發表於《中華雜誌》第二十一卷總二三八期。

〈LOKKA HAKK－YHI－！〉，發表於《鐘鼓鑼》第一卷第五期。

〈台灣公共衛生中一位偉大的拓荒者：陳拱北教授〉，發表於《立達杏苑》第四卷第一期，署名千真。

〈仙人掌，加油！〉，發表於《立達杏苑》第四卷第一期，未署名。

〈藝壇老梅——談畫家李梅樹的藝術生涯〉，發表於《立達杏苑》第四卷第一期，未署名。

六月　〈向著更寬廣的歷史視野……〉，發表於六月十八日《前進週刊》第十二期。

〈為了民族的團結與和平〉（六月十八日完稿），發表於七月二日《前進週刊》第十四期。

〈試論吳晟的詩〉，發表於《文季：文學雙月刊》第一卷第二期，署名許南村。

七月　〈七七抗戰四十六週年紀念講演會・主席致詞〉（七月七日致詞），發表於一九八三年八月《中華雜誌》第二十一卷總二四一期。

〈山路〉（七月十四完稿），發表於一九八三年八月《文季：文學雙月刊》第一卷第三期。

〈寫作是一個思想批判和自我檢討的過程——訪陳映真〉（訪談），發表於《夏潮論壇》第一卷第六期。

〈從江文也的遭遇談起〉，發表於《夏潮論壇》第一卷第六期。

〈綠島的風聲和浪聲〉，發表於《鐘鼓鑼》第一卷第七期。

〈《雲》的通訊〉（八月一日、三日致信新青學社），發表於一九八四年五月十五日《破土》（香港）第三期。

八月　〈大眾消費社會中的人〉，發表於《益世雜誌》第三卷第十一期。

〈大眾消費社會和當前台灣文學的諸問題——第三屆時報文學週講演摘要〉（八月十五日「第三屆時報文學週・大眾消費社會」講座演講），發表於八月十八日《中國時報・人間副刊》第八版。

〈台灣知識分子應有的覺醒——我對台灣鄉土文學運動的看法〉（八月二十六日「台灣文學研究會第二屆年會」演講），發表於一九八三年十月一日《前進廣場》第八期。

〈變動中的台灣和當面台灣文學的諸問題〉（八月二十六日「台灣文學研究會第二屆年會」論文發

表），發表於一九八三年十月《台灣與世界》第五期。

九月　〈溫暖流過我欲泣的心——在愛荷華訪陳映真〉（九月中旬訪談），發表於一九八三年十月《夏潮論壇》第一卷第九期。

〈談「台灣人意識」與「台灣民族」——戴國煇．陳映真愛荷華對談錄〉（九月二十九日對談），發表於一九八四年二—三月《台灣與世界》第八—九期。

十月　〈陳映真首次來美訪問——開擴思想視野裨益甚大〉，發表於《台灣與世界》第五期。

十一月　〈模仿的文學和心靈的革命——訪問菲律賓作家阿奎拉〉（十一月七日採訪），發表於一九八四年一月《文季：文學雙月刊》第一卷第五期。

〈陳映真的自剖和反省〉（十一月十一日訪談），發表於一九八七年五月二十二日《華僑日報》。

〈一個作家的思考和信念——訪陳映真〉（訪談），發表於《素葉文學》（香港）第二十．二十一期。

十二月　〈陳映真的自白——文學思想及政治觀〉（訪談），發表於一九八四年一月《七十年代》（香港）總一六八期。

《陳映真小說選》（福州：福建人民出版社）。

本年　〈專訪印尼作家尤地斯特拉．馬沙地〉，未刊稿。

〈台灣文學的未來——機會點和問題點〉，未刊稿。

## 一九八四年

一月　〈中國文學和第三世界文學之比較〉（一月八日「新年文學討論會」講演），發表於《文季：文學雙月刊》第一卷第五期。

二月　〈賴和先生永垂不朽〉（二月十二日「慶賀賴和先生平反演講會」主席致詞），發表於一九八四年三月《中華雜誌》第二十二卷總二四八期。

三月　〈從獷悍到凝沉——對於朋友王拓的隨想〉，發表於三月十七日《前進世界》第一期、總號五十一。

〈反諷的反諷——評〈第三世界文學的聯想〉〉，發表於三月二十四日《自立晚報．副刊》第十版，署名許南村。

〈談西川滿與台灣文學〉，發表於《文季：文學雙月刊》第一卷第六期，署名許南村。

〈追究「台灣一千八百萬人」論〉，發表於《夏潮論壇》第十二期、總第二卷第一期，署名趙定一。

〈打起精神，英勇地活下去吧！——懷念繫獄逾三十三年的友人林書揚和李金木〉，發表於《夏潮論壇》第十二期、總第二卷第一期，署名許南村。

四月　〈「鬼影子知識分子」和「轉向症候群」——評漁父的發展理論〉，發表於四月八—十三日《中國時報．人間副刊》第八版。

〈嚴守抗議者的倫理操守——從海內外若干非國民黨刊物聯手對《夏潮》進行政治誣陷說起〉，發表於《夏潮論壇》第十三期、總第八卷第二期，編輯部評論。

五月　〈大眾消費時代的文學家和文學〉，發表於《中國論壇》第二〇七期。

〈致《政治家》發行人函〉（五月十四日發函），發表於《文季：文學雙月刊》第二卷第一期，署名尉天驄、陳映真、王曉波、蘇慶黎、柯水源、李南衡。

六月　〈「學院理想主義」的憂鬱——從台大學代會主席吳叡人辭職事件談起〉，發表於《中華雜誌》第二十二卷總二五一期。

〈保衛林少猫抗日英名演講會．主席報告〉（六月十七日報告），發表於一九八四年七月《中華雜誌》

第二十二卷總二五二期。

〈台灣山地少數民族問題和黨外〉，發表於六月三十日《蓬萊島》第四期。

〈美國統治下的台灣——天下沒有白喝的美國奶〉，發表於《夏潮論壇》第十五期、總第八卷第四期，署名趙定一。

八月　《萬商帝君》（北京：中國友誼出版公司）。

〈「炎黃子孫」靠哪邊站！〉，發表於《夏潮論壇》第十七期、總第八卷第六期，署名洲子洋。

〈建立真正獨立的產業工會，為保障工人的生命和權益而奮鬥——從兩山礦難和美資華納利電子公司工人爭議說起〉，發表於《夏潮論壇》第十七期、總第八卷第六期，編輯部評論。

九月　〈想起王安憶〉，發表於《文季：文學雙月刊》第二卷第三期。

〈山路·自序〉，收入《山路》（陳映真著，台北：遠景出版社）。

〈《孤兒的歷史·歷史的孤兒》自序〉，收入《孤兒的歷史·歷史的孤兒》（陳映真著，台北：遠景出版社）。

《山路》（台北：遠景出版社）。

《孤兒的歷史·歷史的孤兒》（台北：遠景出版社）。

十一月　〈試著放心下來——讀苹歌的小說〉，發表於十一月十六日《自立晚報·副刊》第十版，署名許南村。

〈一個罪孽深重的帝國〉，發表於《夏潮論壇》第九卷第三期、總號五十，編輯部評論。

## 一九八五年

二月　〈試論施叔青——「香港的故事」系列〉，發表於二月十三、十四日《自立晚報·副刊》第十版，署名許南村。

〈關於中共文藝自由化的隨想〉，發表於《中華雜誌》第二十三卷總二五九期，署名許南村。

三月

〈楊逵先生永垂不朽——楊逵的一生〉，發表於三月十六日《前進》第十一期、總號一〇二。

〈楊逵文學對戰後台灣文學的啟示〉（三月三十一日「楊逵先生逝世紀念會」演講），發表於一九八五年五月《中華雜誌》第二十三卷總二六二期。

四月

〈歷史的寂寞——楊逵先生永垂不朽〉，發表於《中華雜誌》第二十三卷總二六一期。〔全集卷七文末出處誤植為五月。〕

六月

〈懷念唐文標〉，發表於六月十五日《前進》第二十四期、總號一一五。

〈關於攝影和文學的一些隨想〉（六月二十五日演講），發表於七月二十日《自立晚報·副刊》第十版。〔全集卷七排於七月，按演講日期應排於六月。〕

七月

〈《侵略》和《侵略原史》——介紹森正孝先生批判日本侵略歷史的兩部傑出紀錄影片〉，發表於七月六日《中國時報·人間副刊》第八版。

〈勝利四十週年七七抗戰紀念講演會·主席致詞〉（七月七日致詞），發表於一九八五年八月《中華雜誌》第二十三卷總二六五期。

〈相機是令人悲傷的工具——日籍國際報導攝影家三留理男剪影〉，發表於八月十四日《中國時報·人間副刊》第八版。

八月

〈四十年來台灣文藝思潮之演變〉（八月二十日完稿，初題〈四十年來台灣文藝思潮演變初探：在馬華青年會中的講話〉），初刊於一九八七年六月《中華雜誌》第二十五卷總二八七期，校訂增補版收入一九八八年四月《陳映真作品集8·鳶山》（台北：人間出版社）。

九月　〈再起台灣文學的藥石——讀陳虛谷〈榮歸〉〉，發表於九月二十八日《自立晚報・副刊》第十版。

十月　〈轉型期下的倫理——陳映真、沈君山、羅蘭第三類接觸〉（十月十三日座談會發言），發表於一九八五年十一月《天下》第五十四期。

十一月　〈創刊的話——因為我們相信，我們希望，我們愛……〉，發表於《人間》創刊號。

〈記錄一個大規模的・靜默的・持續的民族大遷徙——訪問關曉榮談「八尺門」連作和報導攝影〉，發表於《人間》創刊號。

〈鍾楚紅——人・女人・演員〉，發表於《人間》創刊號。

〈擁抱生活，關愛人間——訪陳映真談《人間》雜誌〉（訪談），發表於十一月三日《自立晚報・副刊》第十版。

十二月　〈如戲的人生——訪問張照堂〉，發表於《人間》第二期，署名李明。

〈陳映真小說選・序〉，收入《陳映真小說選》（陳映真著，台北：人間雜誌社）。

《陳映真小說選》（台北：人間出版社），為紀念《人間》雜誌創刊收藏版。

## 一九八六年

一月　〈德蕾莎姆姆和她在台灣的修士修女們〉，發表於《人間》第三期，署名李明。

〈台灣第一部「第三世界電影」——電影《莎喲娜啦・再見》的隨想〉，發表於一月二十六日《中國時報・人間副刊》第八版。

二月　〈兩鬢開始布霜〉，發表於二月九日《中國時報・人間副刊》第三版。

〈電影思想的開放〉，發表於《４００擊》。

三月　〈世界體系下的「台灣自決論」——冷戰體制下衍生的台灣黨外性格〉，發表於《夏潮論壇》總五十一期，署名趙定一。

〈從台灣都市青少年崇日風尚說起〉，發表於《中華雜誌》第二十四卷總二七二期。

〈共同的探索——為台灣前途諸問題敬覆永台先生〉，發表於《夏潮論壇》總五十二期，署名趙定一。

四月　〈台灣的殖民地體質——也談台灣的過去與未來〉，發表於《夏潮論壇》總五十三期，署名趙定一。

五月　〈誤解和曲解無損吳老〉，發表於《中華雜誌》第二十四卷總二七四期。

〈用舞踏向「現代日本」叛變？——「白虎社」社長、企畫訪談錄〉，發表於《人間》第七期。

〈我們做的，還不夠〉，發表於五月九日《中國時報．人間副刊》第八版。

六月　〈核電危鄉行——徘徊在核一、核二的邊緣〉，發表於《人間》第八期，署名李明。

七月　〈《怒吼吧，花岡！》演出的話〉，收入七月七、八日《怒吼吧，花岡！》報告劇演出手冊。

〈石飛仁的正義感與海峽兩岸之冷漠〉，發表於一九八六年八月《中華雜誌》第二十四卷總二七七期。

〈不怕寂寞的獨行者〉（七月完稿），發表於一九八六年八月二十日《自立晚報．副刊》第十版。

九月　〈釣運的風化與愁結——讀薛荔小說集《最後夜車》隨想〉，發表於九月六日《自立晚報．副刊》第十版。

〈千年古塚——試評王小虹散文集《葡萄樹》〉，發表於九月二十五日《自立晚報．副刊》第十版。

〈大眾傳播與小雜誌〉（演講），發表於《東海文藝季刊》第二十一期。

十月　〈不可為一時權宜犧牲民族大義〉（十月二十八日「聲討藤尾正行侵略妄言講演會」發言），發表於一九八六年十二月《中華雜誌》第二十四卷總二八一期。

〈抗議書〉（十月二十八日完稿），發表於一九八六年十二月《中華雜誌》第二十四卷總二八一期。

十一月　〈當浪子不回頭……——小評〈他是阿誰〉〉，發表於十一月十三日《中國時報·人間副刊》第八版。
〈九位作家談組黨與解嚴〉，發表於《南方》第二期。
十二月　〈探索批判的、自立的日本關係和日本論——從藤尾暴言事件想起〉，發表於《文星》第一〇二期。
〈人文思想雜誌的再生〉，發表於十二月六日《中國時報·人間副刊》第八版。
〈科技教育的盲點〉，發表於十二月十九日《中國時報·人間副刊》第八版。
〈文學、政治、意識形態——專訪陳映真先生〉（訪談），發表於《兩岸》詩叢刊第二期。

## 一九八七年

一月　〈石破天驚〉，發表於《人間》第十五期。
〈我們是這麼看侯孝賢的〉（座談會發言），發表於《人間》第十五期。
〈「日本接觸」——實相與虛相〉，發表於一月二日《中國時報·人間副刊》第八版。
〈新種族〉，發表於一月十六日《中國時報·人間副刊》第八版。
〈關切和同情學生運動〉（一月二十五日「聲援大陸民主運動講演會」發言），發表於一九八七年三月《中華雜誌》第二十五卷總二八四期。
二月　〈從一部日片談起〉，發表於二月六日《中國時報·人間副刊》第八版。
〈鳶山——哭至友吳耀忠〉，發表於《雄獅美術》第一九二期。
三月　〈關於台灣文學的一島論——讀松永正義〈八〇年代的台灣文學〉書後〉，發表於三月七日《中國時報·人間副刊》第八版。
〈「台灣」分離主義——「知識分子的盲點」〉，發表於《遠望》創刊號。

〈神學討論顯露光采〉，發表於三月二十四日《自立晚報・副刊》第十版。

〈台灣內部的日本——再論日本戰爭電影《聯合艦隊》〉，發表於三月二十七日《中國時報・人間副刊》第八版。

〈序：走出國境內的異國〉，收入《人與土地・阮義忠攝影集》（阮義忠著，台北：人間出版社）。

## 四月

〈為了民族的和平與團結——寫在「2・28事件：台中風雷」特集卷首〉，發表於《人間》第十八期。

〈「戡亂」意識形態的內化〉（四月七日完稿），發表於一九九一年五月《明報月刊》（香港）第二十六卷第五期，總三〇五期。

〈「為弱小者代言」——日本報告攝影家樋口健二〉，發表於四月九日《中國時報・人間副刊》第八版。

〈關於雷驤的一點隨想——序雷驤《矢之志》〉，收入《矢之志》（雷驤著，台北：圓神出版社）。

## 五月

〈何以我不同意台灣分離主義？〉，發表於《中華雜誌》第二十五卷總二八六期。

〈陳映真訪港答記者問〉（五月二十一日記者會答問），發表於一九八七年八月《八方文藝叢刊》（香港）第六輯。

〈台灣社會的悶局與困惑——專訪台灣作家陳映真〉（訪談），發表於五月二十二日《信報》（香港）。

〈四十年來的台灣文藝思潮——一九八七年五月二十四日在香港大專會堂的演講〉（五月二十四日演講），發表於一九八七年八月《八方文藝叢刊》（香港）第六輯。

〈大眾傳播和民眾傳播〉（五月二十五日演講及答問），發表於一九八七年十一月《八方文藝叢刊》（香港）第七輯。

〈致讀者〉（五月完稿），收入一九八七年九月《當代世界小說家讀本・金石範》（金石範著，王淑卿譯，台北：光復書局）。

六月 〈「非理性力量」下的科技〉，發表於《人間》第二十期。
〈趙南棟〉，發表於《人間》第二十期。
〈鄉土文學論戰十週年的回顧——訪陳映真〉（訪談），發表於《海峽》創刊號。
《趙南棟及陳映真短文選》（台北：人間出版社）。

七月 〈曲扭的鏡子．序〉，收入《曲扭的鏡子》（康來新、彭海瑩編，台北：雅歌出版社）。
〈基督徒文字工作者的社會責任〉（「第一屆基督徒寫作藝術研習會」演講），收入《曲扭的鏡子》（康來新、彭海瑩編，台北：雅歌出版社）。
〈由「出走」談起——陳映真對當今台灣教會之觀察與諍言〉（訪談），收入《曲扭的鏡子》（康來新、彭海瑩編，台北：雅歌出版社）。
〈基督徒與大眾消費文化〉，收入《曲扭的鏡子》（康來新、彭海瑩編，台北：雅歌出版社）。

八月 〈肅穆的敬意〉，發表於《中華雜誌》第二十五卷總二八九期。
〈國家分裂結構下的民族主義國家——「台灣結」的戰後史之分析〉（八月二十二—二十四日「『中國結』與『台灣結』研討會」發表論文），刊載於一九八七年十月《中國論壇》第二八九期。
〈戒嚴體制和戒嚴體質〉，《海峽》第三期社論。
〈台灣經濟發展的虛相與實相——訪劉進慶教授〉（八月採訪），發表於一九八七年九月《海峽》第四期。
九月 〈一個親切的社會〉，發表於九月六日《中國時報．人間副刊》第八版。
〈習以為常的荒謬〉，發表於九月九日《自立晚報》第三版。
〈台灣勞工必須組織自己的政黨！〉，《海峽》第四期社論。

〈超越與飛躍的人性〉，收入《當代世界小說家讀本．金石範》（金石範著，王淑卿譯，台北：光復書局）。

十月 〈台灣變革的底流——戴國煇、松永正義、陳映真對談〉，原文「台湾・変化の底流は何か」發表於《世界》（東京）五〇六期。鄭莊譯，經陳映真修訂，收入一九八八年四月《陳映真作品集6．思想的貧困》（台北：人間出版社）。

十一月 〈思想的貧困——訪陳映真〉（訪談），發表於《台北評論》第二期。

〈陳映真速寫大陸作家——吳祖光、張賢亮、汪曾祺、古華〉，發表於《人間》第二十五期。

〈你所愛的美國生病了……〉，發表於十一月二十六日《自立晚報》第八版。

十二月 〈作為一個作家……〉（「第三屆全省巡迴文藝營」演講），發表於《聯合文學》第四卷第二期、總三十八期。

〈《石破天驚》自序〉（十二月五日完稿），收入一九八八年四月《陳映真作品集7．石破天驚》（台北：人間出版社）。

〈《思想的貧困》自序〉（十二月二十八日完稿），收入一九八八年四月《陳映真作品集6．思想的貧困》（台北：人間出版社）。

〈建設具有主體性的高雄文化〉，發表於十二月三十一日《自立晚報》第二版。

本年 《趙南棟及陳映真短文集》（台北：人間出版社）。

## 一九八八年

一月 〈「小說卷」自序〉（一月二日完稿），收入一九八八年四月《陳映真作品集1．我的弟弟康雄》、《陳映真作品集2・唐倩的喜劇》、《陳映真作品集3・上班族的一日》、《陳映真作品集4・萬商帝君》、《陳映真作品集5・鈴璫花》（台北：人間出版社）。

〈一九九八台灣文化新貌〉，發表於一月三日《中國時報・人間副刊》第十八版。

〈歷史性的返鄉——送何文德與他的老兵返鄉探親團〉，發表於一月十四日《中國時報・人間副刊》第十八版。

〈悼念的方法〉，發表於一月十五日《中國時報・人間副刊》第十八版。

〈中國統一促進運動籌備談話會發言〉（一月二十二日發言），發表於一九八八年二月《中華雜誌》第二十六卷總二九五期。

〈民眾的中國和民眾的知識分子〉，發表於《中國論壇》第二九六期。

二月　〈遙祝〉，發表於二月二十四日《中國時報・人間副刊》第十八版。

三月　〈我們愛森林的朋友阿標〉，發表於三月三日《自立晚報・副刊》。

〈陳映真，我的孿生兄弟〉，發表於三月十日《中時晚報・副刊》第十一版。

《陳映真作品集》（十五卷本，台北：人間出版社）前十卷出版，包括《我的弟弟康雄》（小說卷 一九五九—一九六四）、《唐倩的喜劇》（小說卷 一九六四—一九六七）、《上班族的一日》（小說卷 一九六七—一九七九）、《萬商帝君》（小說卷 一九八〇—一九八二）、《鈴璫花》（小說卷 一九八三—一九八七）、《思想的貧困》（訪談卷：人訪陳映真）、《石破天驚》（訪談卷：陳映真訪人）、《鳶山》（隨筆卷）、《鞭子和提燈》（自序及書評卷）、《走出國境內的異國》（序文卷）。

四月　〈豐富、生動的功課——「三一六」農民反美示威的隨想〉，發表於《中華雜誌》第二十六卷總二九七期。

〈《鳶山》自序〉，收入《陳映真作品集8・鳶山》（台北：人間出版社）。

〈《鞭子和提燈》和《走出國境內的異國》自序〉，收入《陳映真作品集9・鞭子和提燈》、《陳映真作品集10・走出國境內的異國》（台北：人間出版社）。

〈台灣戰後最大的農民反美示威〉，發表於《人間》第三十期。

〈望穿鄉關的心啊！〉，發表於四月十四日《中國時報・人間副刊》第十八版。

〈第三世界接觸——黃皙暎與陳映真對談中韓現代文學發展〉（四月二十七日對談），發表於四月三十日《中國時報・人間副刊》第十八版。

五月

《陳映真作品集》（十五卷本，人間出版社）後五卷出版，包括《中國結》（政論及批評卷）、《西川滿與台灣文學》（政論及批評卷）、《美國統治下的台灣》（政論及批評卷）、《愛情的故事》（陳映真論卷）、《文學的思考者》（陳映真論卷）。

〈為脫離強權冷戰，團結一切華人，創造新中國文明而努力〉，發表於《中華雜誌》第二十六卷總二九八期。

〈迎接一個新時代的到來——「政論及批判卷」自序〉，收入《陳映真作品集11・中國結》、《陳映真作品集12・西川滿與台灣文學》、《陳映真作品集13・美國統治下的台灣》（台北：人間出版社）。

〈總是難於忘懷——「論陳映真卷」自序〉，收入《陳映真作品集14・愛情的故事》、《陳映真作品集15・文學的思考者》（台北：人間出版社）。

〈一種憂傷的提醒〉（訪談），發表於五月十二日《中國時報・人間副刊》第十八版。

〈和陳映真談《人間》雜誌〉（訪談），發表於五月十五日《自立晚報》第六版。

六月

〈《人間》雜誌三十二期・發行人的話〉，發表於《人間》第三十二期。

七月　〈民眾和生活現場的文學：黃皙暎、黃春明與陳映真對談〉（對談），發表於《人間》第三十二期。
〈《人間》雜誌三十三期．發行人的話〉，發表於《人間》第三十三期。
〈洩忿的口香糖〉，發表於《人間》第三十三期。
八月　〈《人間》雜誌三十四期．發行人的話〉，發表於《人間》第三十四期。
〈記一次國際性抗日文化活動〉，發表於《中華雜誌》第二十六卷總三〇一期。
〈被湮沒的歷史的寂寞〉，發表於《聯合文學》第四卷第十期、總四十六期。
〈民族文學的新的可能性——在「陳映真文學創作與文化評論國際研討會」結束時的致謝辭〉（八月六日致詞），發表於一九八八年九月《人間》第三十五期。
〈陳映真．劉賓雁歷史性對談實錄〉（八月六日對談），發表於八月八、九日《香港經濟日報》。
〈作為一個知識分子，我仍然勇於在爭議中堅守批判的立場〉（訪談），發表於八月八日《中國時報．開卷》第十六號第二十三版。
〈再燃上一支蠟燭——台灣著名作家陳映真訪談錄〉（訪談），發表於八月三十、三十一日《人民日報（海外版）．副刊》第七版。
九月　〈親愛的劉賓雁同志……〉，發表於《人間》第三十五期。
〈聲援胡秋原先生說明會紀實〉（九月二十三日發言），發表於一九八八年十月《中華雜誌》第二十六卷總三〇三期。
《趙南棟——陳映真選集》（丘延亮編，香港：文藝風出版社）。
十月　〈《人間》雜誌三十六期．發行人的話〉，發表於《人間》第三十六期。
十一月　〈《人間》雜誌三十七期．發行人的話〉，發表於《人間》第三十七期。

〈序曲　從民眾的觀點出發〉，發表於《人間》第三十七期，署名編輯部。
〈第一卷　狂喜與幻滅——一九四五－一九四九〉，發表於《人間》第三十七期，署名編輯部。
〈第二卷　在冷戰中受孕的胎兒——一九五〇年代〉，發表於《人間》第三十七期，署名編輯部。
〈第二卷　在冷戰中受孕的胎兒——一九五〇年代．荒湮中的歷史〉，發表於《人間》第三十七期，署名林汝南。
〈第三卷　依賴與發展——一九六〇年代〉，發表於《人間》第三十七期。
〈第四卷　挑戰．反省．反應——一九七〇年代〉，發表於《人間》第三十七期，署名編輯部。
〈第四卷　挑戰．反省．反應——一九七〇年代．一次夭死的文學革命〉，發表於《人間》第三十七期，署名周伯瑞。
〈第五卷　再編組和轉變的時代——一九八〇年代〉，發表於《人間》第三十七期，署名編輯部。
〈第五卷　再編組和轉變的時代——一九八〇年代．乍醒的巨人〉，發表於《人間》第三十七期，署名趙守一。
〈終曲　和人民一起思想〉，發表於《人間》第三十七期，署名編輯部。
〈四十年來的政治逮捕與肅清〉，發表於《人間》第三十七期，署名馬嘯釗。
〈為人道、公理、正義，向日本政府抗議〉，發表於《中華雜誌》第二十六卷總三〇四期，署名陳映真、毛鑄倫、陳正光、廖木全、王曉波、廖天欣、丁穎、何偉康、黃溪南、康橋。
〈台灣各界要求日本天皇臨終前為其侵華罪責向中國人民鄭重道歉之備忘錄〉，發表於《中華雜誌》第二十六卷總三〇四期，署名陳映真、錢江潮、劉任航、周昭星、王曉波、廖木全、丁穎、劉國基、廖天欣、陳正光、康橋、何偉康。

〈冷戰結構下的台灣教會〉（十一月與「曠野社」同仁對談），發表於一九八九年一／二月《曠野》第十三期。

十二月 《《人間》雜誌三十八期．發行人的話〉，發表於《人間》第三十八期。

〈解放被朝野歧視的台灣人！〉，發表於《人間》第三十八期。

〈請安息，周楊霖……〉，發表於《人間》第三十八期。

〈冷戰體制與台灣教會——在「曠野」同仁聚會中的講話〉，發表於《五月評論》第四期。

## 一九八九年

一月 〈《人間》雜誌三十九期．發行人的話〉，發表於《人間》第三十九期。

〈客籍貧困傭工移民的史詩——〈渡台悲歌〉和客系台灣移民社會〉，發表於《人間》第三十九期。

〈解放與尊嚴——一九八九《人間》宣言〉（一月完稿），發表於一九八九年二月《人間》第四十期。

二月 〈《人間》雜誌四十期．發行人的話〉，發表於《人間》第四十期。

〈從寂靜深閨走入政治颱風眼——獨門媳婦當縣長，余陳月瑛的故事〉，發表於《人間》第四十期。

三月 〈《人間》雜誌四十一期．發行人的話〉，發表於《人間》第四十一期。

〈徬徨的武裝——美國遠東基地國防與國共內戰國防的重疊與崩解〉，發表於《人間》第四十一期。

四月 〈《人間》雜誌四十二期．發行人的話〉，發表於《人間》第四十二期。

〈台灣經濟成長的故事——台灣公害的政治經濟學〉，發表於《人間》第四十二期。

五月 〈中國統一聯盟執行委員會主席報告〉，發表於《中華雜誌》第二十七卷總三〇九期。

〈語言的政治：共生、共榮〉，發表於《人間》第四十三期。

六月

〈望鄉棄民——一場尚未結束的戰爭〉，發表於《人間》第四十三期。

〈關於「六四」天安門不幸事件的聲明〉（六月五日發表聲明），刊載於一九八九年七月《中華雜誌》第二十七卷總三一二期，署名中國統一聯盟主席陳映真暨全體執行委員。

〈韓國民眾的反對文化〉，發表於《人間》第四十四期。

〈悲傷中的悲傷——寫給大陸學潮中的愛國學生們〉，發表於《人間》第四十四期。

〈民族的報紙為民眾發言——《韓民族報》的精神與工作〉，發表於《人間》第四十四期。

〈我們有韓國民族．民主運動的傳統——「全民聯」：韓國民眾民主化運動的司令部〉，發表於《人間》第四十四期。

〈年輕又熱烈的無窮花——八〇年代的韓國學生運動〉，發表於《人間》第四十四期。

〈尊嚴．幸福和希望的權利——韓國工人運動與「漢城工聯」〉，發表於《人間》第四十四期。

〈因為在民眾中有真理……——韓國社會構成體性質的論戰和韓國社科界的英姿〉，發表於《人間》第四十四期。

〈韓國文學的戰後——在「不斷革命」中豐富和發展的韓國現代文學〉，發表於《人間》第四十四期。

〈耶穌在窮人中興起新教會——訪問韓國民眾神學的創始者安炳茂博士〉，發表於《人間》第四十四期。

〈我來……乃是要叫人紛爭——新的韓國天主教會在「紛爭」中胎動〉，發表於《人間》第四十四期。

〈在戰鬥中成長的韓國民族劇場〉，發表於《人間》第四十四期。

〈為一切人的平等與自由的美術——韓國民族美術運動的理論與實踐〉，發表於《人間》第四十四期。

〈韓國民族電影運動的起步〉，發表於《人間》第四十四期。

〈為教育民主挺進〉，發表於《人間》第四十四期。

七月

〈韓國公害運動的視野〉，發表於《人間》第四十四期。

〈一個獨特的「間諜故事」——讀林坤榮《歸鴻》的隨想〉，發表於《人間》第四十五期。

〈等待總結的血漬——寫給天安門事件中已死和倖活的學生們〉，發表於《人間》第四十五期。

〈金文豪，加油！〉，發表於《人間》第四十五期。

〈「母親的臉」〉，發表於《人間》第四十五期。

〈「結果遠比原因重要」——從權寧彬先生看韓國當前中間自由主義知識分子〉，發表於《人間》第四十五期。

八月

〈中國統一聯盟致大陸統一促進會函〉（八月七日發函），發表於一九八九年十月《中華雜誌》第二十七卷總三一五期，署名陳映真、毛鑄倫。

〈文益煥牧師的一首詩〉，發表於《人間》第四十六期。

〈虛構的珍珠港——美國干涉主義下的金門與馬祖〉，發表於《人間》第四十六期。

〈統獨二派兩敗俱傷——訪陳映真〉（訪談），發表於《台灣春秋》第一卷第十期。

〈「美軍基地—反共波拿帕國家」的成立——張俊宏「國民黨界定論」的批判〉，發表於《遠望》第二十二期，署名趙定一。

九月

〈老是缺席總不是辦法〉，發表於《人間》第四十七期。

〈賭國春秋〉，發表於《人間》第四十七期，署名趙定一。

十月

〈敬悼統聯名譽主席余登發先生——一個偉大的民眾的民主主義和愛國主義的實踐者〉，發表於《中華雜誌》第二十七卷總三一五期。

〈支點〉（十月十四日「關懷弱勢．聲援劉俠研討禱告會」發言稿），發表於一九八九年十一／十二月《曠野》第十八期。

〈為一段被湮滅的歷史要求復權〉（十月二十四日「重審五〇年代『白色恐怖』」演講），發表於一九八九年十二月《遠望》第二十五期。

〈釣魚台：爭議的構造——十月二十四日保釣遊行的隨想〉，發表於十月三十日《中時晚報．時代副刊》。

十一月　〈莫那能——台灣內部的殖民地詩人〉，收入《美麗的稻穗》（莫那能著，台北：晨星出版社）。

十二月　〈三點意見〉，發表於十二月五日《中國時報．人間副刊》第二十七版。

〈歡迎分裂四十年後第一位來台的大陸作家：劉賓雁先生〉（十二月二十四日「劉賓雁歡迎餐會」致詞），發表於一九九〇年一月《中華雜誌》第二十八卷總三一八期。

## 一九九〇年

一月　〈迎接一個新而艱難的時代〉，收入《都市劇場與身體》（王墨林著，台北：稻鄉出版社）。

二月　〈中國統一聯盟大陸訪問團抵京聲明〉（二月十五日發表聲明），刊載於一九九〇年三月《中華雜誌》第二十八卷總三二〇期。

〈中國統聯訪問團與江澤民的對話錄〉（二月十九日對談），發表於一九九〇年三月十九日《瞭望週刊》（篇題〈江澤民與台灣「統聯」訪問團共話祖國統一〉；北京）。

〈中國統一聯盟大陸訪問團離滬返台記者會紀實〉（二月二十五日記者會答問），發表於一九九〇年四月《中華雜誌》第二十八卷總三二一期。

四月　〈為美國國防部關於中國領土之暴論的抗議聲明〉（四月二十日發表聲明），刊載於一九九〇年五月

五月
《中華雜誌》第二十八卷總三二二期。
〈混沌的夢與現實——評竹林的《嗚咽的瀾滄江》〉(五月十五日完稿),收入《兩岸文學互論·第一集》(周錦編,台北:智燕出版社)。
〈壽民族主義愛國主義火炬的胡秋原先生〉(五月二十七日「慶祝胡秋原八十壽辰演講會」發言),發表於一九九〇年七月《中華雜誌》第二十八卷總三二四期。
〈回憶《劇場》雜誌〉,發表於《幼獅文藝》第七十一卷第五期、總四三七期。
〈失去英雄的地平線——陳映真 vs 周玉蔻〉(對談),發表於《聯合文學》第六卷第七期、總六十七期。

六月
〈知識的開端:認識美帝國主義——序徐代德《背德的帝國:美帝國主義發展史話》〉(六月十日完稿),收入一九九〇年七月《背德的帝國:美帝國主義發展史話》(徐代德著,台北:人間出版社)。
〈兩岸文化交流和國土的統一〉(六月十六日演講),發表於一九九〇年七月《中華雜誌》第二十八卷總三二四期。
〈非情的傷痕——韓戰四十週年的隨想〉,發表於六月二十五日《聯合晚報·當代》第十五版。

七月
〈另外一個台北〉,發表於七月九日《中國時報·人間副刊》第三十一版。
〈人間「台灣社會史叢刊」出版贅言〉(七月十日完稿),署名人間出版社編輯部;未刊稿。
〈民族分裂歷史對台灣戰後文學的影響〉(七月十六—十八日香港「海峽兩岸關係學術研討會」發言),發表於一九九〇年八月《中華雜誌》第二十八卷總三二五期。
〈台中的風雷·出版記〉(七月完稿),收入一九九〇年九月《台中的風雷——跟謝雪紅在一起的日子裡》(古瑞雲著,台北:人間出版社)。

九月
〈真實的力量〉,發表於九月八日《中時晚報·時代版》。

〈真實的顏色——《月亮的小孩》發表會紀錄〉(九月八日發言),發表於一九九一年五月《電影欣賞雙月刊》第九卷第三期,總號五十一期。

〈一面毫不妥協的鏡子——「真實報告」的顛覆性〉,發表於九月十七日《自立晚報.本土副刊》第十四版。

十月　〈邪惡的帝國手段〉,發表於一九九〇年十月《中華雜誌》第二十八卷總三二七期。

〈告全國同胞書〉(十月二十四日完稿),署名保衛釣魚台行動會;未刊稿。

〈抗議書〉(十月二十四日完稿),署名保衛釣魚台行動會;未刊稿。

〈在李郝體制新威權主義下台灣社會運動應如何發展〉(座談會發言),發表於《遠望》第二十九期。

十一月　〈愛國統一戰線〉,發表於十一月一日《台灣日報.台時副刊》第二十七版。

〈「新保釣運動」和「愛國統一戰線」〉,發表於《遠望》第三十期。

十二月　〈夢魘般的迴聲——陳芳明「內面史」的黑暗〉,發表於十二月二十五、二十六日《自立晚報.本土副刊》第十九版。

## 一九九一年

一月　〈「馬先生來了」?——馬克思《資本論》在台灣出版的隨想〉,發表於《中國論壇》總三六四期。

〈對於美國霸權主義的實感〉,發表於《中華雜誌》第二十九卷總三三〇期。

〈大陸社會的縮影——短評〈大雜院〉〉,發表於一月六日《聯合報.副刊》第二十五版。

〈新的閱讀和論述之必要〉,發表於一月六日《中國時報.人間副刊》第二十七版。

二月　〈尋找一個失去的視野——讀何新〈世界經濟形勢與中國經濟問題〉〉,發表於《海峽評論》第二期。

〔全集卷十二排於一月，按初刊時間應排於二月。〕

〈祖國喪失和白痴化——答覆李喬論台獨的「反中國．反民族」和「新皇民化」性質〉，發表於二月七、八日《自立晚報．本土副刊》第十九版。

〈超克內戰和冷戰歷史的思維——從NIEs症候群說起〉，發表於《幼獅文藝》第七十三卷第二期、總四四六期。

〈波灣戰爭中噁心之感〉，發表於《中華雜誌》第二十九卷總三三二期。

〈國務卿艾奇遜閣下……——讀廖文毅的《台灣發言》(Formosa Speaks)〉，發表於《中華雜誌》第二十九卷總三三二期，署名許南村。

〈二二八事變的指導思想：「體制內改革」——從美駐台北領事館一九四七年三月三日及七日兩封密件談起〉，發表於《海峽評論》第三期。

三月　〈主，我們這樣子就可以嗎？——「一九九〇平安禮拜」的隨想〉，發表於一九九一年三／四、五／六、七／八月《曠野》第二十六、二十七、二十八期。

四月　〈暖人的燈火——悼念保羅．安格爾先生〉，發表於四月十四日《中時晚報．時代文學》。

五月　〈令人緬懷的傳說〉，發表於五月十六日《中國時報．人間副刊》第三十一版。

〈「白色恐怖」時代的見證——「叛亂？亂判？」公聽會紀要〉(五月二十一日發言)，刊載於一九九一年七月《海峽評論》第七期。

〈《尊嚴與屈辱：國境邊陲——蘭嶼》序〉，收入《尊嚴與屈辱：國境邊陲——蘭嶼．造舟》(關曉榮著，台北：時報文化出版社)。

〈海峽三邊，皆我祖國——代序〉，收入《民族分裂時代的證言：中港台政經問題論評集》(陳玉璽著，台北：人間出版社）。

六月　〈被出賣的台獨——談柯喬治一九四七年三月十日的密電〉，發表於《海峽評論》第六期，署名許南村。

〈美國帝國主義和台灣反共撲殺運動——代序〉，收入《幌馬車之歌》（藍博洲著，台北：時報文化出版社）。

七月　〈邪惡的帝國——讀一九四九年《美國對台澎政策》〉，發表於《中華雜誌》第二十九卷總三三六期。

〈「花岡事件展覽」前言〉（七月七日完稿），發表於一九九二年六月一日《聯合日報》（紐約）。

八月　〈憂憤〉（八月完稿），初刊於日本（出處不詳），中譯版發表於一九九七年二月《世界文化》（天津）第一期（劉福友譯）。

十一月　〈世界體系中的中國——讀錢其琛外長在第四十六屆聯大的講話〉，發表於《海峽評論》第十一期。

〈「中國會被拆散嗎？」座談會紀要〉（十一月三十日發言），發表於一九九二年一月《中華雜誌》第三十卷三四二期。

〈日本再侵略時代與台灣的日本論〉，收入《後昭和的日本像》（王墨林著，台北：稻鄉出版社）。

十二月　〈基督徒看台灣前途——從海峽兩岸的宣教歷史談起〉（訪談），發表於《新使者》第七期。

〈我輩的青春〉，收入《現文因緣》（白先勇編，台北：現文出版社）。

本年　〈當日本人暗中訕笑〉，署名王志耕；未刊稿。

〈日本在華人保釣運動間的沉默的陰謀〉；未刊稿。

## 一九九二年

一月　〈祖祠〉，發表於一月二十五日《中時晚報．時代文學》第十五版。

二月　〈以紀實文學結算台灣的「戰後」——評藍博洲的《幌馬車之歌》〉，發表於《聯合文學》第八卷第四期、總八十八期。
《將軍族》（郭楓編，北京：人民文學出版社）。
三月　〈台灣鄉土文學的社會、歷史背景〉，發表於《出版情報》（金石堂實業）。
〈懷念〉，發表於三月二十三日《中國時報．人間副刊》第三十一版。
〈李友邦的殖民地台灣社會性質論與台共兩個綱領及「邊陲部資本主義社會構造論」的比較考察〉（三月二十九日「李友邦學術研討會」發表論文），收入二〇〇三年一月《李友邦先生紀念文集（台灣義勇隊、台灣少年團編，台北：世界綜合出版社）。
五月　〈沉痾難起的台灣電視——從《台灣風雲》胎死說起〉，發表於五月十五日《中國時報．人間副刊》第二十七版。
六月　〈人類，生生不息——紀念王介安（菲林）〉，發表於六月十七日《中時晚報．時代副刊》第十五版。
〈啊！那個時代，那些人……——《雙鄉記》譯後〉，發表於六月二十一、二十二日《中國時報．人間副刊》第三十五、二十七版。
〈人間台灣政治經濟叢刊．出版贅言〉，收入《人間台灣政治經濟叢刊1．日本帝國主義下的台灣》（涂照彥著，李明峻譯，台北：人間出版社），署名人間出版社編輯部。
七月　〈「抗日在台灣」——紀念七七抗戰五十五週年學術講演會〉（七月四日發言），發表於一九九二年八月《中華雜誌》第三十卷總三四九期。
八月　〈取媚權顯令天下斯文長嘆——《自立晚報》駁正函〉（八月六日完稿），發表於八月十六日《自立晚報》。
〈對當前兩岸事務的兩點呼籲——在八月六日北京「海峽兩岸關係學術研討會」上的聲明〉（八月六

日發表聲明〉，刊載於一九九二年九月《海峽評論》第二十一期，陳映真、王吉林等聯合署名。

〈期待《人間》精神的再出發〉，收入《月亮的小孩》（廖嘉展著，廖嘉展、顏新珠攝，台北：時報文化出版社）。

九月　〈為和平團結起來！——楊逵《和平宣言》箋註〉，發表於九月十二日《時報．人間周刊》第二十九號第二十七版。

〈先一時代之灼見——讀楊逵一九三七年〈報告文學問答〉的隨想〉，發表於九月二十日《聯合報．副刊》第二十五版。

〈祖國：追求．喪失與再發現——戰後台灣資本主義各階段的民族主義〉，發表於《海峽評論》第二十一期。

十月　〈團結亞洲．太平洋和日本全地區的公民　堅決制止日本假ＰＫＯ之名再次向海外進行軍事擴張！〉，發表於《海峽評論》第二十二期，張曉春、呂正惠、林正杰、黃春明、高信疆、陳映真、王曉波聯合署名。

〈台灣現代文學思潮之演變〉（十月「韓國漢城台灣文學研討會」發表論文），刊載於一九九二年十二月《中華雜誌季刊》第三十一卷總一期。

## 一九九三年

二月　〈向闊嘴師道別〉（約作於一九九三年二月），出處不詳。

〈最好的燔祭——《證言２．２８》代序〉，收入《證言２．２８》（葉芸芸編寫，台北：人間出版社）。

三月　〈現在是重大反省時刻！——陳映真總評國共兩黨、民進黨及台獨〉（訪談），發表於《財訊》第一三二期。

四月　〈陳映真自剖「統一情結」——陳映真：我又要提筆上陣了！〉（訪談），發表於《財訊》第一三二期。

五月　〈飲恨與慰藉〉，發表於《島嶼邊緣》第七期。

六月　〈喜悅與敬意〉，發表於五月六日《中國時報·人間副刊》第二十七版。

七月　〈尋找台灣的方向盤〉（與殷允芃對談），發表於六月二十九—三十日、七月二日《中國時報·人間副刊》第二十七、三十五版。

八月　〈從戰後台灣資本主義的發展看兩岸關係——「台灣前途和兩岸關係：紐約鄉情座談會」紀錄〉（七月四日發言），發表於一九九三年九月《海峽評論》第三十三期。

九月　〈哀思畏友李作成先生〉（八月二十六日完稿），發表於一九九三年十月《海峽評論》第三十四期。

十月　〈歷史的召喚·人間的風雷〉，發表於《新國會》創刊號。

十一月　〈悼李作成〉（九月十九日李作成追思會發言）；未刊稿。

十二月　〈當紅星在七古林山區沉落〉（九月三十日定稿），發表於一九九四年一月《聯合文學》第一一一期。

本年　〈紀實攝影·序〉，收入《紀實攝影》（Arthur Rothstein著，李文吉譯，台北：遠景出版社）。

〈星火〉，發表於《山海文化》雙月刊。

〈後街——陳映真的創作歷程〉，發表於十二月十九—二十三日《中國時報·人間副刊》第三十九版，署名許南村。

〈為民族和人民喉舌〉；未刊稿。

〈勞動黨關於台灣五〇年代白色恐怖政治案件的基本立場〉，收入一九九六年十二月《勞動黨三屆全代會以來中央文件選編》（勞動黨三屆中央委員會秘書處編印）。

〈勞動黨關於一九九三年年底縣市長選舉的方針和立場〉，收入一九九六年十二月《勞動黨三屆全代會以來中央文件選編》（勞動黨三屆中央委員會秘書處編印）。

## 一九九四年

一月　〈六、七〇年代華文小說討論會紀實〉（一月八、九日發言），發表於《從四〇年代到九〇年代：兩岸三邊華文小說研討會論文集》（楊澤編，台北：時報文化出版社）。

二月　〈祭文〉（二月二十日「五〇年代白色恐怖受難者春季慰靈大會」誦讀）。

三月　〈我寫劇本《春祭》〉，發表於三月十三日《中國時報．人間副刊》第三十九版。
《春祭》，發表於三月十四、十五日《聯合報．副刊》第三十三、三十七版。
〈時勢造英雄，還是英雄造時勢？——新黨的機會與局限〉，刪節版發表於《統一論壇》（北京）第二期，初刊中國統一聯盟《盟訊》（時間不明）。
〈回顧鄉土文學論戰〉，發表於《文藝理論與批評》（北京）第二期。
〈訪陳映真〉（三月三十日訪談），收入一九九五年六月《一九七〇年代台灣左翼運動——《夏潮》雜誌研究》（郭紀舟著，東海大學歷史學系碩士論文）。
〈史明台灣史論的虛構．編者的話〉，收入《人間台灣史叢刊9．史明台灣史論的虛構》（許南村編，台北：人間出版社），署名人間出版社編輯部。
〈演出隨想〉（三月完稿），收入一九九五年八月《春祭》（陳映真著，台北：行政院文化建設委員會）。

四月　〈安溪縣石盤頭——祖鄉紀行〉（四月十五日完稿），發表於四月二十三—二十五日《聯合報．副刊》第三十七版。

六月　〈帝國主義者和後殖民地精英——評李總統和司馬遼太郎的對談〉（六月二十日完稿），發表於一九九四年六月、七月《海峽評論》第四十二、四十三期。
〈故國相思三下淚〉，發表於《海峽評論》第四十二期。

七月　〈日本的戰爭情懷和台灣的日本情懷〉（與曾健民對談），發表於七月七、八日《中國時報・人間副刊》第三十九版（篇題〈日本的戰爭責任和台灣的「日本情懷」：從吉田信行的投書展開〉），署名陳映真、曾健民。
〈善意的預警，時代的錯置〉，發表於七月十一日《中國時報・時論廣場》第十一版。

八月　〈誰在姑息養奸？〉，發表於八月十六日《聯合晚報・天地》第十五版。

九月　《華盛頓大樓》（趙遐秋編，北京：中國人民大學出版社）。

十月　〈短評〈翻漿〉〉，發表於十月二日《中國時報・人間副刊》第三十四版。

十二月　〈日本戰債賠償　真能撫平傷口？〉，發表於十二月二十日《中國時報・時論廣場》第十一版。

## 一九九五年

一月　〈省籍、統獨都是「假問題」——總評台灣幾個關鍵問題〉，發表於《財訊》第一五四期。
〈十句話〉，收入《備忘手記》（隱地編，台北：爾雅出版社）。
〈民族的母儀〉，發表於一月二十三日《中國時報・人間副刊》第三十九版。
〈回應三好將夫〉（一月「Trajectories II: A New Internationalist Cultural Studies Conference」發言）；未刊稿。

三月　《陳映真小說集》（精裝版五冊，台北：人間出版社）出版，包括《我的弟弟康雄》（一九五九—一九六四）、《唐倩的喜劇》（一九六四—一九六七）、《上班族的一日》（一九六七—一九七九）、《萬商帝君》（一九八〇—一九八二）、《鈴璫花》（一九八三—一九八七）。

四月　〈台獨批判的若干理論問題——對陳昭瑛〈論台灣的本土化運動〉之回應〉，發表於《海峽評論》第五十二期。

〈追悼五〇年代政治案件受害人・祭文〉（四月二日誦讀），收入「五〇年代政治案件受害者春季慰靈大會」活動手冊，署名台灣地區政治受難人互助會。

五月　〈台獨運動和新皇民主義——馬關割台百年紀念學術研討會上的講話〉（五月二日定稿），發表於一九九五年六月《海峽評論》第五十四期。

〈「天下雜誌新聞寫作獎」報導文學類評審意見〉；未刊稿。

六月　〈向日本控訴・後語〉（六月五日完稿），收入一九九五年七月《向日本控訴：赤裸揭露本世紀獸類集團暴行血證》（柳白著，台北：日臻出版社）。

〈強盜的說詞——評日本右派「太平洋戰爭為民族解放戰爭」論〉，發表於六月二十三日《聯合晚報・天地》第二十一版。

八月　《春祭》（台北：行政院文化建設委員會）。

九月　〈被出賣的「皇軍」〉，原文"Imperial Army Betrayed"發表於一九九五年九月七—九日 The Politics of Remembering the Asia Pacific War國際研討會（夏威夷），收入二〇〇一年 *Perilous Memories: The Asian-Pacific Wars*（T. Fujitani、Geoferey M. White及Lisa Yoneyama編，Duke University Press, Durham and London）；中譯版〈被出賣的「皇軍」〉，發表於二〇〇五年六月《華文文學》（汕頭）總七十一期（李娜譯，黎湘萍校譯）。〔全集卷十五排於一九九五年本年，按研討會日期應排於

九月。〕

十一月　〈盲人瞎馬的鬧劇與悲劇——從歷史事實看台灣「主權獨立國家」的理論荒謬性〉（十一月十一日完稿），發表於一九九五年十二月《明報月刊》（香港）第三六〇期。

十二月　〈禁錮與重構——讀鍾喬《戲中壁》〉，發表於《聯合文學》第一三四期。

〈金明植：歌唱希望、自由和解放的詩人〉（十二月五日完稿，十二月十七日「中韓文化關係與展望」國際學術會議發表論文），刊載於一九九六年五月《韓國學報》第十四期。

〈我對馬華文學的觀感〉（十二月二十日演講），發表於一九九五年十二月《資料與研究》（吉隆坡）第二十四期。

〈展望一個新的局面〉（十二月二十五日完稿），收入一九九六年七月《返鄉——施善繼詩文集》（施善繼著，彰化：彰化縣立文化中心）。

〈〈小耘週歲〉賞析〉（約作於十二月），收入一九九六年七月《返鄉——施善繼詩文集》（施善繼著，彰化：彰化縣立文化中心），署名許南村。

〈〈怎麼忘〉賞析〉（約作於十二月），發表於二〇〇八年十二月九日「夏潮聯合會」網站。

本年　〈勞動黨抗議美帝介入兩岸事務聲明〉（約作於一九九五年），發表於一九九六年一月《遠望》第八十八期。

〈台灣的非中國化——台灣「日本化」與「美國化」的本質〉；未刊稿。

〈關於李登輝體制的分析筆記〉；未刊稿。

## 一九九六年

一月　〈台灣文學中的環境意識〉，發表於一月六—九日《聯合報·副刊》第三十四版

〈戰雲下的台灣·序〉（一月十日完稿），收入一九九六年三月《戰雲下的台灣》（許南村編著，人間出版社），署名人間出版社編輯部。

〈談台灣文學中的「後現代主義」問題〉（一月三十一日訪談），發表於一九九六年五月《東方藝術》（鄭州）第三期（篇題〈陳映真先生談台灣後現代問題〉）。

三月　〈在台灣讀周良沛的散記〉（三月十六日完稿），發表於一九九六年四月十九日《文藝報》（北京）第九九四期。

〈歷史對台灣的提問〉（三月二十七日完稿），發表於一九九六年四月一日《明報》（香港）第七版。

〈如果十五天、七階段的戰爭終結中華民國的紀年〉，收入《戰雲下的台灣》（許南村編著，台北：人間出版社），署名許南村。

〈歷史呼喚著和平〉，收入《戰雲下的台灣》（許南村編著，台北：人間出版社），署名許南村。

五月　〈我在台灣所體驗的文革〉，發表於五月二十六日《亞洲週刊》（香港）。

〈敬意與祝願——序南洋文藝一九九五小說年選〉，收入《南隆·老樹·一輩子的事：南洋文藝一九九五小說年選》（王錦發、陳和錦編，吉隆坡：南洋商報）。

六月　〈撒謊的信徒，背離之路——張大春的轉向論〉，發表於六月十日《聯合報·讀書人周報》第四十一、四十二版。

七月　〈「東亞冷戰與國家恐怖主義」學術研討會·主導思想〉，第一屆「東亞冷戰與國家恐怖主義」學術研討會邀請函（七月十日）附件。

〈「東亞冷戰與國家恐怖主義」學術研討會．會議旨趣〉，第一屆「東亞冷戰與國家恐怖主義」學術研討會邀請函（七月十日）附件。

八月 《夜行貨車》（古繼堂編，北京：時事出版社）。

〈一個人身上「住著」兩個人——短評《雙身》〉，發表於八月二十五日《聯合報．副刊》第三十七版。

九月 〈評「中國不可以說不」論——代出版說明〉，發表於九月二十五日《聯合報．副刊》第三十七版（篇題〈評「中國不可以說不」論〉）；修訂版（十月二十三日完稿）收入一九九六年十一月《中國還是能說不》（宋強、張藏藏、喬邊、湯正宇、古正清著，台北：人間出版社）。

〈我不會忘記——悼念陳毓祥〉，發表於九月二十九日《明報．論壇》（香港）。

〈台灣史瑣論〉，發表於《歷史月刊》第一〇五期。

十月 〈五十年枷鎖：日帝下台灣照片展〉，發表於《新觀念》第九十六期。

〈虛施懷柔，實為誘殺：從一九〇二年雲林「歸順式」大屠殺說起——五十年枷鎖：日據時期台灣史影像系列（一）〉，發表於十月二十五日《聯合報．副刊》第三十七版。

〈日本人在台灣的「三光政策」——五十年枷鎖：日據時期台灣史影像系列（二）〉，發表於十月二十六日《聯合報．副刊》第三十七版。

〈李友邦和「台灣獨立革命黨」——五十年枷鎖：日據時期台灣史影像系列（三）〉，發表於十月二十八日《聯合報．副刊》第三十七版。

〈台灣的「義和團」運動——五十年枷鎖：日據時期台灣史影像系列（四）〉，發表於十月二十九日《聯合報．副刊》第三十七版。

〈永遠不居上位的領袖人物蔣渭水——五十年枷鎖：日據時期台灣史影像系列（五）〉，發表於十月三十日《聯合報・副刊》第三十七版。

十一月　〈歌唱〈同期之櫻〉的老人們：皇民化運動的傷痕——五十年枷鎖：日據時期台灣史影像系列（六）〉，發表於十一月十九日《聯合報・副刊》第三十七版。

〈激越的青春——論呂赫若的小說〈牛車〉和〈暴風雨的故事〉〉（十一月三十日—十二月一日「呂赫若文學研討會」發表論文），收入一九九七年十一月《呂赫若作品研究——台灣第一才子》（江一鯉編，台北：聯合文學出版社）。

十二月　〈一本小書的滄桑〉，發表於《聯合文學》第十三卷第二期、總一四六期。

〈沉默的照片　雄辯的歷史——蒐集日據下台灣史照片的隨想〉，發表於十二月八日《時報周刊》第九八〇期。

〈如果這是新生代作品〉，發表於十二月十日《中國時報・人間副刊》第十九版。

〈台灣女性革命家——五十年枷鎖：日據時期台灣史影像系列（七）〉，發表於十二月十二、十三日《聯合報・副刊》第三十七版。

〈黑松林的記憶〉，收入一九九六年十二月二十五日鶯歌國小九十週年校慶特刊。

本年　〈棄釣是反民族論必然的結論〉；未刊稿。

## 一九九七年

二月　〈一九九七年五〇年代政治案件殉難者春季追悼大會祭文〉（二月二十一日誦讀），署名台灣地區政治受難人互助會、白色恐怖受難者家屬、「東亞冷戰和國家恐怖主義學術研討會」執行委員會暨與會全體。

三月　《陳映真代表作》（劉福友編，鄭州：河南文藝出版社）。
四月　〈時代呼喚著新的社會科學——一九九七年四月二十二日演講於中國社會科學院〉（演講），發表於一九九七年八月《海峽評論》第八〇期。
六月　〈暗夜中的掌燈者〉，發表於《聯合文學》第十三卷第八期、總一五二期。
〈一個「私的歷史」之紀錄和隨想〉，發表於六月十九、二十日《中國時報．人間副刊》第二十七版。
〈洶湧的孤獨——敬悼姚一葦先生〉，發表於六月二十三、二十四日《聯合報．副刊》第四十一版。
〈「一個半世紀的滄桑：香港歷史照片展」活動說明〉，未刊稿。
〈貿易和鴉片貿易——一個半世紀的滄桑：香港圖片歷史系列（一）〉，發表於六月二十七日《聯合報．副刊》第四十一版。
七月　〈殖民地香港華人的沉浮——一個半世紀的滄桑：香港圖片歷史系列（二）〉，發表於七月一日《中國時報．人間副刊》第二十七版。
〈祖鄉的召喚——一個半世紀的滄桑：香港圖片歷史系列（三）〉，發表於七月三日《聯合報．副刊》第四十一版。
〈日軍占領下的香港：「三年零八個月」的夢魘——一個半世紀的滄桑：香港圖片歷史系列（四）〉，發表於七月二日《中國時報．人間副刊》第二十七版。
〈香港的腐敗和廉政——一個半世紀的滄桑：香港圖片歷史系列（五）〉，發表於七月四日《聯合報．副刊》第四十一版。
〈香港的文化大革命——一個半世紀的滄桑：香港圖片歷史系列（六）〉，發表於七月五日《中國時報．人間副刊》第二十七版。

〈香港的擴大和再發展——一個半世紀的滄桑：香港圖片歷史系列（七）〉，發表於七月五日《聯合報．副刊》第四十一版。

〈從台灣看香港歷史——陳映真．曾健民對談〉（七月四日對談），收入二〇一二年十月《方向叢刊1．東亞後殖民與批判》（曾健民編，台北：台灣社會科學出版社）。

〈勞動黨關於香港回歸的聲明〉（七月一日發表聲明），刪節版收入一九九九年三月二十八日《勞動黨四屆四代會以來 中央文件選編 1989-1999》（勞動黨五屆中央委員會秘書處編印）。

〈台灣的美國化改造——台灣版序〉（七月完稿），收入一九九八年六月《回歸的旅途——給文琪的十五封信》（丹陽著，台北：人間出版社）。

八月　〈一個「新史觀」的破綻〉（八月十七日完稿），發表於一九九七年十月《海峽評論》第八十二期。

九月　〈歷史召喚著智慧和遠見——香港回歸的隨想〉，發表於《財訊》第一八六期。

十月　〈向內戰．冷戰意識形態挑戰——七〇年代台灣文學論爭在台灣文藝思潮史上劃時代的意義〉（十月十九日「回顧與再思——鄉土文學論戰二十年討論會」專題報告），收入研討會同名論文集。

〈情義和文學把一代作家凝聚到一起……〉（十月十九日「回顧與再思——鄉土文學論戰二十年討論會」座談會發言），收入一九九八年十二月《人間思想與創作叢刊1．清理與批判》（曾健民編，台北：人間出版社）。

十一月　〈世界華文文學的展望——關於世界華文文學的歷史與特質的一些隨想〉（「第九屆世界華文文學國際研討會」發言），發表於一九九八年三月《世界華文文學論壇》（南京）第一期、總二十二期。

十二月　〈一時代思想的倒退與反動——從王拓〈鄉土文學論戰與台灣本土化運動〉的批判展開〉（十二月完稿），收入一九九八年十二月《人間思想與創作叢刊1．清理與批判》（曾健民編，台北：人間出版社)。

本年　〈離開學生運動的嬰兒期——談談台灣社會性質理論的開發〉;未刊稿。

## 一九九八年

一月　〈論呂赫若的〈冬夜〉——〈冬夜〉的時代背景、審美上的成就和呂赫若的思想與實踐〉(一月八日完稿,一月十六日「呂赫若作品學術研討會」發表論文,原題〈讀〈冬夜〉〉),刊載於一九九八年四月《南方文壇》(南寧)第六十三期(見〈重返文學史:呂赫若及其時代——兩岸五人談〉,陳映真所作發言)。

〈關於台灣國中歷史教科書問題〉,發表於《遠望》第一一二期。

三月　〈良好的祝願〉(三月二十三日完稿);未刊稿。

四月　〈精神的荒廢——張良澤皇民文學論的批評〉,發表於四月二—四日《聯合報·副刊》第四十一版。

〈被視為牛馬的日子〉,發表於四月十七日《南方周末》(廣州)第二十一期第十三版。

〈重回綠島〉,發表於四月十九日《台灣日報·台灣副刊》第二十七版。

〈左翼文學和文論的復權〉,發表於《聯合文學》第十二卷第七期、總一六四期。

〈勞動黨關於香港回歸的文章〉(六月八日完稿),署名勞動黨中央委員會;未刊稿。

〈台灣現代知識分子的歷史〉(六月十三日「知識分子的社會參與」演講),發表於一九九八年八月五日《聯合報·副刊》第三十七版。

六月　〈針鋒相對　逆流而上〉(六月十三日完稿);未刊稿。

〈海隅微言集·序〉(六月完稿),收入一九九八年七月《海隅微言集》(毛鑄倫著,台北:海峽學術出版社）。

七月 〈為了民族的和平與團結〉（六月二十三日完稿）；未刊稿。

〈近親憎惡與皇民主義——答覆彭歌先生〉，發表於七月五–七日《聯合報·副刊》第三十七版。

〈陳映真文集·序〉（七月完稿），收入一九九八年十一月《陳映真文集·小說卷》（北京：中國友誼出版公司）。

〈陳映真自選集·序〉（七月完稿），收入二〇〇〇年三月《陳映真自選集》（北京：三聯書店）。

〈紀念濟州「四·三事件」五十週年國際學術大會旨趣書〉，發表於七月–八月《勞動前線》第二十四期。

八月 〈找回能夠自己思考的腦袋〉（八月十五日完稿）；未刊稿。

〈白色角落·序〉（八月完稿），收入一九九八年十月《白色角落》（戴獨行著，台北：人間出版社）。

十月 〈最近的活動〉（十月十三日完稿），原文「最近の活動」發表於一九九九年一月《新日本文學》（東京）第五十四卷第一期。邱士杰譯，黃琪椿校譯，收入全集卷十七。

〈以小說的方式思考人的問題——與陳映真對話〉（十月訪談），收入一九九九年一月《在電視上讀書》（中央電視台《讀書時間》欄目組編，北京：現代出版社）。

十一月 〈獨創的死亡〉，發表於《聯合文學》第十四卷第十二期、總一六九期。

〈步履未倦誇輕翩——與當代著名作家陳映真對話〉（十一月六日訪談），發表於一九九九年一月七日《文藝報》（北京）第二版（篇題〈步履未倦誇輕翩——與作家陳映真對話〉）。

〈七〇年代黃春明小說中的新殖民主義批判意識——以〈莎喲娜啦·再見〉、〈小寡婦〉和〈我愛瑪莉〉為中心〉（十月二十九–三十日「黃春明作品研討會」發表論文，十一月修訂完稿），發表於一九九九年三月《文藝理論與批評》（北京）第二期。

〈一個中國，兩岸和平——勞動黨對選舉與時局的看法和主張〉，發表於十一月—十二月《勞動前線》第二十六期。

《陳映真文集》（三卷本，北京：中國友誼出版社）出版，包括《小說卷》（短篇小說集）、《雜文卷》（散文、評論集）、《文論卷》（評論、受訪紀錄集）。

十二月 〈人間思想與創作叢刊・出刊報告〉，收入《人間思想與創作叢刊1・清理與批判》（曾健民編，台北：人間出版社），未署名。

〈「台灣皇民文學合理論的批判」特集・編案〉，收入《人間思想與創作叢刊1・清理與批判》（曾健民編，台北：人間出版社），署名編輯部。

〈「鄉土文學論爭二十周年」專題・編案〉，收入《人間思想與創作叢刊1・清理與批判》（曾健民編，台北：人間出版社），署名編輯部。

〈「近代日本與台灣學術研討會」有感〉；未刊稿。

## 一九九九年

一月 〈「客觀公正」乎？——關於台灣的文學獎的隨想〉（一月完稿），發表於一九九九年六月《台港文學選刊》（福州）第六期、總一五一期。

〈新年三願〉（一月完稿）；未刊稿。

〈「新台灣人論」的真面目〉，發表於一月—二月《勞動前線》第二十七期。

〈覺醒來自個人，而非全民運動〉，發表於《遠見》雜誌第一六四期。

二月 〈秉理直言，不媚世俗——敬壽胡秋原先生〉（二月二十二日完稿），發表於一九九九年四月《文學與傳記》（香港）第一期（篇題〈以知識、思想、道德之萬鈞力量遮護眾皆欲殺的台灣鄉土文學——敬壽胡秋原先生〉）。

三月 〈政治經濟情勢報告——在勞動黨五屆全代會上的報告〉，收入三月二十八日《勞動黨四屆四代會以來 中央文件選編 1989-1999》（勞動黨五屆中央委員會秘書處編印）。

〈楊逵《和平宣言》的歷史背景——紀念《宣言》發表五十週年〉（三月完稿），收入一九九九年四月《紀念楊逵因〈和平宣言〉投獄50週年「四六事件」50週年 文化·文藝 晚會手冊》。

四月 〈四六事件的歷史背景〉，收入《紀念楊逵因〈和平宣言〉投獄50週年「四六事件」50週年　文化·文藝　晚會手冊》。

〈一九九九年五〇年代白色恐怖犧牲英烈春季追悼慰靈祭大會·祭文〉（四月六日誦讀），刊載於一九九九年五月《遠望》一二八期。

〈烈火的青春·序〉（四月完稿），收入《烈火青春：五〇年代白色恐怖證言》（王歡著，台北：人間出版社）。

〈「有光閃著」的瞳孔〉，收入《烈火青春：五〇年代白色恐怖證言》（王歡著，台北：人間出版社）。

五月 〈同一個民族　共同的命運　共同的鬥爭——台灣新文學運動和「五四」新文學運動的聯繫〉，發表於《台聲》（北京）第五期。

〈歸鄉〉（五月完稿），發表於一九九九年九月二十二日—十月八日《聯合報·副刊》第三十七版。

〈等待清算的後殖民台灣歷史——評「皇國少年」李登輝〉（六月一日完稿），發表於一九九九年七月《海峽評論》第一〇三期。

六月 〈「兵士」駱駝英的腳蹤〉（六月二十三日完稿），收入一九九九年九月《人間思想與創作叢刊2·噤啞的論爭》（曾健民編，台北：人間出版社），署名許南村。

〈帝國主義全球化和金融危機〉（六月完稿），發表於五月—六月《勞動前線》第二十八期。

〈一場被遮斷的文學論爭——關於台灣新文學諸問題的論爭（一九四七—一九四九）〉（六月完稿），收入一九九九年九月《人間思想與創作叢刊2・噤啞的論爭》（曾健民編，台北：人間出版社），署名石家駒。

七月

〈台北斷想〉，發表於《台北畫刊》第三七七期。

〈究明台拓營運關係　明確日本國家犯罪責任〉，發表於七月九日《聯合報・民意論壇》第十五版。

〈駱駝英對當代台灣文藝理論建設的貢獻——讀〈論「台灣文學」諸論爭〉筆記〉（七月完稿），收入一九九九年九月《人間思想與創作叢刊2・噤啞的論爭》（曾健民編，台北：人間出版社），署名卓言若。

九月

〈訪陳映真談新作〈歸鄉〉〉（訪談），發表於九月二十二—二十五日《聯合報・副刊》第三十七版。

〈「馬克思主義文論在台灣的中挫」特集・編案〉，收入《人間思想與創作叢刊2・噤啞的論爭》（曾健民編，台北：人間出版社），署名編輯部。

〈「台灣文學」是增進兩岸民族團結的渠道——讀楊逵〈「台灣文學」問答〉〉，收入一九九九年九月《人間思想與創作叢刊2・噤啞的論爭》（曾健民編，台北：人間出版社），署名許南村。

〈「不許新的『台灣文奉會』復辟！」專題・編案〉，收入《人間思想與創作叢刊2・噤啞的論爭》（曾健民編，台北：人間出版社），署名編輯部。

十月

〈中國知識界失去了人民的視野〉，發表於《明報月刊》（香港）第三十四卷第十期、總四〇六期。

〈一九九九年秋祭祭文〉（十月二十四日「五〇年代白色恐怖犧牲英烈秋季追悼慰靈大會」誦讀）。

〈為什麼《野草莓》〉，發表於十月三十一日《聯合報．副刊》第三十七版。

〈歌德格言與反思集．序〉（十月完稿），收入一九九九年十二月《歌德格言與反思集》（歌德著，程代熙、張惠民譯，台北：人間出版社）。

十一月　〈文學思潮的演變——一個作家的體會〉（十一月十二日演講），收入二〇〇〇年六月《文化、認同、社會變遷：戰後五十年台灣文學國際學術研討會論文集》（何寄澎編，台北：行政院文化建設委員會）。

〈台灣當代歷史新詮〉（十一月二十六—二十九日沖繩「東亞冷戰與國家恐怖主義國際研討會——第三次大會」發表論文），收入《東亞和平人權委員會國際學術會議資料集》。

〈韓國「吸收統合」論的統一政策〉（十一月完稿），發表於一九九九年十二月《海峽評論》第一〇八期。

十二月　〈世紀留言〉，發表於十二月一日《聯合報》第十四版。

〈《人間》雜誌研究——陳映真訪問稿〉（十二月八日訪談），收入二〇〇〇年七月《〈人間〉雜誌研究》（劉依潔著，東吳大學中國文學系碩士論文）。

〈反攻歷史〉，收入《解嚴前後金門十年影像誌》（董振良著，台北：思想生活屋國際文化事業有限公司）。

本年　〈資本主義與西洋文學——文學和社會體制的關係〉（一九九九年「二十世紀文學大回顧」演講），發表於二〇〇〇年二月《聯合文學》第十六卷第十四期、總一八四期。

## 二〇〇〇年

一月　〈父親〉，發表於一月二十—二十三日《中國時報．人間副刊》第三十七版。

二月

〈專訪陳映真〉(訪談),發表於一月二十三—二十七日《中國時報·人間副刊》第三十七版。

〈桎梏新歲〉,發表於《歷史月刊》第一四五期。

〈後革命作家的徬徨——陳映真座談會〉(二月十六日發言),發表於二〇〇〇年三月八日《中國時報·人間副刊》第三十七版。

三月

〈遙念台灣·序〉,收入《遙念台灣》(范泉著,台北:人間出版社)。

〈將軍族·序〉(三月十五日完稿),收入二〇〇〇年七月《將軍族》(陳映真著,北京:解放軍文藝出版社)。

〈讓歷史整備我們的隊伍〉,發表於《左翼》第五號,署名鄒議。

〈二〇〇〇年五〇年代白色恐怖犧牲英烈春季慰靈祭大會·祭文〉(三月十一日誦讀),收入「五〇年代白色恐怖犧牲英烈春季慰靈祭大會」活動手冊。

〈資產階級的辦公室和代理人〉,發表於三月—四月《勞動前線》第三十一期。

四月

《陳映真自選集》(北京:三聯書店)。

〈夜霧〉(四月一日定稿),發表於二〇〇〇年十一月二十五日—十二月五日《聯合報·副刊》第三十七版。

〈文學的世界已經變了?——談新世代的文學〉(「書寫文學新勢力:全國大專院校巡迴演講紀錄1」演講),發表於四月十一—十二日《聯合報·副刊》第三十七版。

五月

〈護衛良心權的鬥爭——從韓國《光州特別法》與台灣《補償條例》說起〉,發表於《左翼》第七號,署名鄒議。

七月
〈以意識形態代替科學知識的災難——批評陳芳明先生的〈台灣新文學史的建構與分期〉〉，發表於《聯合文學》第一八九期。
〈魯迅與我——在日本「文明淺說」班的講話〉（七月十八日演講），發表於二〇〇一年三月《魯迅研究月刊》（北京）第三期、總二二七期。
〈鵝仔——歐坦生作品集・序〉（七月二十六日完稿），收入二〇〇〇年十月《鵝仔——歐坦生作品集》（歐坦生著，台北：人間出版社）。
《將軍族》（北京：解放軍文藝出版社）。
『帰鄉』（歸鄉）（陳映真、橫地剛、間ふさ子譯，福岡：藍天文芸出版社）。

八月
〈從歷史最沉鬱的黑暗中釋放——寫在北市馬場町紀念公園落成前夕〉，發表於八月二十三日《聯合報・副刊》第三十七版。

九月
〈關於台灣「社會性質」的進一步討論——答陳芳明先生〉，發表於《聯合文學》第一九一期。
〈一份深情厚意——談梁正居的紀錄攝影〉，發表於九月七日《中國時報・浮世繪》第三十六版。
〈沉思——讀李遠哲先生〈從當家做主到和平、繁榮、民主的未來〉的隨想〉（九月十五日完稿），發表於二〇〇〇年十月《海峽評論》第一一八期。
〈掌燈——訪問歐坦生先生〉（九月二十日完稿），收入二〇〇二年十二月《人間思想與創作叢刊3・復現的星圖》（曾健民編，台北：人間出版社），署名許南村。

十月
〈紀念台灣光復，反對作為帝國主義奴才的反華言行〉（十月二十五日完稿），發表於二〇〇〇年十一月《海峽評論》第一一九期。
〈經濟全球化和文化的自主防禦〉（十月二十六—二十九日「經濟全球化與中華文化走向」研討會發

表論文〉，刪節版刊載於二〇〇一年一月《文藝理論與批評》（北京）第一期。
《L'Île Verte》（將軍族）（Anne Breural、Chan Hing Ho〔陳慶浩〕譯，巴黎：Bleu de Chine）。

十二月 〈陳芳明歷史三階段論和台灣新文學史論可以休矣！——結束爭論的話〉，發表於《聯合文學》第一九四期。
〈鼓舞〉（十二月八日完稿），收入《范泉紀念集》（欽鴻、潘頌德編，北京：中國三峽出版社）。
〈天高地厚——讀高行健先生受獎辭的隨想〉（十二月二十日完稿），發表於二〇〇一年一月《海峽評論》第一二一期。
〈台獨派・皇民遺老和日本右派的構圖〉，發表於《左翼》第十四號，署名石家駒。

## 二〇〇一年

一月 〈《台灣論》之暴言及其共犯構造〉（一月完稿），發表於二〇〇一年二月《海峽評論》一二二期。
〈一個台灣人的軌跡・序〉（一月完稿），收入二〇〇一年六月《一個台灣人的軌跡》（楊國光著，台北：人間出版社）。

二月 〈「台灣論」或「皇民論」？——評《台灣論》漫畫的軍國主義〉（二月十日座談會發言），發表於二〇〇一年三月《海峽評論》第一二三期。
〈宿命的寂寞——悼念戴國煇先生〉，發表於二月十日《中國時報・人間副刊》第二十三版。

三月 〈沒有「幽靈」，只有心中之鬼〉，發表於《左翼》第十六號，署名樊梅地。
〈《台灣論》和「共犯結構」〉（三月三日完稿）；未刊稿。

四月 〈李友邦先生紀念文集・序文〉（四月完稿），收入二〇〇三年一月《李友邦先生紀念文集》（台灣義勇隊、台灣少年團編，台北：世界綜合出版社）。

《歸鄉》（北京：崑崙出版社）。

五月　〈「文學台獨」面面觀．序〉（五月十七日完稿），收入二〇〇一年十二月《「文學台獨」面面觀》（趙遐秋、曾慶瑞著，北京：九州出版社）。

〈台灣新文學思潮史綱．序言〉（五月十八日完稿），收入二〇〇二年一月《台灣新文學思潮史綱》（呂正惠、趙遐秋編，北京：崑崙出版社）。

六月　〈消失在歷史迷霧中的作家身影．序〉（六月十八日完稿），收入二〇〇一年八月《消失在歷史迷霧中的作家身影》（藍博洲著，台北：聯合文學出版社）。

〈忠孝公園〉（六月十九日定稿），發表於二〇〇一年七月《聯合文學》第二〇一期。

〈論「文學台獨」〉（六月二十日完稿），發表於二〇〇一年十月九日《文藝報》（北京）第二版。

七月　〈永遠的薛西弗斯——陳映真訪談錄〉（訪談），發表於《聯合文學》第二〇一期。

八月　〈台灣報導文學的歷程〉，發表於八月十八—二十日《聯合報．副刊》第三十七版。

九月　〈「大和解？」回應之五〉，發表於《台灣社會研究季刊》第四十三期。

十月　〈駁陳芳明再論殖民主義的雙重作用〉（十月四日定稿），收入二〇〇一年十二月《人間思想與創作叢刊5．因為是祖國的緣故……》（曾健民編，台北：人間出版社）。

〈我來自一個分裂的祖國〉（十月五日，疑為未完稿）；未刊稿。

〈關於九一一事件的聯合聲明〉，發表於十月十三日「夏潮聯合會」網站，署名夏潮聯合會執行委員會、中國統一聯盟執行委員會。

〈樂園：渴望的和失去的〉（十月十六日完稿），收入二〇〇一年十二月《人間思想與創作叢刊5．

因為是祖國的緣故……》(曾健民編，台北：人間出版社)，署名石家駒。
〈陳映真小說集·序〉，收入《陳映真小說集》(六冊，台北：洪範書店)，包括《我的弟弟康雄》、《唐倩的喜劇》、《上班族的一日》、《萬商帝君》、《鈴璫花》、《忠孝公園》。
《陳映真小說集》(六冊，台北：洪範書店)出版，包括《我的弟弟康雄(一九五九—一九六四)》、《唐倩的喜劇(一九六四—一九六七)》、《上班族的一日(一九六七—一九七九)》、《萬商帝君(一九八〇—一九八二)》、《鈴璫花(一九八三—一九九四)》、《忠孝公園(一九九五—二〇〇一)》。

十一月

〈反省的心〉，發表於《台港文學選刊》(福州)第十一期、總一八〇期。
〈文學是認識和實踐的統一——寫在夏潮「楊逵文學營」開幕之前〉，發表於十一月十一日「夏潮聯合會」網站，署名「楊逵文學營」籌備工作小組。
〈工人邱惠珍〉(十一月二十一日完稿)，收入二〇〇一年十二月《人間思想與創作叢刊5·因為是祖國的緣故……》(曾健民編，台北：人間出版社)。
〈深情的海峽·出版贅言〉，收入《深情的海峽》、《故鄉的雲雀崗》(張克輝著，台北：人間出版社)，署名本社。

十二月

〈代序：橫地剛先生〈新興木刻藝術在台灣：一九四五—一九五〇〉讀後〉(十二月二日完稿，十二月八—九日「版畫國際研討會」發言)，收入二〇〇二年二月《南天之虹：把二二八事件刻在版畫上的人》(橫地剛著，陸平舟譯，台北：人間出版社)。
〈再創一個二十年的輝煌〉，發表於《台聲》(北京)第十二期。
〈反思和批判的可能性——關於高重黎「影像·聲音——故事」展出的隨想〉，收入《人間思想與創作叢刊5·因為是祖國的緣故……》(曾健民編，台北：人間出版社)，署名許南村。

〈「國語政策和閩南方言」專輯・編案〉，收入《人間思想與創作叢刊5・因為是祖國的緣故……》（曾健民編，台北：人間出版社），署名編輯部。

本年　〈為核電被曝工人代言的攝影家〉；未刊稿。

## 二〇〇二年

三月　〈祭黃繼持先生〉（三月完稿），收入二〇〇四年九月《陳映真散文集1・父親》（台北：洪範書店）。

四月　〈《戴國煇文集》新書發表會上的發言〉（四月四日完稿，四月五日發言）；未刊稿，未署名。

五月　〈生命的關懷・序〉（五月完稿），收入二〇〇二年六月《生命的關懷》（陳中統著，台北：書香出版社）。

六月　〈馬克思主義思潮與台灣知識分子——序杜繼平新著《階級、民族與統獨爭議》〉（六月二十二日完稿），發表於二〇〇二年七月《左翼》第二十五號。

七月　〈反對言偽而辯——陳芳明台灣文學論、後現代論、後殖民論的批判・序〉（七月一日完稿），收入二〇〇二年八月《台灣新文學史論叢刊3・反對言偽而辯——陳芳明台灣文學論、後現代論、後殖民論的批判》（許南村編，台北：人間出版社），署名許南村。

〈全球化浪潮下第三世界文學的前景〉（七月二日完稿）；未刊稿。

〈認識亞洲鄰居——韓國文學與文人〉（七月五日與黃晳暎對談「全球化浪潮下第三世界文學的前景」），發表於七月十四日《中國時報・開卷周報》第二十三版

九月　〈如炬的目光——讀蘇新先生遺稿〈談台灣解放問題〉〉，發表於《左翼》第二十七號。

十二月　〈從陳純真先生生平說起——紀念溘然長逝的陳純真老師〉，發表於十二月三十日「夏潮聯合會」網站。

## 二〇〇三年

一月　〈齷齪殘暴的「武士道」和天皇意識形態〉（一月十八日完稿），發表於二〇〇三年二月《海峽評論》第一四六期。

三月　〈以反省之心〉（三月五日完稿），收入二〇〇三年四月《木棉的顏色》（工作傷害受害人協會策畫，何經泰攝影，台北：大塊文化）。

〈美國霸權主義和朝鮮半島的南北危機〉（三月三十日「新民族論壇第八屆討論會：美國侵伊戰爭和亞洲區域情勢」發言），發表於四月—七月《勞動前線》第四十期。

〈代序：母親的叮嚀——拜見詩人臧克家先生〉，收入《新二二八史像——最新出土事件小說、詩、報導、評論》（曾健民編，台北：台灣社會科學出版社）。

五月　〈物必自腐而後蟲生〉；未刊稿。

六月　〈文學的歸鄉——在《周嘯虹作品集》首發式上的講話〉，發表於《世界華文文學論壇》（南京）第二期、總四十三期。

七月　〈反對「不准反美反戰」和「只准聊以反戰不准反美」！——此次反對美帝侵伊運動的反思〉，發表於《左翼特刊》。

〈寫在本書台灣版出版之前〉（七月十日完稿），收入《台灣新文學史論叢刊6·台獨派的台灣文學論批判》（曾慶瑞、趙遐秋著，台北：人間出版社），署名編輯部。

八月　〈我的文學創作與思想〉（八月演講），發表於二〇〇四年一月《上海文學》（上海）第三一五期。

九月　〈文學寫作何去何從？——兩種世界性的文學〉，發表於九月十五日《聯合報·副刊》E7版。

〈以腳蹤丈量台灣島的漢子〉，發表於九月二十四日《聯合報·副刊》E7版。

十月 〈葉石濤：「面從腹背」還是機會主義？〉（九月完稿），發表於二〇〇三年十月十日「人間網」。

〈沒有統一論的「反台獨」論終歸失敗——評《聯合報》「沒有統獨之爭」的社論〉，發表於《海峽評論》第一五四期。

〈關於我們的人間網〉，發表於十月十七日「夏潮聯合會」網站（篇題〈人間網開網了!!!〉之第一部分）。

〈回歸民眾、回歸生活、回歸現實：二〇〇三年第二屆夏潮報導文藝營總結演講〉，發表於十月二十、二十三日「夏潮聯合會」網站。

〈《蒙面叢林》讀後〉（十月二十五日完稿），發表於二〇〇三年十二月《印刻文學生活誌》第四期。

十一月 〈警戒第二輪台灣「皇民文學」運動的圖謀——讀藤井省三《百年來的台灣文學》：批評的筆記（一）〉（十一月十三日完稿），收入二〇〇三年十二月《人間思想與創作叢刊6．告別革命文學？——兩岸文論史的反思》（陳映真編，台北：人間出版社）。

〈台灣的憂鬱．陳序〉（十一月二十四日完稿），收入二〇〇三年十二月《台灣新文學史論叢刊7．台灣的憂鬱》（黎湘萍著，台北：人間出版社）。

〈為重新遇合的那日——讀賀照田〈後社會主義的歷史與中國當代文學批評觀的變遷〉及趙稀方〈「西馬」、「現代主義」的理論旅行及「新左派」的視域〉〉（十一月完稿），收入二〇〇三年十二月《人間思想與創作叢刊6．告別革命文學？——兩岸文論史的反思》（陳映真編，台北：人間出版社）。

十二月 〈文學是對自由的呼喚——獲頒花蹤世界華文文學獎感言〉（十二月二十日發言），發表於二〇〇四年二月《明報月刊》（香港）第三十九卷第二期。

本年 〈「人間網」開網的話與欄目介紹〉；未刊稿。

〈發起人間調查報導學會旨趣書〉；未刊稿，未署名。
〈人間調查報導學會章程（草案）〉；未刊稿，未署名。
〈民進黨執政三年的總檢討〉；未刊稿，未署名。

## 二〇〇四年

一月

〈序報導文學營〉（一月十一日完稿）；未刊稿。

〈文學二二八．序文〉（一月十八日完稿），收入二〇〇四年二月《文學二二八》（曾健民、橫地剛、藍博洲編，台北：台灣社會科學出版社）。

〈陳映真新年訪談錄〉（一月二十二日訪談），發表於二〇〇四年六月《世界華文文學論壇》（南京）第二期、總四十七期。

二月

〈學習楊逵精神〉（二月二－四日「楊逵作品研討會」發表論文），刊載於二〇〇四年六月《世界華文文學論壇》（南京）第二期、總四十七期。

〈陳映真：台灣的文化人需要反省〉（二月六日訪談），刪節版發表於二〇〇四年三月十八日《南方周末》（廣州）第一〇四九期。

〈探望——訪港前夕的隨想〉，發表於二月十五日《明報．讀書》（香港）D9版。

〈中國的傷痛與台灣的認同悲情——專訪香港浸會大學駐校作家陳映真〉（二月十六日訪談），發表於二〇〇四年三月《明報月刊》（香港）第三十九卷第三期。

〈左翼人生：文學與宗教——陳映真先生訪談錄〉（二月十八日訪談），發表於二〇〇四年四月《文學世紀》（香港）第四卷第四期、總三十七期。

三月

〈給趙稀方的信〉（二月二十四日完稿）；未刊稿。

〈人生小語〉（約作於二〇〇四年二、三月間）；未刊稿。

〈人道關懷與生命的背離——陳映真的文學告白〉（訪談），發表於《香港文學》（香港）總二三一期。

〈四十五年前的朱批〉（三月十四日完稿），收入二〇〇四年九月《陳映真散文集1．父親》（台北：洪範書店）。

〈我的寫作與台灣社會嬗變——陳映真香港浸會大學演講〉（三月三十一日、四月七日、四月十四日及四月二十一日四場演講），發表於二〇〇四年八月《印刻文學生活誌》第十二期。

四月

〈我不是Superman——陳映真專訪〉（訪談），發表於四月九、十六日《香港經濟日報》（香港）C2版。

〈民族分裂下的台灣文學——台灣的戰後與我的創作母題〉（四月十二日演講），節錄版發表於二〇〇四年五月《明報月刊》（香港）第三十九卷第五期、總四六一期。

〈鈴璫花：陳映真自選集．序〉（四月十四日完稿），收入二〇〇四年《鈴璫花：陳映真自選集》（香港：天地圖書）。〔全集卷二十一《鈴璫花：陳映真自選集》出版日期誤植為二〇〇四年四月，據該書版權頁訂正為二〇〇四年。〕

〈《人間》回顧攝影展展出的話〉（四月十四日攝影展開幕用稿）；未刊稿。

〈「台灣的後殖民主義論述和台灣社會史論」提綱〉（四月二十日完稿）；未刊稿。

〈中國終須選擇自己的道路——專訪作家陳映真先生〉（訪談），發表於《文學世紀》（香港）第四卷第四期、總三十七期。

五月

〈《人間》雜誌：台灣左翼知識分子的追求和理想——陳映真訪談〉（訪談），收入《兩岸三地名家訪談》（張文中著，廣州：花城出版社）

六月　〈浪漫於現實的手記．書前〉（六月十日完稿），收入二〇〇四年十月《浪漫於現實的手記》（周良沛著，台北：人間出版社）。

〈懷想胡秋原先生〉（六月十三日發言），發表於六月二十一日《聯合報．副刊》E7版。

〈《陳映真散文集1．父親》序〉（六月二十七日完稿），收入二〇〇四年九月《陳映真散文集1．父親》（台北：洪範書店）。

〈阿公〉（六月完稿），發表於二〇〇四年八月《印刻文學生活誌》第十二期。

《鈴璫花——陳映真自選集》（劉紹銘編，香港：天地圖書公司）。

《陳映真小說選》（鄭樹森編，香港：明報出版社）。

七月　〈生死〉（七月四日完稿），發表於二〇〇四年八月《印刻文學生活誌》第十二期。

〈悼念一位東渡來台的真知識分子〉（七月七日「七七抗戰六十七週年暨胡秋原先生紀念會」發言），發表於二〇〇四年八月《海峽評論》第一六四期。

〈在香港看「七．一」遊行〉（七月八日完稿），收入二〇〇四年十月《人間思想與創作叢刊7．爪痕與文學》（陳映真編，台北：人間出版社）。

八月　〈避重就輕的遁辭——對於藤井省三〈駁陳映真：以其對於拙著《台灣文學這一百年》的誹謗中傷為中心〉的駁論〉（八月一日初稿），收入二〇〇四年十月《人間思想與創作叢刊7．爪痕與文學》（陳映真編，台北：人間出版社）。

〈「全球化」的兩面性和新的中華文明的建設〉（八月十四日完稿，九月二一六日北京「二〇〇四文化高峰論壇」發言稿）；未刊稿。

〈陳映真經鍾玲教授轉余光中信〉（八月二十三日），收入二〇〇四年十月《人間思想與創作叢刊

7・爪痕與文學》（陳映真編，台北：人間出版社）。

九月

〈陳映真致余光中先生信〉（九月一日），收入二〇〇四年十月《人間思想與創作叢刊7・爪痕與文學》（陳映真編，台北：人間出版社）。

〈陳映真答客問〉（訪談），發表於《PAR表演藝術》第一四一期。

〈惋惜〉（九月十四日完稿），收入二〇〇四年十月《人間思想與創作叢刊7・爪痕與文學》（陳映真編，台北：人間出版社）。

〈舊殖民地文學的研究・出版的話〉（九月十六日完稿），發表於二〇〇四年十一月《台灣新文學史論叢刊8・舊殖民地文學的研究》（尾崎秀樹著，陸平舟、間ふさ子譯，台北：人間出版社）。

〈不曾專意做過散文〉，發表於九月十七日《聯合報・副刊》E7版。

〈永恆的憂傷與苦痛〉（九月三十日完稿），收入二〇〇四年十一月《祖國破了，要把它粘回去：蕭道應先生紀念文集》（蕭開平、藍博洲編，台北：海峽學術出版社）。

《陳映真散文集1・父親（一九七六－二〇〇四）》（台北：洪範書店）。

十月

〈二〇〇四年度五〇年代白色恐怖犧牲者秋季追悼大會・祭文〉（十月十七日誦讀），收入「五〇年代白色恐怖犧牲者秋季追悼大會」活動手冊，署名台灣地區政治受難人互助會暨遺族代表。

〈追悼蘇慶黎女士〉（十月二十四日完稿），發表於二〇〇四年十一月《批判與再造》第十三期。

〈「爪痕與文學」題解〉，收入二〇〇四年十月《人間思想與創作叢刊7・爪痕與文學》（陳映真編，台北：人間出版社），署名編輯部。

十一月

〈一個破產、反動的「決議文」——評民進黨《族群多元・國家一體決議文》〉，發表於《海峽評論》第一六七期。

〈燔祭(代序)〉(十一月十一日完稿),收入二〇〇四年十二月《小蘭嶼和小藍鯨》(詹澈著,台北:九歌出版社)。

〈有關「宗教文學」〉(十一月十四日完稿);未刊稿。

〈揭破「主權」謊言,當家做主人!〉,發表於十一月二十二日「夏潮聯合會」網站。

〈紀念蘇慶黎〉,發表於十一月二十三日《中國時報·人間副刊》E7版。

十二月

〈宗教文學管窺〉,發表於十二月五日《聯合報·副刊》E7版。

〈台獨無望〉(十二月十三日完稿),發表於二〇〇五年一月七日「人間網」,署名石家駒。

〈日本軍國主義蠢蠢欲動〉(十二月二十一日完稿),發表於二〇〇五年一月七日「人間網」,署名石家駒。

〈亞洲的新形勢〉(十二月二十七日完稿);未刊稿。

〈實踐文藝的創作方法問題——鍾喬《潮喑》觀後〉,發表於《批判與再造》第十四期。

## 二〇〇五年

三月

〈評藤井省三的假日本鬼子民族共同體想像——讀藤井省三《百年來的台灣文學》批判的筆記(二)〉(三月十四完稿),收入二〇〇五年四月《人間思想與創作叢刊8·迎回尾崎秀樹》(陳映真編,台北:人間出版社)。

〈《台灣浮士德》:陳映真·櫻井大造對談〉(三月二十七日對談),收入二〇〇六年二月《人間思想與創作叢刊10·二·二八:文學和歷史》(人間出版社編委會編,台北:人間出版社)。

〈傾聽充滿正氣和洞見的聲音——出版者的話〉(三月三十日完稿),發表於二〇〇五年三月三十日

「人間網」。

四月

〈失焦的時代病——《狂飆的世代——台灣學運》觀後隨想〉，發表於四月五日《聯合報．副刊》E7版。

〈「迎回尾崎秀樹」題解〉，收入二〇〇五年四月《人間思想與創作叢刊8．迎回尾崎秀樹》（陳映真編，台北：人間出版社），署名編輯部。

〈為台獨送終的行軍——記台灣「三二六」遊行示威〉（四月完稿），署名季正平；未刊稿。

〈資本的邏輯豈以人的主觀意志轉移？——從許文龍轉向說起〉（四月完稿），署名高隆義；未刊稿。

五月

〈戴國煇先生生平簡述〉，發表於《傳記文學》第八十六卷第五期。

〈祝賀《人間學社通信》出刊〉（五月十一日完稿）；未刊稿。

〈對我而言的「第三世界」〉（五月二十日完稿），收入二〇〇五年九月《人間思想與創作叢刊9．八．一五：記憶和歷史》（陳映真編，台北：人間出版社）。

〈宋斐如文集．序〉（五月二十六日完稿），收入二〇〇五年十月《宋斐如文集．卷一》（宋斐如著，北京：台海出版社）。

六月

〈潮湧海峽話風雲——台海形勢對談〉（與林田對談），發表於《海岸線》（香港）春季號。

〈紀念花岡蜂起事件六十年〉（六月二十八日完稿）；未刊稿。

〈「中國人民不能因怕犯錯而裹足不前」——讀《中國與社會主義》〉，發表於二〇〇五年六月《批判與再造》第二十期。

七月

〈勿忘昨天．寫在卷首〉（七月十日完稿，原題〈勿忘昨天〉），刪節版發表於二〇〇五年八月《台港文學選刊》（福州）總二二五期。

〈突破兩岸分斷的構造，開創統一的新時代〉（七月完稿），收入二〇〇六年七月《春雷之後．壹：

保釣運動三十五週年文獻選輯——覺醒・決裂・認同・回歸（一九七二－一九七八）》（釣統運文獻編委會編，台北：人間出版社）。

八月　〈藍博洲的報告文學和詹澈的詩〉（八月十三日初稿，八月二十四－二十九日「詹澈、藍博洲作品研討會」會議發言），發表於二〇〇五年十二月《世界華文文學論壇》（南京）第四期、總五十三期。

〈中國文學在台灣的發展〉，發表於《明報月刊》（香港）第四十卷第八期、總四七六期。

九月　〈「八・一五：記憶和歷史」題解〉，收入《人間思想與創作叢刊9・八・一五：記憶和歷史》（陳映真編，台北：人間出版社），署名編輯部。

〈回憶沈登恩〉，收入《嗨！再來一杯天國的咖啡》（應鳳凰、葉麗卿編，台北：遠景出版社）。

十月　〈楊逵對台灣光復之形勢的洞見〉（十月九日完稿）；未刊稿。

〈為反對霸權主義，達成民族真正統一而努力〉（十月十五日完稿），發表於十月二十三日「華夏經緯網」。

〈楊逵與台灣報導文學〉，發表於十月二十二日「夏潮聯合會」網站。

〈專訪台灣著名作家陳映真教授紀實〉（十月二十三日訪談），發表於十月二十五日「中國台灣網」。

十一月　〈東望雲天——紀念劉進慶教授〉（十一月九日完稿），發表於十一月二十日《聯合報・副刊》E7版。

〈盼望日本大眾端正對台灣的視角——祝賀藍博洲《幌馬車之歌》日譯本的出版〉（十一月完稿），收入二〇〇六年七月《人間思想與創作叢刊11・日讀書界看藍博洲》（人間出版社編委會編，台北：人間出版社）。

十二月　〈中華文化和台灣文學〉，發表於二〇〇五年十二月《世界華文文學論壇》（南京）第四期、總五十三期。

**二〇〇六年**

一月　〈從台灣看《那兒》〉（一月二十七日完稿），收入二〇〇六年二月《人間思想與創作叢刊10・二・二八：文學和歷史》（人間出版社編委會編，台北：人間出版社）。

二月　〈文明和野蠻的辯證——龍應台女士〈請用文明來說服我〉的商榷〉（二月八日完稿），發表於二月十九─二十日《聯合報・副刊》E7版。

〈「二・二八：文學和歷史」題解〉，收入二〇〇六年二月《人間思想與創作叢刊10・二・二八：文學和歷史》（人間出版社編委會編，台北：人間出版社），署名編輯部。

三月　〈驅逐「反共國安」魔咒——《雲水謠》危及台灣「國境安全及國家利益」？〉，發表於三月十五日《聯合報・民意論壇》A15版。

五月　〈是奴才就不能主張「尊嚴」——評「奧揚之旅」悲慘的挫折〉（五月十日完稿），署名王君煇；未刊稿。

六月　〈台灣戰後民主主義的清理——為什麼一個承接黨外反蔣民主鬥爭的政黨會快速、徹底地墮落和腐化？〉（六月十五日完稿），發表於六月三十日「人間網」，署名李興華。

八月　〈給《文藝報》〉（八月二十八日筆記），未署名；未刊稿。

九月　〈發展社會學中的「現代」與「傳統」〉（九月十六日完稿）；未刊稿。

**二〇〇九年**

十二月　《陳映真文選》（薛毅編，北京：三聯書店）。

**二〇一二年**

三月　《忠孝公園》（陳友軍編，南京：江蘇文藝出版社）。

## 二〇一六年

四月　『戒厳令下の文学―台湾作家・陳映真文集』（戒嚴令下的文學——台灣作家陳映真文集）（間ふさ子、丸川哲史譯，東京：せりか書房）。

## 二〇一七年

十一月　《陳映真全集》（二十三卷本，台北：人間出版社）。

## 寫作時間不明

〈在台灣的中國文學——歷史特性、問題點和機會點〉，可能作於一九八三年。
〈台灣文學和第三世界文學——一個概括的比較〉，可能作於一九八三年。
〈黃晳暎——當代韓國「民眾／民族文學」的代表作家〉，可能作於一九八八年。
〈鄉土文學運動的反思——送韓國黃晳暎先生〉，可能作於一九八八年。
〈庸俗化或者毀滅——九〇年代台灣文化發展的展望〉，可能作於一九八〇年代末。
〈關於馬曉濱案的事實及問題〉，可能作於一九九〇年。
〈李登輝與冷戰教會在台灣〉，可能作於一九九〇年。
〈美帝國主義與「台灣獨立運動」〉，可能作於一九九〇年代前半。
〈台灣反帝・人民民主主義變革運動初論〉，可能作於一九九六年。

〈共同的勝利和光榮——香港回歸的歷史意義〉，可能作於一九九七年。
〈民族分裂的悲哀〉，可能作於一九九〇年代。
〈看哪！那一面歷劫的赤旗……〉，可能作於一九九〇年代。
〈和平·民主·自治·統一——二二八民變與省工委運動的傳統和精神〉，可能作於一九九〇年代。
〈歷史的啟迪——重溫上世紀二〇至四〇年代、包括台灣人民在內的中國人民與朝鮮人民在抗擊日本帝國主義歷史上的大同團結〉，可能作於一九九〇年代。
〈一九七〇年代的反冷戰思潮——台灣冷戰思潮之四〉，可能作於一九九〇年代。
〈戰後批判——民族分裂時代的台灣社會與意識形態及其克服〉，可能作於一九九〇年代。
〈台灣戰後政治史和文藝思想史下的鄉土文學論〉，未完稿。
〈一九二八年以前的台灣社會性質芻論〉，未完稿。
〈「台灣戰後資本主義社會性質」大綱〉，寫作大綱。

（製表：陳冉湧）

# 篇目索引

依筆劃序

## 一劃


一九二八年以前的台灣社會性質芻論　卷23　頁194
一九七〇年代的反冷戰思潮——台灣冷戰思潮之四　卷23　頁155
一九九七年五〇年代政治案件殉難者春季追悼大會祭文　卷16　頁128
一九九八台灣文化新貌　卷10　頁190
一九九九年五〇年代白色恐怖犧牲英烈春季追悼慰靈祭大會．祭文　卷17　頁319
一九九九年秋祭祭文　卷18　頁119
一本小書的滄桑　卷16　頁93
一年來的文學　卷3　頁399
一份深情厚意——談梁正居的紀錄攝影　卷19　頁83
一面毫不妥協的鏡子——「真實報告」的顛覆性　卷12　頁276
一時代思想的倒退與反動——從王拓〈鄉土文學論戰與台灣本土化運動〉的批判展開　卷16　頁362
一個「私的歷史」之紀錄和隨想　卷16　頁151
一個「新史觀」的破綻　卷16　頁270
一個人身上「住著」兩個人——短評《雙身》　卷15　頁427
一個中國，兩岸和平——勞動黨對選舉與時局的看法和主張　卷17　頁236
「一個半世紀的滄桑：香港歷史照片展」活動說明　卷16　頁173

一個台灣人的軌跡‧序　卷19　頁240
一個作家的思考和信念——訪陳映真　卷7　頁45
一個破產、反動的「決議文」——評民進黨《族群多元‧國家一體決議文》　卷22　頁32
一個罪孽深重的帝國　卷7　頁334
一個獨特的「間諜故事」——讀林坤榮《歸鴻》的隨想　卷12　頁9
一個親切的社會　卷10　頁70
一場被遮斷的文學論爭——關於台灣新文學諸問題的論爭（一九四七—一九四九）　卷18　頁16
一種憂傷的提醒　卷10　頁273
一綠色之候鳥　卷1　頁247

## 二劃

「二‧二八」：文學和歷史」題解　卷22　頁362
二〇〇〇年五〇年代白色恐怖犧牲英烈春季慰靈祭大會‧祭文　卷18　頁293
二〇〇四年度五〇年代白色恐怖犧牲者秋季追悼大會‧祭文　卷22　頁23
二二八事變的指導思想：「體制內改革」——從美駐台北領事館一九四七年三月三日及七日兩封密件談起　卷13　頁27
十句話　卷15　頁17
「十年」——追憶〈期待一個豐收的季節〉　卷3　頁283
七〇年代黃春明小說中的新殖民主義批判意識——以〈莎喲娜啦‧再見〉、〈小寡婦〉和〈我愛瑪莉〉為中心　卷17　頁204

七七抗戰四十六週年紀念講演會・主席致詞　卷6　頁221
人文思想雜誌的再生　卷8　頁316
人生小語　卷21　頁142
人民應該起來爭取反對日本軍帝國主義復活運動中的主體性　卷5　頁299
人性・社會・文學——陳映真談台灣小說的發展傾向　卷5　頁30
《人間》回顧攝影展展出的話　卷21　頁237
《人間》雜誌三十二期・發行人的話　卷10　頁280
《人間》雜誌三十七期・發行人的話　卷11　頁13
《人間》雜誌三十八期・發行人的話　卷11　頁119
《人間》雜誌三十九期・發行人的話　卷11　頁142
《人間》雜誌三十三期・發行人的話　卷10　頁299
《人間》雜誌三十六期・發行人的話　卷11　頁9
《人間》雜誌三十四期・發行人的話　卷10　頁320
《人間》雜誌四十一期・發行人的話　卷11　頁202
《人間》雜誌四十二期・發行人的話　卷11　頁215
《人間》雜誌四十期・發行人的話　卷11　頁183
《人間》雜誌研究——陳映真訪問稿　卷18　頁171
人間「台灣社會史叢刊」出版贅言　卷12　頁246
人間台灣政治經濟叢刊・出版贅言　卷13　頁240

人間思想與創作叢刊・出刊報告　卷17　頁245
「人間網」開網的話與欄目介紹　卷21　頁13
人間調查報導學會章程（草案）　卷21　頁20
《人間》雜誌：台灣左翼知識分子的追求和理想——陳映真訪談　卷21　頁259
人道關懷與生命的背離——陳映真的文學告白　卷21　頁144
人與歷史——畫家吳耀忠訪問記　卷3　頁293
人類，生生不息——紀念王介安（菲林）　卷13　頁230
人權的關懷不應有差等——訪陳映真談對羈獄政治犯的關心　卷5　頁279
「八・一五：記憶和歷史」題解　卷22　頁263
九位作家談組黨與解嚴　卷8　頁304

## 三劃

三十年來台灣的社會和文學　卷3　頁38
三點意見　卷12　頁154
工人邱惠珍　卷20　頁132
「大和解？」回應之五　卷20　頁33
大陸社會的縮影——短評〈大雜院〉　卷12　頁359
大眾消費社會中的人　卷6　頁292
大眾消費社會和當前台灣文學的諸問題——第三屆時報文學週講演摘要　卷6　頁299

大眾消費時代的文學家和文學　卷7　頁259
大眾傳播和民眾傳播　卷9　頁159
大眾傳播與小雜誌　卷8　頁284
兀自照耀著的太陽　卷1　頁303
上班族的一日　卷3　頁313
〈小耘週歲〉賞析　卷15　頁191
「小說卷」自序　卷10　頁187
山路　卷6　頁224
山路．自序　卷7　頁320
千年古塚——試評王小虹散文集《葡萄樹》　卷8　頁273
已博人間志士名——中國民族文學家賴和醫師　卷4　頁232

## 四劃

「天下雜誌新聞寫作獎」報導文學類評審意見　卷15　頁86
天高地厚——讀高行健先生受獎辭的隨想　卷19　頁207
五十年枷鎖：日帝下台灣照片展　卷16　頁38
支點　卷12　頁109
不可為一時權宜犧牲民族大義　卷8　頁294
不朽的冠冕——《諾貝爾文學獎全集》中文版總序　卷4　頁358

不怕寂寞的獨行者 卷8 頁254
「不許新的『台灣文奉會』復辟！」專題·編案 卷18 頁109
不曾專意做過散文 卷22 頁16
瓦器中的寶貝 卷3 頁7
日本人在台灣的「三光政策」——五十年枷鎖：日據時期台灣史影像系列（二） 卷16 頁49
日本再侵略時代與台灣的日本論 卷13 頁137
日本在華人保釣運動間的沉默的陰謀 卷13 頁161
日本的戰爭情懷和台灣的日本情懷 卷14 頁393
日本軍國主義蠢蠢欲動 卷22 頁78
日本軍閥的陰魂未散 卷2 頁306
「日本接觸」——實相與虛相 卷8 頁366
日本戰債賠償 真能撫平傷口？ 卷14 頁424
日軍占領下的香港：「三年零八個月」的夢魘——一個半世紀的滄桑：香港圖片歷史系列（四） 卷16 頁191
中華文化和台灣文學 卷22 頁315
「中國人民不能因怕犯錯而裹足不前」——讀《中國與社會主義》 卷22 頁215
中國人任人恣意侮辱的日子已一去不返了 卷3 頁418
中國文學在台灣的發展 卷22 頁257
中國文學和第三世界文學之比較 卷7 頁110
中國文學的一條廣大的出路——紀念〈中國人立場之復歸〉發表兩周年，兼以壽胡秋原先生 卷4 頁65

中國知識界失去了人民的視野　卷18　頁113
中國的希望繫於國民的道德勇氣——讀劉青〈沮喪的回憶與瞻望〉後的一些隨想　卷5　頁132
中國的傷痛與台灣的認同悲情——專訪香港浸會大學駐校作家陳映真　卷21　頁104
中國終須選擇自己的道路——專訪作家陳映真先生　卷21　頁246
中國統一促進運動籌備談話會發言　卷10　頁204
中國統一聯盟大陸訪問團抵京聲明　卷12　頁164
中國統一聯盟大陸訪問團離滬返台記者會紀實　卷12　頁176
中國統一聯盟致大陸統一促進會函　卷12　頁43
中國統一聯盟執行委員會主席報告　卷11　頁229
中國統聯訪問團與江澤民的對話錄　卷12　頁168
「中國會被拆散嗎？」座談會紀要　卷13　頁131
「爪痕與文學」題解　卷22　頁29
反攻歷史　卷18　頁196
反省的心　卷20　頁124
反思和批判的可能性——關於高重黎「影像・聲音——故事」展出的隨想　卷20　頁153
反對「不准反美反戰」和「只准聊以反戰不准反美」！——此次反對美帝侵伊運動的反思　卷20　頁265
反對言偽而辯——陳芳明台灣文學論、後現代論、後殖民論的批判・序　卷20　頁198
反諷的反諷——評〈第三世界文學的聯想〉　卷7　頁147
介紹第一部台灣的鄉土文學作品集《雨》　卷1　頁85

父親　卷18　頁220
今年該寫了　卷5　頁181
勿忘昨天・寫在卷首　卷22　頁231
六、七〇年代華文小說討論會紀實　卷14　頁194
六月裡的玫瑰花　卷2　頁185
文明和野蠻的辯證——龍應台女士〈請用文明來說服我〉的商榷　卷22　頁343
文益煥牧師的一首詩　卷12　頁46
文書　卷1　頁181
文學、政治、意識形態——專訪陳映真先生　卷8　頁322
文學二二八・序文　卷21　頁42
「文學台獨」面面觀・序　卷19　頁285
文學來自社會反映社會　卷3　頁54
文學的世界已經變了？——談新世代的文學　卷18　頁354
文學的歸鄉——在《周嘯虹作品集》首發式上的講話　卷20　頁262
文學是對自由的呼喚——獲頒花蹤世界華文文學獎感言　卷21　頁7
文學是認識和實踐的統一——寫在夏潮「楊逵文學營」開幕之前　卷20　頁129
文學思潮的演變——一個作家的體會　卷18　頁128
文學寫作何去何從？——兩種世界性的文學　卷20　頁320

## 五劃


以腳蹤丈量台灣島的漢子　卷20　頁326
以小說的方式思考人的問題——與陳映真對話　卷17　頁162
以反省之心　卷20　頁246
以紀實文學結算台灣的「戰後」——評藍博洲的《幌馬車之歌》　卷13　頁171
以意識形態代替科學知識的災難——批評陳芳明先生的〈台灣新文學史的建構與分期〉　卷18　頁378
打起精神，英勇地活下去吧！——懷念繫獄逾三十三年的友人林書揚和李金木　卷7　頁184
打開幔幕深垂的暗室——兼以反論葉珊的〈七月誌〉　卷2　頁245
世界華文文學的展望——關於世界華文文學的歷史與特質的一些隨想　卷16　頁351
世界體系下的「台灣自決論」——冷戰體制下衍生的台灣黨外性格　卷8　頁148
世界體系中的中國——讀錢其琛外長在第四十六屆聯大的講話　卷13　頁123
世紀留言　卷18　頁169
左翼人生：文學與宗教——陳映真先生訪談錄　卷21　頁112
左翼文學和文論的復權　卷17　頁74
石飛仁的正義感與海峽兩岸之冷漠　卷8　頁248
石破天驚　卷8　頁340
《石破天驚》自序　卷10　頁175
由「出走」談起——陳映真對當今台灣教會之觀察與評言　卷9　頁365
史明台灣史論的虛構·編者的話　卷14　頁324

另外一個台北　卷12　頁241
四十五年前的朱批　卷21　頁150
四十年來台灣文藝思潮之演變　卷8　頁17
四十年來的台灣文藝思潮——一九八七年五月二十四日在香港大專會堂的演講　卷9　頁109
四十年來的政治逮捕與肅清　卷11　頁77
四六事件的歷史背景　卷17　頁308
生之權利：王曉民和她的家庭——腦震盪後遺症患者家屬的苦難、愛心和希望的故事　卷2　頁345
生死　卷21　頁305
生命的關懷·序　卷20　頁169
失去英雄的地平線——陳映真vs周玉蔻　卷12　頁215
失焦的時代病——《狂飆的世代——台灣學運》觀後隨想　卷22　頁147
代序：母親的叮嚀——拜見詩人臧克家先生　卷20　頁252
代序：橫地剛先生〈新興木刻藝術在台灣：一九四五—一九五〇〉讀後　卷20　頁141
仙人掌，加油！　卷6　頁109
白色角落·序　卷17　頁153
「白色恐怖」時代的見證——「叛亂？亂判？」公聽會紀要　卷13　頁72
令人緬懷的傳說　卷13　頁68
用舞踏向「現代日本」叛變？——「白虎社」社長、企畫訪談錄　卷8　頁204
主，我們這樣子就可以嗎？——「一九九〇平安禮拜」的隨想　卷13　頁35

永恒的大地　卷2　頁44
永恆的憂傷與苦痛　卷22　頁19
永遠不居上位的領袖人物蔣渭水——五十年枷鎖：日據時期台灣史影像系列（五）　卷16　頁61
永遠的薛西弗斯——陳映真訪談錄　卷20　頁9
民眾和生活現場的文學——黃皙暎、黃春明與陳映真對談　卷10　頁283
民眾的中國和民眾的知識分子　卷10　頁206
民進黨執政三年的總檢討　卷21　頁27
民族分裂下的台灣文學——台灣的戰後與我的創作母題　卷21　頁226
民族分裂的悲哀　卷23　頁116
民族分裂歷史對台灣戰後文學的影響　卷12　頁250
民族文學的新的可能性——在「陳映真文學創作與文化評論國際研討會」結束時的致謝辭　卷10　頁341
民族的母儀　卷15　頁24
民族的報紙為民眾發言——《韓民族報》的精神與工作　卷11　頁271
加略人猶大的故事　卷1　頁119
台中的風雷．出版記　卷12　頁265
台北斷想　卷18　頁42
台獨批判的若干理論問題——對陳昭瑛〈論台灣的本土化運動〉之回應　卷15　頁36
台獨派．皇民遺老和日本右派的構圖　卷19　頁220
台獨無望　卷22　頁72

台獨運動和新皇民主義——馬關割台百年紀念學術研討會上的講話　卷15　頁68
「台灣」分離主義——「知識分子的盲點」　卷9　頁16
台灣山地少數民族問題和黨外　卷7　頁276
台灣女性革命家——五十年枷鎖：日據時期台灣史影像系列（七）　卷16　頁108
台灣內部的日本——再論日本戰爭電影《聯合艦隊》　卷9　頁25
台灣反帝・人民民主主義變革運動初論　卷23　頁83
台灣公共衛生中一位偉大的拓荒者：陳拱北教授　卷6　頁93
「台灣文學」是增進兩岸民族團結的渠道——讀楊逵〈「台灣文學」問答〉　卷18　頁90
台灣文學中的環境意識　卷15　頁267
台灣文學和第三世界文學：一個概括的比較　卷23　頁19
台灣文學的未來——機會點和問題點　卷7　頁102
台灣文學往哪裡走？　卷5　頁191
台灣史瑣論　卷16　頁20
台灣各界要求日本天皇臨終前為其侵華罪責向中國人民鄭重道歉之備忘錄　卷11　頁104
台灣近代雕刻的先驅者：黃土水　卷4　頁407
台灣社會的悶局與困惑——專訪台灣作家陳映真　卷9　頁99
台灣長老教會的歧路　卷3　頁249
台灣知識分子應有的覺醒——我對台灣鄉土文學運動的看法　卷6　頁311
台灣的「義和團」運動——五十年枷鎖：日據時期台灣史影像系列（四）　卷16　頁57

台灣的非中國化——台灣「日本化」與「美國化」的本質　卷15　頁236
「台灣的後殖民主義論述和台灣社會史論」提綱　卷21　頁242
台灣的美國化改造——台灣版序　卷16　頁258
台灣的殖民地體質——也談台灣的過去與未來　卷8　頁180
台灣的憂鬱・陳序　卷20　頁396
台灣省醫學史中的彰化基督教醫院　卷5　頁249
「台灣皇民文學合理論的批判」特集・編案　卷17　頁248
《台灣浮士德》：陳映真・櫻井大造對談　卷22　頁116
台灣現代文學思潮之演變　卷13　頁317
台灣現代知識分子的歷史　卷17　頁84
台灣第一部「第三世界電影」——電影《莎喲娜啦・再見》的隨想　卷8　頁136
台灣鄉土文學的社會、歷史背景　卷13　頁177
台灣報導文學的歷程　卷20　頁19
台灣勞工必須組織自己的政黨！　卷10　頁80
台灣畫界三十年來的初春　卷3　頁73
台灣當代歷史新詮　卷18　頁143
台灣新文學思潮史綱・序言　卷19　頁290
台灣經濟成長的故事——台灣公害的政治經濟學　卷11　頁219
台灣經濟發展的虛相與實相——訪劉進慶教授　卷10　頁50

《台灣論》之暴言及其共犯結構　卷19　頁225
《台灣論》和「共犯結構」　卷19　頁272
「台灣論」或「皇民論」？——評《台灣論》漫畫的軍國主義　卷19　頁245
台灣戰後民主主義的清理——為什麼一個承接黨外反蔣民主鬥爭的政黨會快速、徹底地墮落和腐化？　卷22　頁375
台灣戰後政治史和文藝思想史下的鄉土文學論　卷23　頁185
台灣戰後最大的農民反美示威　卷10　頁230
「台灣戰後資本主義社會性質」大綱　卷23　頁208
台灣變革的底流——戴國煇、松永正義、陳映真對談　卷10　頁86
「母親的臉」　卷12　頁27

## 六劃

老是缺席總不是辦法　卷12　頁94
地底的光：洪瑞麟——到泥土和勞動中會見藝術的畫家　卷4　頁248
共同的探索——為台灣前途諸問題敬覆永台先生　卷8　頁166
共同的勝利和光榮——香港回歸的歷史意義　卷23　頁113
再起台灣文學的藥石——讀陳虛谷〈榮歸〉　卷8　頁43
再創一個二十年的輝煌　卷20　頁150
再燃上一支蠟燭——台灣著名作家陳映真訪談錄　卷10　頁395
在民族文學的旗幟下團結起來　卷3　頁229

在台灣的中國文學：歷史特性、問題點和機會點　卷23　頁9
在台灣讀周良沛的散記　卷15　頁322
在存去爭議聲中看水筆仔紅樹林　卷4　頁374
在李郝體制新威權主義下台灣社會運動應如何發展　卷12　頁301
在香港看「七・一」遊行　卷21　頁318
在戰鬥中成長的韓國民族劇場　卷11　頁342
「有光閃著」的瞳孔　卷17　頁331
有關「宗教文學」　卷22　頁48
死者　卷1　頁68
邪惡的帝國手段　卷12　頁283
邪惡的帝國——讀一九四九年《美國對台澎政策》　卷13　頁102
曲扭的鏡子・序　卷9　頁344
同一個民族　共同的命運　共同的鬥爭——台灣新文學運動和「五四」新文學運動的聯繫　卷17　頁353
因為在民眾中有真理……——韓國社會構成體性質的論戰和韓國社科界的英姿　卷11　頁309
回憶《劇場》雜誌　卷12　頁211
回憶沈登恩　卷22　頁266
回應三好將夫　卷15　頁28
回歸民眾、回歸生活、回歸現實——二〇〇三年第二屆夏潮報導文藝營總結演講　卷20　頁356
回顧鄉土文學論戰　卷14　頁274

年輕又熱烈的無窮花——八〇年代的韓國學生運動 卷11 頁290
先一時代之灼見——讀楊逵一九三七年〈報告文學問答〉的隨想 卷13 頁272
自尊心和人道愛——電影《甘地傳》觀後的一些隨想 卷6 頁73
向日本控訴．後語 卷15 頁93
向內戰．冷戰意識形態挑戰——七〇年代台灣文學論爭在台灣文藝思潮史上劃時代的意義 卷16 頁292
向著更寬廣的歷史視野…… 卷6 頁139
向闊嘴師道別 卷14 頁7
「全球化」的兩面性和新的中華文明的建設 卷21 頁374
全球化浪潮下第三世界文學的前景 卷20 頁204
色情企業的政治經濟學基盤 卷5 頁256
安溪縣石盤頭——祖鄉紀行 卷14 頁333
「那殺身體不能殺靈魂的，不要怕他！」 卷3 頁33
那麼衰老的眼淚 卷1 頁109
如何建立嚴肅的批評制度 卷4 頁7
如果十五天、七階段的戰爭終結中華民國的紀年 卷15 頁331
如果我能從頭來過…… 卷5 頁231
如果這是新生代作品 卷16 頁104
如炬的目光——讀蘇新先生遺稿〈談台灣解放問題〉 卷20 頁227
如戲的人生——訪問張照堂 卷8 頁121

## 七劃


弄個歌兒大家唱吧，伙計！ 卷3 頁44
戒絕「消費」這個鴉片——不要讓環境葬送在托拉斯的組織裡 卷6 頁19
戒嚴體制和戒嚴體質 卷10 頁45
找回能夠自己思考的腦袋 卷17 頁147
走出泥淖，展開新頁！ 卷3 頁103
「抗日在台灣」——紀念七七抗戰五十五週年學術講演會 卷13 頁244
抗議書 卷8 頁298
抗議書 卷12 頁298
「花岡事件展覽」前言 卷13 頁112
杜水龍 卷1 頁329
李友邦先生紀念文集·序文 卷19 頁279
李友邦和「台灣獨立革命黨」——五十年枷鎖：日據時期台灣史影像系列(三) 卷16 頁54
李友邦的殖民地台灣社會性質論與台共兩個綱領及「邊陲部資本主義社會構造論」的比較考察 卷13 頁187
李登輝與冷戰教會在台灣 卷23 頁46
步履未倦誇輕翩——與當代著名作家陳映真對話 卷17 頁178
吳念真的機會和問題 卷5 頁127
告全國同胞書 卷12 頁295
我不是Superman——陳映真專訪 卷21 頁213

我不會忘記——悼念陳毓祥　卷16　頁17
我在台灣所體驗的文革　卷15　頁393
我來……乃是要叫人紛爭——新的韓國天主教會在「紛爭」中胎動　卷11　頁335
我來自一個分裂的祖國　卷20　頁101
我的文學創作與思想　卷20　頁287
我的弟弟康雄　卷1　頁23
我的寫作與台灣社會嬗變——陳映真香港浸會大學演講　卷21　頁154
我們有韓國民族・民主運動的傳統——「全民聯」：韓國民眾民主化運動的司令部　卷11　頁281
我們是這麼看侯孝賢的　卷8　頁363
我們做的，還不夠　卷8　頁226
我們愛森林的朋友阿標　卷10　頁214
我對馬華文學的觀感　卷15　頁173
我輩的青春　卷13　頁149
我寫劇本《春祭》　卷14　頁218
「兵士」駱駝英的腳蹤　卷17　頁436
何以我不同意台灣分離主義？　卷9　頁70
作為一個作家……　卷10　頁150
作為一個知識分子，我仍然勇於在爭議中堅守批判的立場　卷10　頁391
你所愛的美國生病了……　卷10　頁145

「近代日本與台灣學術研討會」有感　卷17　頁252
近親憎惡與皇民主義——答覆彭歌先生　卷17　頁112
「迎回尾崎秀樹」題解　卷22　頁150
迎接一個新而艱難的時代　卷12　頁159
迎接一個新時代的到來——「政論及批判卷」自序　卷10　頁260
迎接中國的春天　卷6　頁7
冷戰結構下的台灣教會　卷11　頁107
冷戰體制與台灣教會——在「曠野」同仁聚會中的講話　卷11　頁130
序：走出國境內的異國　卷9　頁36
序曲　從民眾的觀點出發　卷11　頁16
序報導文學營　卷21　頁38
沒有「幽靈」，只有心中之鬼　卷19　頁257
沒有統一論的「反台獨」論終歸失敗——評《聯合報》「沒有統獨之爭」的社論　卷20　頁348
沉思——讀李遠哲先生〈從當家做主到和平、繁榮、民主的未來〉的隨想　卷19　頁86
沉疴難起的台灣電視——從《台灣風雲》胎死說起　卷13　頁223
沉默的照片　雄辯的歷史——蒐集日據下台灣史照片的隨想　卷16　頁96
宋斐如文集・序　卷22　頁183
究明台拓營運關係　明確日本國家犯罪責任　卷18　頁49
良好的祝願　卷17　頁37

## 八劃

阿公　卷21　頁293
青年的疏隔——試評《再見，黃磚路》　卷5　頁68
青青子衿，悠悠我心　卷5　頁251
亞洲的新形勢　卷22　頁82
耶穌在窮人中興起新教會——訪問韓國民眾神學的創始者安炳茂博士　卷11　頁327
取媚權顯令天下斯文長嘆——《自立晚報》駁正函　卷13　頁251
「東亞冷戰與國家恐怖主義」學術研討會．主導思想　卷15　頁416
「東亞冷戰與國家恐怖主義」學術研討會．會議旨趣　卷15　頁423
東望雲天——紀念劉進慶教授　卷22　頁296
兩岸文化交流和國土的統一　卷12　頁230
兩鬢開始布霜　卷8　頁140
「非理性力量」下的科技　卷9　頁207
非情的傷痕——韓戰四十週年的隨想　卷12　頁235
忠孝公園　卷19　頁304
知識人的偏執　卷2　頁292
知識的開端：認識美帝國主義——序徐代德《背德的帝國：美帝國主義發展史話》　卷12　頁224
物必自腐而後蟲生　卷20　頁259
和平．民主．自治．統一——二二八民變與省工委運動的傳統與精神　卷23　頁129

「和仔先」二三事 卷4 頁245
和陳映真談《人間》雜誌 卷10 頁275
秉理直言，不媚世俗——敬壽胡秋原先生 卷17 頁274
金文豪，加油！ 卷12 頁24
金明植：歌唱希望、自由和解放的詩人 卷15 頁122
夜行貨車 卷3 頁176
夜行貨車·序 卷4 頁23
夜霧 卷18 頁303
盲人瞎馬的鬧劇與悲劇——從歷史事實看台灣「主權獨立國家」的理論荒謬性 卷15 頁109
「炎黃子孫」靠哪邊站！ 卷7 頁306
法西斯主義的幻想 卷4 頁37
注視一件在逐漸株連擴大中的文字獄——我們不服台北地院的兩個錯誤判決提出上訴之理由 卷5 頁45
波灣戰爭中噁心之感 卷13 頁9
宗教文學管窺 卷22 頁66

## 九劃

建立民族文學的風格 卷3 頁110
建立真正獨立的產業工會，為保障工人的生命和權益而奮鬥——從兩山礦難和美資華納利電子公司工人爭議說起 卷7 頁309

建設具有主體性的高雄文化 卷10 頁181
《孤兒的歷史‧歷史的孤兒》自序 卷7 頁323
孤兒的歷史‧歷史的孤兒——讀吳濁流《亞細亞的孤兒》 卷2 頁370
春祭 卷14 頁222
政治經濟情勢報告——在勞動黨五屆全代會上的報告 卷17 頁288
某一個日午 卷2 頁63
故國相思三下淚 卷14 頁388
故鄉 卷1 頁57
胡秋原先生與中國新文學 卷4 頁77
相機是令人悲傷的工具——日籍國際報導攝影家三留理男剪影 卷8 頁9
省籍、統獨都是「假問題」——總評台灣幾個關鍵問題 卷15 頁7
是奴才就不能主張「尊嚴」——評「奧揚之旅」悲慘的挫折 卷22 頁369
盼望日本大眾端正對台灣的視角——祝賀藍博洲《幌馬車之歌》日譯本的出版 卷22 頁302
星火 卷14 頁144
思想的荒蕪——讀〈苦悶的台灣文學〉敬質於張良澤先生 卷4 頁269
思想的索忍尼辛與文學的索忍尼辛——聽索忍尼辛在台北演講的一些隨想 卷5 頁303
《思想的貧困》自序 卷10 頁178
思想的貧困——訪陳映真 卷10 頁108
看哪！那一面歷劫的赤旗…… 卷23 頁120

〈怎麼忘〉賞析　卷15　頁199
香港的文化大革命——一個半世紀的滄桑：香港圖片歷史系列（六）　卷16　頁198
香港的腐敗和廉政——一個半世紀的滄桑：香港圖片歷史系列（五）　卷16　頁195
香港的擴大和再發展——一個半世紀的滄桑：香港圖片歷史系列（七）　卷16　頁203
科技教育的盲點　卷8　頁319
重回綠島　卷17　頁68
保衛林少猫抗日英名演講會．主席報告　卷7　頁272
「鬼影子知識分子」和「轉向症候群」——評漁父的發展理論　卷7　頁193
《侵略》和《侵略原史》——介紹森正孝先生批判日本侵略歷史的兩部傑出紀錄影片　卷7　頁386
追究「台灣一千八百萬人」論　卷7　頁174
追悼五〇年代政治案件受害人．祭文　卷15　頁63
追悼蘇慶黎女士　卷22　頁26
後革命作家的徬徨——陳映真座談會　卷18　頁257
後街——陳映真的創作歷程　卷14　頁149
哀思畏友李作成先生　卷14　頁68
帝國主義全球化和金融危機　卷18　頁7
帝國主義者和後殖民地精英——評李總統和司馬遼太郎的對談　卷14　頁356
美好的腳蹤——謝緯醫師的一生　卷4　頁51
美妙世界的追求——兼談中國電影的方向　卷2　頁406

美帝國主義與「台灣獨立運動」 卷23 頁60
「美軍基地—反共波拿帕國家」的成立——張俊宏「國民黨界定論」的批判 卷12 頁74
美國帝國主義和台灣反共撲殺運動——代序 卷13 頁94
美國統治下的台灣——天下沒有白喝的美國奶 卷7 頁281
美國霸權主義和朝鮮半島的南北危機 卷20 頁250
為一切人的平等與自由的美術——韓國民族美術運動的理論與實踐 卷11 頁350
為一段被湮滅的歷史要求復權 卷12 頁115
為人道、公理、正義，向日本政府抗議 卷11 頁101
為了中國的春天……——讀《中國之春》第一期的一些隨想 卷6 頁10
為了民族的和平與團結 卷17 頁110
為了民族的和平與團結——寫在「2・28事件：台中風雷」特集卷首 卷9 頁41
為了民族的團結與和平 卷6 頁147
為什麼〈野草莓〉 卷18 頁122
為反對霸權主義，達成民族真正統一而努力 卷22 頁276
為民族和人民喉舌 卷14 頁173
為台獨送終的行軍——記台灣「三二六」遊行示威 卷22 頁152
為抗日歷史做見證的小說家：紀剛醫師 卷4 頁399
為和平團結起來！——楊逵《和平宣言》箋註 卷13 頁261
為重新遇合的那日——讀賀照田〈後社會主義的歷史與中國當代文學批評觀的變遷〉及趙稀方〈「西馬」、「現代主

義」的理論旅行及「新左派」的視域〉 卷20 頁404
為美國國防部關於中國領土之暴論的抗議聲明 卷12 頁192
為核電被曝工人代言的攝影家 卷20 頁160
「為弱小者代言」——日本報告攝影家樋口健二 卷9 頁59
為教育民主挺進 卷11 頁364
為脫離強權冷戰，團結一切華人，創造新中國文明而努力 卷10 頁253
洩忿的口香糖 卷10 頁302
洶湧的孤獨——敬悼姚一葦先生 卷16 頁164
突破兩岸分斷的構造，開創統一的新時代 卷22 頁236
客籍貧困傭工移民的史詩——〈渡台悲歌〉和客系台灣移民社會 卷11 頁145
「客觀公正」乎？——關於台灣的文學獎的隨想 卷17 頁255
祖父和傘 卷1 頁91
祖祠 卷13 頁167
祖國：追求・喪失與再發現——戰後台灣資本主義各階段的民族主義 卷13 頁281
「祖國喪失和白痴化」——答覆李喬論台獨的「反中國・反民族」和「新皇民化」性質 卷12 頁393
祖鄉的召喚——一個半世紀的滄桑：香港圖片歷史系列（三） 卷16 頁187
神學討論顯露光采 卷9 頁21
祝賀《人間學社通信》出刊 卷22 頁169
《怒吼吧，花岡！》演出的話 卷8 頁244

紀念台灣光復，反對作為帝國主義奴才的反華言行 卷19 頁117
紀念花岡蜂起事件六十年 卷22 頁211
紀念濟州「四・三事件」五十週年國際學術大會旨趣書 卷17 頁135
紀念蘇慶黎 卷22 頁60
紀實攝影・序 卷14 頁139

## 十劃

「馬先生來了」？——馬克思《資本論》在台灣出版的隨想 卷12 頁345
「馬克思主義文論在台灣的中挫」特集・編案 卷18 頁86
馬克思主義思潮與台灣知識分子——序杜繼平新著《階級、民族與統獨爭議》 卷20 頁173
莫那能——台灣內部的殖民地詩人 卷12 頁132
真實的力量 卷12 頁268
真實的顏色——《月亮的小孩》發表會紀錄 卷12 頁271
桎梏新歲 卷18 頁250
核電危鄉行——徘徊在核一、核二的邊緣 卷8 頁229
根植在土地上的人——序王拓君《黨外的聲音》 卷3 頁288
原鄉的失落——試評〈夾竹桃〉 卷3 頁17
烈火的青春・序 卷17 頁323
致《政治家》發行人函 卷7 頁264

致一群「自由人」 卷3 頁403
致讀者 卷9 頁205
時代呼喚著新的社會科學——一九九七年四月二十二日演講於中國社會科學院 卷16 頁132
時勢造英雄，還是英雄造時勢？——新黨的機會與局限 卷14 頁264
哦！蘇珊娜 卷1 頁169
啊！那個時代，那些人……——《雙鄉記》譯後 卷13 頁233
針鋒相對 逆流而上 卷17 頁96
記一次國際性抗日文化活動 卷10 頁324
記錄一個大規模的．靜默的．持續的民族大遷徙——訪問關曉榮談「八尺門」連作和報導攝影 卷8 頁86
唐倩的喜劇 卷2 頁91
消失在歷史迷霧中的作家身影．序 卷19 頁296
消費文化．第三世界．文學 卷5 頁207
海峽三邊，皆我祖國——代序 卷13 頁84
海隅微言集．序 卷17 頁104
流放者之歌——於梨華女士歡迎會上的隨想 卷2 頁213
浪漫於現實的手記．書前 卷21 頁280
家 卷1 頁33

## 十一劃

被出賣的「皇軍」 卷15 頁206
被出賣的台獨——談柯喬治一九四七年三月十日的密電 卷13 頁87
被視為牛馬的日子 卷17 頁63
被湮沒的歷史的寂寞 卷10 頁331
被壓抑侮辱和虐待者的文學——《日據下台灣新文學》問世的時代意義 卷3 頁413
展望一個新的局面 卷15 頁185
陳芳明歷史三階段論和台灣新文學史論可以休矣！——結束爭論的話 卷19 頁137
陳映真，我的孿生兄弟 卷10 頁218
陳映真．劉賓雁歷史性對談實錄 卷10 頁349
陳映真：台灣的文化人需要反省 卷21 頁74
陳映真文集．序 卷17 頁129
陳映真小說集．序 卷20 頁122
陳映真小說選．序 卷8 頁127
陳映真自剖「統一情結」——陳映真：我又要提筆上陣了！ 卷14 頁28
陳映真自選集．序 卷17 頁133
陳映真的自白——文學思想及政治觀 卷7 頁64
陳映真的自剖和反省 卷7 頁27
陳映真看〈大橋下的海龜〉 卷5 頁158

陳映真首次來美訪問——開擴思想視野裨益甚大　卷6　頁390
陳映真速寫大陸作家——吳祖光、張賢亮、汪曾祺、古華　卷10　頁127
陳映真致余光中先生信　卷21　頁384
陳映真訪港答記者問　卷9　頁77
《陳映真散文集1・父親》序　卷21　頁290
陳映真答客問　卷21　頁390
陳映真新年訪談錄　卷21　頁51
陳映真經鍾玲教授轉余光中信　卷21　頁380
現代主義底再開發——演出《等待果陀》底隨想　卷1　頁412
現在是重大反省時刻！——陳映真總評國共兩黨、民進黨及台獨　卷14　頁18
現實主義藝術的新希望　卷3　頁377
探索批判的、自立的日本關係和日本論——從藤尾暴言事件想起　卷8　頁306
探望——訪港前夕的隨想　卷21　頁101
基督徒文字工作者的社會責任　卷9　頁346
基督徒看台灣前途——從海峽兩岸的宣教歷史談起　卷13　頁144
基督徒與大眾消費文化　卷9　頁375
專訪印尼作家尤地斯特拉・馬沙地　卷7　頁93
專訪台灣著名作家陳映真教授紀實　卷22　頁288
專訪陳映真　卷18　頁235

國家分裂結構下的民族主義國家——「台灣結」的戰後史之分析　卷10　頁15
國務卿艾奇遜閣下……——讀廖文毅的《台灣發言》（Formosa Speaks）　卷13　頁14
「國語政策和閩南方言」專輯・編案　卷20　頁158
第一件差事　卷2　頁134
第一件差事・四版自序　卷3　頁48
第一卷　狂喜與幻滅——一九四五—一九四九　卷11　頁20
第二卷　在冷戰中受孕的胎兒——一九五〇年代　卷11　頁26
第二卷　在冷戰中受孕的胎兒——一九五〇年代・荒湮中的歷史　卷11　頁32
第三世界接觸——黃皙暎與陳映真對談中韓現代文學發展　卷10　頁240
第三卷　依賴與發展——一九六〇年代　卷11　頁38
第五卷　再編組和轉變的時代——一九八〇年代　卷11　頁59
第五卷　再編組和轉變的時代——一九八〇年代・乍醒的巨人　卷11　頁65
第四卷　挑戰・反省・反應——一九七〇年代　卷11　頁43
第四卷　挑戰・反省・反應——一九七〇年代・一次夭死的文學革命　卷11　頁49
從《先知》、《等待果陀》的演出談現代戲劇　卷1　頁327
從一部日片談起　卷8　頁381
從中國的智慧中去尋找生態環境保護工作的啟示　卷5　頁202
從台灣看《那兒》　卷22　頁331
從台灣看香港歷史——陳映真・曾健民對談　卷16　頁208

從台灣都市青少年崇日風尚說起 卷8 頁159
從西化文學到鄉土文學 卷3 頁385
從江文也的遭遇談起 卷6 頁272
從陳純真先生生平說起——紀念溘然長逝的陳純真老師 卷20 頁236
從寂靜深閨走入政治颱風眼——獨鬥媳婦當縣長，余陳月瑛的故事 卷11 頁186
從歷史最沉鬱的黑暗中釋放——寫在北市馬場町紀念公園落成前夕 卷19 頁25
從戰後台灣資本主義的發展看兩岸關係——「台灣前途和兩岸關係：紐約鄉情座談會」紀錄 卷14 頁54
從蟄居到破蟄：陳夏雨的世界——訪問雕刻家陳夏雨先生 卷5 頁234
從獷悍到凝沉——對於朋友王拓的隨想 卷7 頁139
釣魚台：爭議的構造——十月二十四日保釣遊行的隨想 卷12 頁126
釣運的風化與愁結——讀薛荔小說集《最後夜車》隨想 卷8 頁262
祭文 卷14 頁215
祭黃繼持先生 卷20 頁163
訪陳映真 卷14 頁283
訪陳映真談傷痕文學 卷5 頁270
訪陳映真談新作〈歸鄉〉 卷18 頁79
庸俗化或者毀滅——九〇年代台灣文化發展的展望 卷23 頁32
望穿鄉關的心啊！ 卷10 頁233
望鄉棄民——一場尚未結束的戰爭 卷11 頁240

淒慘的無言的嘴　卷1　頁228
混沌的夢與現實——評竹林的《嗚咽的瀾滄江》　卷12　頁195
深情的海峽・出版贅言　卷20　頁139
情義和文學把一代作家凝聚到一起……　卷16　頁347
悼李作成　卷14　頁81
悼念一位東渡來台的真知識分子　卷21　頁314
悼念的方法　卷10　頁201
惋惜　卷21　頁399
寂寞的以及溫煦的感覺　卷2　頁7
宿命的寂寞——悼念戴國煇先生　卷19　頁252
強盜的說詞——評日本右派「太平洋戰爭為民族解放戰爭」論　卷15　頁105
將軍族　卷1　頁206
將軍族・序　卷18　頁282
習以為常的荒謬　卷10　頁74

## 十二劃

鄉土文學・民族主義・帝國主義　卷3　頁391
「鄉土文學」的盲點　卷3　頁94
鄉土文學運動的反思——送韓國黃晳暎先生　卷23　頁28

「鄉土文學論爭二十周年」專題・編案 卷17 頁250
鄉土文學論戰十週年的回顧——訪陳映真 卷9 頁323
鄉村的教師 卷1 頁42
終曲 和人民一起思想 卷11 頁71
超克內戰和冷戰歷史的思維——從NIEs症候群說起 卷12 頁418
超級的男性 卷1 頁273
超越與飛躍的人性 卷10 頁84
揭破「主權」謊言，當家做主人！ 卷22 頁53
喜悅與敬意 卷14 頁37
期待《人間》精神的再出發 卷13 頁257
期待一個豐收的季節 卷2 頁237
黃晳暎：當代韓國「民眾／民族文學」的代表作家 卷23 頁25
葉石濤：「面從腹背」還是機會主義？ 卷20 頁332
萬商帝君 卷5 頁314
敬悼統聯名譽主席余登發先生——一個偉大的民眾的民主主義和愛國主義的實踐者 卷12 頁105
敬意與祝願——序南洋文藝一九九五小說年選 卷15 頁400
殖民地香港華人的沉浮——一個半世紀的滄桑：香港圖片歷史系列（二） 卷16 頁182
雲 卷4 頁118
雲・序 卷6 頁15

《雲》的通訊　卷6　頁287
雲門舞集的十萬觀眾　卷4　頁259
悲傷中的悲傷——寫給大陸學潮中的愛國學生們　卷11　頁256
悲觀中的樂觀——訪問許常惠、史惟亮　卷2　頁271
虛施懷柔，實為誘殺：從一九〇二年雲林「歸順式」大屠殺說起——五十年枷鎖：日據時期台灣史影像系列（一）　卷16　頁44
虛構的珍珠港——美國干涉主義下的金門與馬祖　卷12　頁59
掌燈——訪問歐坦生先生　卷19　頁103
最好的燔祭——《證言2・28》代序　卷14　頁10
最近的活動　卷17　頁156
最牢固的磐石——理想主義的貧乏和貧乏的理想主義　卷2　頁224
最後的夏日　卷2　頁12
黑松林的記憶　卷16　頁120
黑澤明電影腳本的「靈魂」：小國英雄——高舉人的「純粹性」的電影劇本作家　卷5　頁110
無盡的哀思——悼念徐復觀先生　卷5　頁195
短評〈翻漿〉　卷14　頁422
智者的進言　卷3　頁383
等待清算的後殖民台灣歷史——評「皇國少年」李登輝　卷17　頁423
等待總結的血漬——寫給天安門事件中已死和倖活的學生們　卷12　頁16

答友人問 卷4 頁26
創刊的話——因為我們相信，我們希望，我們愛…… 卷8 頁82
飲恨與慰藉 卷14 頁33
勝利四十週年七七抗戰紀念講演會．主席致詞 卷7 頁389
貿易和鴉片貿易——一個半世紀的滄桑：香港圖片歷史系列（一） 卷16 頁178
評「中國不可以說不」論——代出版說明 卷16 頁9
評藤井省三的假日本鬼子民族共同體想像——讀藤井省三《百年來的台灣文學》批判的筆記（二） 卷22 頁92
棄釣是反民族論必然的結論 卷16 頁124
善意的預警，時代的錯置 卷14 頁414
尊嚴．幸福和希望的權利——韓國工人運動與「漢城工聯」 卷11 頁300
《尊嚴與屈辱：國境邊陲——蘭嶼》序 卷13 頁76
勞動黨抗議美帝介入兩岸事務聲明 卷15 頁232
勞動黨關於一九九三年年底縣市長選舉的方針和立場 卷14 頁186
勞動黨關於台灣五〇年代白色恐怖政治案件的基本立場 卷14 頁176
勞動黨關於香港回歸的文章 卷17 頁81
勞動黨關於香港回歸的聲明 卷16 頁253
尋找一個失去的視野——讀何新〈世界經濟形勢與中國經濟問題〉 卷12 頁372
尋找台灣的方向盤 卷14 頁39
賀大哥 卷3 頁127

發起人間調查報導學會旨趣書　卷21　頁17
發展社會學中的「現代」與「傳統」　卷22　頁388
「結果遠比原因重要」——從權寧彬先生看韓國當前中間自由主義知識分子　卷12　頁37
給《文藝報》　卷22　頁386
給趙稀方的信　卷21　頁135
統獨二派兩敗俱傷——訪陳映真　卷12　頁68

## 十三劃

鼓舞　卷19　頁199
「戡亂」意識形態的內化　卷9　頁51
夢魘般的迴聲——陳芳明「內面史」的黑暗　卷12　頁322
《蒙面叢林》讀後　卷20　頁368
禁錮與重構——讀鍾喬《戲中壁》　卷15　頁119
楊青矗文學的道德基礎——讀《工廠人》的隨想　卷3　頁271
楊逵《和平宣言》的歷史背景——紀念《宣言》發表五十週年　卷17　頁300
楊逵文學對戰後台灣文學的啟示　卷7　頁370
楊逵先生永垂不朽——楊逵的一生　卷7　頁365
楊逵與台灣報導文學　卷22　頁283
楊逵對台灣光復之形勢的洞見　卷22　頁269

想起王安憶　卷7　頁314
感謝和給與　卷2　頁392
電影的危機　卷5　頁188
電影思想的開放　卷8　頁144
當日本人暗中訕笑　卷13　頁155
當前中國的文學問題　卷3　頁106
當前流行小說中的浪漫主義——王尚義作品論評　卷2　頁262
當紅星在七古林山區沉落　卷14　頁84
當浪子不回頭……——小評〈他是阿誰〉　卷8　頁302
暖人的燈火——悼念保羅・安格爾先生　卷13　頁61
暗夜中的掌燈者　卷16　頁147
路線思考的貧窮　卷5　頁285
傾聽充滿正氣和洞見的聲音——出版者的話　卷22　頁134
徬徨的武裝——美國遠東基地國防與國共內戰國防的重疊與崩解　卷11　頁205
鈴璫花　卷6　頁26
鈴璫花：陳映真自選集・序　卷21　頁233
愛國統一戰線　卷12　頁305
解放被朝野歧視的台灣人！　卷11　頁123
解放與尊嚴——一九八九《人間》宣言　卷11　頁179

遙念台灣・序　卷18　頁263
遙祝　卷10　頁211
試著放心下來——讀莘歌的小說　卷7　頁326
試評〈打牛湳村〉　卷3　頁347
試評〈金水嬸〉　卷2　頁329
試論吳晟的詩　卷6　頁154
試論施叔青——「香港的故事」系列　卷7　頁340
試論施善繼的詩　卷4　頁286
試論陳映真　卷2　頁315
試論蔣勳的詩　卷4　頁85
資本主義與西洋文學——文學和社會體制的關係　卷18　頁200
資本的邏輯豈以人的主觀意志轉移？——從許文龍轉向說起　卷22　頁159
資產階級的辦公室和代理人　卷18　頁296
「新台灣人論」的真面目　卷17　頁264
新年三願　卷17　頁260
新的指標——國民黨的文藝政策　卷2　頁299
新的閱讀和論述之必要　卷12　頁361
「新保釣運動」和「愛國統一戰線」　卷12　頁312
新種族　卷8　頁371

溫暖流過我欲泣的心——在愛荷華訪陳映真　卷6　頁331
肅穆的敬意　卷10　頁9
經濟全球化和文化的自主防禦　卷19　頁123

## 十四劃

駁陳芳明再論殖民主義的雙重作用　卷20　頁41
趙南棟　卷9　頁221
壽民族主義愛國主義火炬的胡秋原先生　卷12　頁206
模仿的文學和心靈的革命——訪問菲律賓作家阿奎拉　卷7　頁9
歌唱〈同期之櫻〉的老人們：皇民化運動的傷痕——五十年枷鎖：日據時期台灣史影像系列（六）　卷16　頁65
歌德格言與反思集·序　卷18　頁125
《鳶山》自序　卷10　頁224
鳶山——哭至友吳耀忠　卷8　頁388
對我而言的「第三世界」　卷22　頁171
對於美國霸權主義的實感　卷12　頁353
對當前兩岸事務的兩點呼籲——在八月六日北京「海峽兩岸關係學術研討會」上的聲明　卷13　頁255
團結亞洲·太平洋和日本全地區的公民　堅決制止日本假ＰＫＯ之名再次向海外進行軍事擴張！　卷13　頁313
語言的政治：共生、共榮　卷11　頁236
誤解和曲解無損吳老　卷8　頁200

認識亞洲鄰居——韓國文學與文人　卷20　頁215
精神的荒廢——張良澤皇民文學論的批評　卷17　頁40
演出隨想　卷14　頁328
實踐文藝的創作方法問題——鍾喬《潮喑》觀後　卷22　頁85
綠島的風聲和浪聲　卷6　頁281

## 十五劃

撒謊的信徒，背離之路——張大春的轉向論　卷15　頁404
憂憤　卷13　頁116
《劇場》時代　卷5　頁184
賭國春秋　卷12　頁100
樂園：渴望的和失去的　卷20　頁107
德蕾莎姆姆和她在台灣的修士修女們　卷8　頁130
貓牠們的祖母　卷1　頁98
魯迅與我——在日本「文明淺說」班的講話　卷19　頁7
請安息，周楊霖……　卷11　頁127
誰在姑息養奸？　卷14　頁417
論「文學台獨」　卷19　頁400
論呂赫若的〈冬夜〉——〈冬夜〉的時代背景、審美上的成就和呂赫若的思想與實踐　卷17　頁9

論強權、人民和輕重　卷5　頁169
談「台灣人意識」與「台灣民族」——戴國煇．陳映真愛荷華對談錄　卷6　頁345
談台灣文學中的「後現代主義」問題　卷15　頁307
談西川滿與台灣文學　卷7　頁154
潮湧海峽話風雲——台海形勢對談　卷22　頁193
潘曉的信所引起的一些隨想　卷4　頁264
寫在本書台灣版出版之前　卷20　頁278
寫作是一個思想批判和自我檢討的過程——訪陳映真　卷6　頁262

## 十六劃

駱駝英對當代台灣文藝理論建設的貢獻——讀〈論「台灣文學」諸論爭〉　卷18　頁51
擁抱生活，關愛人間——訪陳映真談《人間》雜誌　卷8　頁112
賴和先生永垂不朽　卷7　頁135
歷史召喚著智慧和遠見——香港回歸的隨想　卷16　頁283
歷史呼喚著和平　卷15　頁369
歷史的召喚．人間的風雷　卷14　頁73
歷史的寂寞——楊逵先生永垂不朽　卷7　頁374
歷史的啟迪——重溫上世紀二〇至四〇年代，包括台灣人民在內的中國人民與朝鮮人民在抗擊日本帝國主義歷史上的大同團結　卷23　頁140

歷史性的返鄉——送何文德與他的老兵返鄉探親團　卷10　頁195
歷史對台灣的提問　卷15　頁328
戰後批判——民族分裂時代的台灣社會與意識形態及其克服　卷23　頁170
戰雲下的台灣・序　卷15　頁301
「學院理想主義」的憂鬱——從台大學代會主席吳叡人辭職事件談起　卷7　頁266
學習楊逵精神　卷21　頁59
獨創的死亡　卷17　頁173
親愛的劉賓雁同志……　卷10　頁401
燔祭（代序）　卷22　頁42
激越的青春——論呂赫若的小說〈牛車〉和〈暴風雨的故事〉　卷16　頁72

## 十七劃

避重就輕的遁辭——對於藤井省三〈駁陳映真：以其對於拙著《台灣文學這一百年》的誹謗中傷為中心〉的駁論　卷21　頁326
《戴國煇文集》新書發表會上的發言　卷20　頁165
戴國煇先生生平簡述　卷22　頁163
聲援胡秋原先生說明會紀實　卷10　頁409
藍博洲的報告文學和詹澈的詩　卷22　頁251
舊殖民地文學的研究・出版的話　卷22　頁9

韓國「吸收統合」論的統一政策　卷18　頁164
韓國公害運動的視野　卷11　頁369
韓國文學的戰後——在「不斷革命」中豐富和發展的韓國現代文學　卷11　頁318
韓國民眾的反對文化　卷11　頁252
韓國民族電影運動的起步　卷11　頁357
鍾楚紅——人・女人・演員　卷8　頁98
總是難於忘懷——「論陳映真卷」自序　卷10　頁270

## 十八劃

藝壇老梅——談畫家李梅樹的藝術生涯　卷6　頁125
《鞭子和提燈》和《走出國境內的異國》自序　卷10　頁227
鞭子和提燈——代序許南村《知識人的偏執》　卷2　頁361
轉型期下的倫理——陳映真、沈君山、羅蘭第三類接觸　卷8　頁51
醫師的人間像——記吳新榮醫師的世界　卷5　頁142
醫學和文學上的幾個共同思考　卷5　頁7
豐富、生動的功課——「三一六」農民反美示威的隨想　卷10　頁221
鵝仔——歐坦生作品集・序　卷19　頁13
歸鄉　卷17　頁362
獵人之死　卷1　頁278

## 十九劃


離開學生運動的嬰兒期——談談台灣社會性質理論的開發 卷16 頁396
斷交後的隨想 卷3 頁409
蘋果樹 卷1 頁148
警戒第二輪台灣「皇民文學」運動的圖謀——讀藤井省三《百年來的台灣文學》：批評的筆記（一） 卷20 頁376
關切和同情學生運動 卷8 頁377
關於《劇場》的一些隨想 卷1 頁301
關於「十·三事件」 卷4 頁13
關於「六四」天安門不幸事件的聲明 卷11 頁249
關於九一一事件的聯合聲明 卷20 頁104
關於中共文藝自由化的隨想 卷7 頁354
關於中國文藝自由問題的幾些隨想 卷5 頁160
關於台灣「社會性質」的進一步討論——答陳芳明先生 卷19 頁34
關於台灣文學的一島論——讀松永正義〈八〇年代的台灣文學〉書後 卷9 頁7
關於台灣國中歷史教科書問題 卷17 頁31
關於李登輝體制的分析筆記 卷15 頁253
關於我們的人間網 卷20 頁353
關於馬曉濱案的事實及問題 卷23 頁37
關於陳映真 卷2 頁404

關於雷驤的一點隨想——序雷驤《矢之志》 卷9 頁66
關於攝影和文學的一些隨想 卷7 頁393
關懷的人生觀 卷3 頁119
嚴守抗議者的倫理操守——從海內外若干非國民黨刊物聯手對《夏潮》進行政治誣陷說起 卷7 頁253
懷念 卷13 頁185
懷念唐文標 卷7 頁380
懷念蘭大弼醫師——「……因為我的心裡柔和謙卑」 卷5 頁93
懷想胡秋原先生 卷21 頁283

## 二十劃

麵攤 卷1 頁11
覺醒來自個人，而非全民運動 卷17 頁271

## 二十一劃

護衛良心權的鬥爭——從韓國《光州特別法》與台灣《補償條例》說起 卷18 頁372
驅逐「反共國安」魔咒——《雲水謠》危及台灣「國境安全及國家利益」？ 卷22 頁366
歡迎分裂四十年後第一位來台的大陸作家：劉賓雁先生 卷12 頁156
纍纍 卷2 頁78
鐵與血的時代史詩：《滾滾遼河》 卷4 頁391

## 二十二劃以上

讀七教授〈坦白的建議〉有感 卷5 頁76
變動中的台灣和當面台灣文學的諸問題 卷6 頁320
齷齪殘暴的「武士道」和天皇意識形態 卷20 頁240
讓歷史整備我們的隊伍 卷18 頁285
讚歎和不滿足之感——看侯金水雕刻展的一些隨想 卷5 頁296

## 其他

ASA・NISI・MASA 卷2 頁126
LOKKA HAKK－YHI－！ 卷6 頁80

# 全集總目

## 卷一：一九五九—一九六五

### 一九五九年

五月　麵攤　頁11

### 一九六〇年

一月　我的弟弟康雄　頁23
三月　家　頁33
八月　鄉村的教師　頁42
九月　故鄉　頁57
十月　死者　頁68
十二月　介紹第一部台灣的鄉土文學作品集《雨》　頁85
祖父和傘　頁91

### 一九六一年

一月　貓牠們的祖母　頁98
五月　那麼衰老的眼淚　頁109
六月　加略人猶大的故事　頁119
十一月　蘋果樹　頁148

一九六三年
三月 哦！蘇珊娜 頁169
九月 文書 頁181
一九六四年
一月 將軍族 頁206
六月 淒慘的無言的嘴 頁228
十月 一綠色之候鳥 頁247
一九六五年
一月 超級的男性 頁273
二月 獵人之死 頁278
四月 關於《劇場》的一些隨想 頁301
七月 兀自照耀著的太陽 頁303
九月 從《先知》、《等待果陀》的演出談現代戲劇 頁327
十一月 杜水龍 頁329
十二月 現代主義底再開發——演出《等待果陀》底隨想 頁412

## 卷二：一九六六—一九七六

### 一九六六年


四月　寂寞的以及溫煦的感覺　頁7
十月　最後的夏日　頁12
本年　永恆的大地　頁44
某一個日午　頁63
纍纍　頁78


### 一九六七年


一月　唐倩的喜劇　頁91
ASA・NISI・MASA　頁126
四月　第一件差事　頁134
七月　六月裡的玫瑰花　頁185
流放者之歌——於梨華女士歡迎會上的隨想　頁213
十一月　最牢固的磐石——理想主義的貧乏和貧乏的理想主義　頁224
期待一個豐收的季節　頁237
本年　打開幔幕深垂的暗室——兼以反論葉珊的〈七月誌〉　頁245

**一九六八年**

一月　當前流行小說中的浪漫主義——王尚義作品論評　頁262
二月　悲觀中的樂觀——訪問許常惠、史惟亮　頁271
知識人的偏執　頁292
新的指標——國民黨的文藝政策　頁299
日本軍閥的陰魂未散　頁306

**一九七五年**

九月　試論陳映真　頁315

**一九七六年**

一月　試評〈金水嬸〉　頁329
五月　生之權利：王曉民和她的家庭——腦震盪後遺症患者家屬的苦難、愛心和希望的故事　頁345
九月　鞭子和提燈——代序許南村《知識人的偏執》　頁361
十月　孤兒的歷史・歷史的孤兒——讀吳濁流《亞細亞的孤兒》　頁370
十一月　感謝和給與　頁392
十二月　關於陳映真　頁404
美妙世界的追求——兼談中國電影的方向　頁406

## 卷三：一九七七—一九七九

### 一九七七年


三月　瓦器中的寶貝　頁7
四月　原鄉的失落——試評〈夾竹桃〉　頁17
五月　「那殺身體不能殺靈魂的，不要怕他！」　頁33
三十年來台灣的社會和文學　頁38
弄個歌兒大家唱吧，伙計！　頁44
第一件差事．四版自序　頁48
六月　文學來自社會反映社會　頁54
台灣畫界三十年來的初春　頁73
「鄉土文學」的盲點　頁94
七月　走出泥淖，展開新頁！　頁103
八月　當前中國的文學問題　頁106
十月　建立民族文學的風格　頁110
〔訪談〕關懷的人生觀　頁119


### 一九七八年


三月　賀大哥　頁127
夜行貨車　頁176

五月　在民族文學的旗幟下團結起來　頁229
六月　台灣長老教會的歧路　頁249
楊青矗文學的道德基礎——讀《工廠人》的隨想　頁271
七月　〔訪談〕「十年」——追憶〈期待一個豐收的季節〉　頁283
八月　根植在土地上的人——序王拓君《黨外的聲音》　頁288
人與歷史——畫家吳耀忠訪問記　頁293
九月　上班族的一日　頁313
試評〈打牛湳村〉　頁347
十一月　現實主義藝術的新希望　頁377
智者的進言　頁383
〔訪談〕從西化文學到鄉土文學　頁385
十二月　〔訪談〕鄉土文學・民族主義・帝國主義　頁391
一年來的文學　頁399
致一群「自由人」　頁403

**一九七九年**

一月　斷交後的隨想　頁409
四月　被壓抑侮辱和虐待者的文學——《日據下台灣新文學》問世的時代意義　頁413
七月　中國人任人恣意侮辱的日子已一去不返了　頁418

## 卷四：一九七九—一九八一

### 一九七九年


十月　如何建立嚴肅的批評制度　頁7
　　　關於「十．三事件」　頁13
十一月　夜行貨車．序　頁23
十二月　〔訪談〕答友人問　頁26


### 一九八〇年


三月　法西斯主義的幻想　頁37
四月　美好的腳蹤——謝緯醫師的一生　頁51
六月　中國文學的一條廣大的出路——紀念〈中國人立場之復歸〉發表兩周年，兼以壽胡秋原先生　頁65
　　　胡秋原先生與中國新文學　頁77
七月　試論蔣勳的詩　頁85
八月　雲　頁118
十月　已博人間志士名——中國民族文學家賴和醫師　頁232
　　　「和仔先」二三事　頁245
　　　地底的光：洪瑞麟——到泥土和勞動中會見藝術的畫家　頁248
　　　雲門舞集的十萬觀眾　頁259

十一月　潘曉的信所引起的一些隨想　頁264
思想的荒蕪——讀〈苦悶的台灣文學〉敬質於張良澤先生　頁269
試論施善繼的詩　頁286

**一九八一年**

二月　不朽的冠冕——《諾貝爾文學獎全集》中文版總序　頁358
三月　在存去爭議聲中看水筆仔紅樹林　頁374
鐵與血的時代史詩：《滾滾遼河》　頁391
為抗日歷史做見證的小說家：紀剛醫師　頁399
台灣近代雕刻的先驅者：黃土水　頁407

## 卷五：一九八一—一九八二

**一九八一年**

三月　醫學和文學上的幾個共同思考　頁7
四月　〔訪談〕人性．社會．文學——陳映真談台灣小說的發展傾向　頁30
六月　注視一件在逐漸株連擴大中的文字獄——我們不服台北地院的兩個錯誤判決提出上訴之理由　頁45
青年的疏隔——試評《再見，黃磚路》　頁68
七月　讀七教授〈坦白的建議〉有感　頁76

八月　懷念蘭大弼醫師——「……因為我的心裡柔和謙卑」　頁93
九月　黑澤明電影腳本的「靈魂」：小國英雄——高舉人的「純粹性」的電影劇本作家　頁110
十月　吳念真的機會和問題　頁127
十二月　中國的希望繫於國民的道德勇氣——讀劉青〈沮喪的回憶與瞻望〉後的一些隨想　頁132
醫師的人間像——記吳新榮醫師的世界　頁142

## 一九八二年

一月　陳映真看〈大橋下的海龜〉　頁158
二月　關於中國文藝自由問題的幾些隨想　頁160
〔訪談〕論強權、人民和輕重　頁169
今年該寫了　頁181
《劇場》時代　頁184
電影的危機　頁188
三月　台灣文學往哪裡走？　頁191
四月　無盡的哀思——悼念徐復觀先生　頁195
從中國的智慧中去尋找生態環境保護工作的啟示　頁202
消費文化·第三世界·文學　頁207
五月　如果我能從頭來過……　頁231
六月　從蟄居到破蟄：陳夏雨的世界——訪問雕刻家陳夏雨先生　頁234

七月　台灣省醫學史中的彰化基督教醫院　頁249
青青子衿，悠悠我心　頁251
色情企業的政治經濟學基盤　頁256
〔訪談〕訪陳映真談傷痕文學　頁270
八月　〔訪談〕人權的關懷不應有差等——訪陳映真談對羈獄政治犯的關心　頁279
九月　路線思考的貧窮　頁285
十月　讚歎和不滿足之感——看侯金水雕刻展的一些隨想　頁296
人民應該起來爭取反對日本軍帝國主義復活運動中的主體性　頁299
十一月　思想的索忍尼辛與文學的索忍尼辛——聽索忍尼辛在台北演講的一些隨想　頁303
萬商帝君　頁314

## 卷六：一九八三

### 一九八三年

一月　迎接中國的春天　頁7
為了中國的春天……——讀《中國之春》第一期的一些隨想　頁10
雲・序　頁15
二月　戒絕「消費」這個鴉片——不要讓環境葬送在托拉斯的組織裡　頁19
三月　鈴璫花　頁26

五月
自尊心和人道愛——電影《甘地傳》觀後的一些隨想　頁73
LOKKA HAKK－YHI－！　頁80
台灣公共衛生中一位偉大的拓荒者：陳拱北教授　頁93
仙人掌，加油！　頁109
六月
藝壇老梅——談畫家李梅樹的藝術生涯　頁125
向著更寬廣的歷史視野……　頁139
為了民族的團結與和平　頁147
試論吳晟的詩　頁154
七月
七七抗戰四十六週年紀念講演會．主席致詞　頁221
山路　頁224
〔訪談〕寫作是一個思想批判和自我檢討的過程——訪陳映真　頁262
從江文也的遭遇談起　頁272
綠島的風聲和浪聲　頁281
八月
《雲》的通訊　頁287
大眾消費社會中的人　頁292
大眾消費社會和當前台灣文學的諸問題——第三屆時報文學週講演摘要　頁299
台灣知識分子應有的覺醒——我對台灣鄉土文學運動的看法　頁311
變動中的台灣和當面台灣文學的諸問題　頁320
九月
〔訪談〕溫暖流過我欲泣的心——在愛荷華訪陳映真　頁331

十月　談「台灣人意識」與「台灣民族」——戴國煇・陳映真愛荷華對談錄　頁345
陳映真首次來美訪問——開擴思想視野裨益甚大　頁390

## 卷七：一九八三—一九八五

### 一九八三年

十一月　模仿的文學和心靈的革命——訪問菲律賓作家阿奎拉　頁9
〔訪談〕陳映真的自剖和反省　頁27
〔訪談〕一個作家的思考和信念——訪陳映真　頁45
十二月　〔訪談〕陳映真的自白——文學思想及政治觀　頁64
本年　專訪印尼作家尤地斯特拉・馬沙地　頁93
台灣文學的未來——機會點和問題點　頁102

### 一九八四年

一月　中國文學和第三世界文學之比較　頁110
二月　賴和先生永垂不朽　頁135
三月　從獷悍到凝沉——對於朋友王拓的隨想　頁139
反諷的反諷——評〈第三世界文學的聯想〉　頁147
談西川滿與台灣文學　頁154

追究「台灣一千八百萬人」論　頁174
四月　打起精神，英勇地活下去吧！——懷念繫獄逾三十三年的友人林書揚和李金木　頁184
「鬼影子知識分子」和「轉向症候群」——評漁父的發展理論　頁193
嚴守抗議者的倫理操守——從海內外若干非國民黨刊物聯手對《夏潮》進行政治誣陷說起　頁253
五月　大眾消費時代的文學家和文學　頁259
致《政治家》發行人函　頁264
六月　「學院理想主義」的憂鬱——從台大學代會主席吳叡人辭職事件談起　頁266
保衛林少貓抗日英名演講會・主席報告　頁272
台灣山地少數民族問題和黨外　頁276
美國統治下的台灣——天下沒有白喝的美國奶　頁281
八月　「炎黃子孫」靠哪邊站！　頁306
建立真正獨立的產業工會，為保障工人的生命和權益而奮鬥——從兩山礦難和美資華納利電子公司工人爭議說起　頁309
九月　想起王安憶　頁314
山路・自序　頁320
《孤兒的歷史・歷史的孤兒》自序　頁323
十一月　試著放心下來——讀莘歌的小說　頁326
一個罪孽深重的帝國　頁334

## 一九八五年


二月　試論施叔青——「香港的故事」系列　頁340
　　　關於中共文藝自由化的隨想　頁354
三月　楊逵先生永垂不朽——楊逵的一生　頁365
　　　楊逵文學對戰後台灣文學的啟示　頁370
四月　歷史的寂寞——楊逵先生永垂不朽　頁374
六月　懷念唐文標　頁380
七月　《侵略》和《侵略原史》——介紹森正孝先生批判日本侵略歷史的兩部傑出紀錄影片　頁386
　　　勝利四十週年七七抗戰紀念講演會・主席致詞　頁389
　　　關於攝影和文學的一些隨想　頁393


# 卷八：一九八五—一九八七

## 一九八五年


八月　相機是令人悲傷的工具——日籍國際報導攝影家三留理男剪影　頁9
　　　四十年來台灣文藝思潮之演變　頁17
九月　再起台灣文學的藥石——讀陳盧谷〈榮歸〉　頁43
十月　轉型期下的倫理——陳映真、沈君山、羅蘭第三類接觸　頁51
十一月　創刊的話——因為我們相信，我們希望，我們愛……　頁82

記錄一個大規模的．靜默的．持續的民族大遷徙——訪問關曉榮談「八尺門」連作和報導攝影　頁86
鍾楚紅——人．女人．演員　頁98
〔訪談〕擁抱生活，關愛人間——訪陳映真談《人間》雜誌　頁112
十二月　如戲的人生——訪問張照堂　頁121
陳映真小說選．序　頁127

## 一九八六年

一月　德蕾莎姆姆和她在台灣的修士修女們　頁130
台灣第一部「第三世界電影」——電影《莎喲娜啦．再見》的隨想　頁136
二月　兩鬢開始布霜　頁140
電影思想的開放　頁144
世界體系下的「台灣自決論」——冷戰體制下衍生的台灣黨外性格　頁148
三月　從台灣都市青少年崇日風尚說起　頁159
共同的探索——為台灣前途諸問題敬覆永台先生　頁166
四月　台灣的殖民地體質——也談台灣的過去與未來　頁180
五月　誤解和曲解無損吳老　頁200
用舞踏向「現代日本」叛變？——「白虎社」社長、企畫訪談錄　頁204
我們做的，還不夠　頁226
六月　核電危鄉行——徘徊在核一、核二的邊緣　頁229

七月 《怒吼吧，花岡！》演出的話 頁244
石飛仁的正義感與海峽兩岸之冷漠 頁248
不怕寂寞的獨行者 頁254
九月 釣運的風化與愁結——讀薛荔小說集《最後夜車》隨想 頁262
千年古塚——試評王小虹散文集《葡萄樹》 頁273
大眾傳播與小雜誌 頁284
十月 不可為一時權宜犧牲民族大義 頁294
抗議書 頁298
十一月 當浪子不回頭……——小評〈他是阿誰〉 頁302
九位作家談組黨與解嚴 頁304
十二月 探索批判的、自立的日本關係和日本論——從藤尾暴言事件想起 頁306
人文思想雜誌的再生 頁316
科技教育的盲點 頁319
〔訪談〕文學、政治、意識形態——專訪陳映真先生 頁322

## 一九八七年

一月 石破天驚 頁340
我們是這麼看侯孝賢的 頁363
「日本接觸」——實相與虛相 頁366

新種族　頁371
關切和同情學生運動　頁377
二月
從一部日片談起　頁381
鳶山——哭至友吳耀忠　頁388

## 卷九：一九八七

### 一九八七年

三月
關於台灣文學的一島論——讀松永正義〈八〇年代的台灣文學〉書後　頁7
「台灣」分離主義——「知識分子的盲點」　頁16
神學討論顯露光采　頁21
台灣內部的日本——再論日本戰爭電影《聯合艦隊》　頁25
序：走出國境內的異國　頁36
四月
為了民族的和平與團結——寫在「2・28事件：台中風雷」特集卷首　頁41
「戡亂」意識形態的內化　頁51
「為弱小者代言」——日本報告攝影家樋口健二　頁59
關於雷驤的一點隨想——序雷驤《矢之志》　頁66
五月
何以我不同意台灣分離主義？　頁70
〔訪談〕陳映真訪港答記者問　頁77

〔訪談〕台灣社會的悶局與困惑——專訪台灣作家陳映真　頁99
四十年來的台灣文藝思潮——一九八七年五月二十四日在香港大專會堂的演講　頁109
大眾傳播和民眾傳播　頁159
致讀者　頁205
六月
「非理性力量」下的科技　頁207
趙南棟　頁221
〔訪談〕鄉土文學論戰十週年的回顧——訪陳映真　頁323
七月
曲扭的鏡子·序　頁344
基督徒文字工作者的社會責任　頁346
〔訪談〕由「出走」談起——陳映真對當今台灣教會之觀察與評言　頁365
基督徒與大眾消費文化　頁375

## 卷十：一九八七—一九八八

### 一九八七年

八月
肅穆的敬意　頁9
國家分裂結構下的民族主義國家——「台灣結」的戰後史之分析　頁15
戒嚴體制和戒嚴體質　頁45
台灣經濟發展的虛相與實相——訪劉進慶教授　頁50

九月　一個親切的社會　頁70
習以為常的荒謬　頁74
台灣勞工必須組織自己的政黨！　頁80
超越與飛躍的人性　頁84
十月　台灣變革的底流——戴國煇、松永正義、陳映真對談　頁86
十一月　〔訪談〕思想的貧困——訪陳映真　頁108
陳映真速寫大陸作家——吳祖光、張賢亮、汪曾祺、古華　頁127
你所愛的美國生病了……　頁145
十二月　作為一個作家……　頁150
《石破天驚》自序　頁175
《思想的貧困》自序　頁178
建設具有主體性的高雄文化　頁181

一九八八年

一月　「小說卷」自序　頁187
一九九八台灣文化新貌　頁190
歷史性的返鄉——送何文德與他的老兵返鄉探親團　頁195
悼念的方法　頁201
中國統一促進運動籌備談話會發言　頁204

民眾的中國和民眾的知識分子　頁206
二月　遙祝　頁211
三月　我們愛森林的朋友阿標　頁214
陳映真，我的孿生兄弟　頁218
四月　豐富、生動的功課——「三一六」農民反美示威的隨想　頁221
《鳶山》自序　頁224
《鞭子和提燈》和《走出國境內的異國》自序　頁227
台灣戰後最大的農民反美示威　頁230
望穿鄉關的心啊！　頁233
五月　第三世界接觸——黃皙暎與陳映真對談中韓現代文學發展　頁240
為脫離強權冷戰，團結一切華人，創造新中國文明而努力　頁253
迎接一個新時代的到來——「政論及批判卷」自序　頁260
總是難於忘懷——「論陳映真卷」自序　頁270
〔訪談〕一種憂傷的提醒　頁273
〔訪談〕和陳映真談《人間》雜誌　頁275
六月　《人間》雜誌三十二期．發行人的話　頁280
民眾和生活現場的文學——黃皙暎、黃春明與陳映真對談　頁283
七月　《人間》雜誌三十三期．發行人的話　頁299
洩忿的口香糖　頁302

八月
《人間》雜誌三十四期・發行人的話 頁320
記一次國際性抗日文化活動 頁324
被湮沒的歷史的寂寞 頁331
民族文學的新的可能性——在「陳映真文學創作與文化評論國際研討會」結束時的致謝辭 頁341
陳映真・劉賓雁歷史性對談實錄 頁349
〔訪談〕作為一個知識分子，我仍然勇於在爭議中堅守批判的立場 頁391
〔訪談〕再燃上一支蠟燭——台灣著名作家陳映真訪談錄 頁395
九月
親愛的劉賓雁同志…… 頁401
聲援胡秋原先生說明會紀實 頁409

## 卷十一：一九八八—一九八九

### 一九八八年

十月
《人間》雜誌三十六期・發行人的話 頁9
十一月
《人間》雜誌三十七期・發行人的話 頁13
序曲 從民眾的觀點出發 頁16
第一卷 狂喜與幻滅——一九四五—一九四九 頁20
第二卷 在冷戰中受孕的胎兒——一九五〇年代 頁26
第二卷 在冷戰中受孕的胎兒——一九五〇年代・荒湮中的歷史 頁32

第三卷　依賴與發展——一九六〇年代　頁38
第四卷　挑戰・反省・反應——一九七〇年代　頁43
第四卷　挑戰・反省・反應——一九七〇年代・一次夭死的文學革命　頁49
第五卷　再編組和轉變的時代——一九八〇年代　頁59
第五卷　再編組和轉變的時代——一九八〇年代・乍醒的巨人　頁65
終曲　和人民一起思想　頁71
四十年來的政治逮捕與肅清　頁77
為人道、公理、正義，向日本政府抗議　頁101
台灣各界要求日本天皇臨終前為其侵華罪責向中國人民鄭重道歉之備忘錄　頁104
冷戰結構下的台灣教會　頁107

十二月

《人間》雜誌三十八期・發行人的話　頁119
解放被朝野歧視的台灣人！　頁123
請安息，周楊霖……　頁127
冷戰體制與台灣教會——在「曠野」同仁聚會中的講話　頁130

## 一九八九年

一月

《人間》雜誌三十九期・發行人的話　頁142
客籍貧困傭工移民的史詩——〈渡台悲歌〉和客系台灣移民社會　頁145
解放與尊嚴——一九八九《人間》宣言　頁179

二月
《人間》雜誌四十期・發行人的話　頁183
從寂靜深閨走入政治颱風眼——獨門媳婦當縣長，余陳月瑛的故事　頁186
三月
《人間》雜誌四十一期・發行人的話　頁202
徬徨的武裝——美國遠東基地國防與國共內戰國防的重疊與崩解　頁205
四月
《人間》雜誌四十二期・發行人的話　頁215
台灣經濟成長的故事——台灣公害的政治經濟學　頁219
五月
中國統一聯盟執行委員會主席報告　頁229
語言的政治：共生、共榮　頁236
望鄉棄民——一場尚未結束的戰爭　頁240
六月
關於「六四」天安門不幸事件的聲明　249
韓國民眾的反對文化　頁252
悲傷中的悲傷——寫給大陸學潮中的愛國學生們　頁256
民族的報紙為民眾發言——《韓民族報》的精神與工作　頁271
我們有韓國民族・民主運動的傳統——「全民聯」：韓國民眾民主化運動的司令部　頁281
年輕又熱烈的無窮花——八〇年代的韓國學生運動　頁290
尊嚴・幸福和希望的權利——韓國工人運動與「漢城工聯」　頁300
因為在民眾中有真理……——韓國社會構成體性質的論戰和韓國社科界的英姿　頁309
韓國文學的戰後——在「不斷革命」中豐富和發展的韓國現代文學　頁318
耶穌在窮人中興起新教會——訪問韓國民眾神學的創始者安炳茂博士　頁327

我來……乃是要叫人紛爭——新的韓國天主教會在「紛爭」中胎動　頁335
在戰鬥中成長的韓國民族劇場　頁342
為一切人的平等與自由的美術——韓國民族美術運動的理論與實踐　頁350
韓國民族電影運動的起步　頁357
為教育民主挺進　頁364
韓國公害運動的視野　頁369

## 卷十二：一九八九—一九九一

### 一九八九年

七月
一個獨特的「間諜故事」——讀林坤榮《歸鴻》的隨想　頁9
等待總結的血漬——寫給天安門事件中已死和倖活的學生們　頁16
金文豪，加油！　頁24
「母親的臉」　頁27
「結果遠比原因重要」——從權寧彬先生看韓國當前中間自由主義知識分子　頁37
中國統一聯盟致大陸統一促進會函　頁43

八月
文益煥牧師的一首詩　頁46
虛構的珍珠港——美國干涉主義下的金門與馬祖　頁59
〔訪談〕統獨二派兩敗俱傷——訪陳映真　頁68

「美軍基地—反共波拿帕國家」的成立——張俊宏「國民黨界定論」的批判　頁74
九月　老是缺席總不是辦法　頁94
賭國春秋　頁100
十月　敬悼統聯名譽主席余登發先生——一個偉大的民眾的民主主義和愛國主義的實踐者　頁105
支點　頁109
為一段被湮滅的歷史要求復權　頁115
釣魚台：爭議的構造——十月二十四日保釣遊行的隨想　頁126
十一月　莫那能——台灣內部的殖民地詩人　頁132
十二月　三點意見　頁154
歡迎分裂四十年後第一位來台的大陸作家：劉賓雁先生　頁156

一九九〇年

一月　迎接一個新而艱難的時代　頁159
二月　中國統一聯盟大陸訪問團抵京聲明　頁164
中國統聯訪問團與江澤民的對話錄　頁168
中國統一聯盟大陸訪問團離滬返台記者會紀實　頁176
四月　為美國國防部關於中國領土之暴論的抗議聲明　頁192
五月　混沌的夢與現實——評竹林的《嗚咽的瀾滄江》　頁195
壽民族主義愛國主義火炬的胡秋原先生　頁206

回憶《劇場》雜誌　頁211
失去英雄的地平線——陳映真vs周玉蔻　頁215
六月　知識的開端：認識美帝國主義——序徐代德《背德的帝國：美帝國主義發展史話》　頁224
兩岸文化交流和國土的統一　頁230
非情的傷痕——韓戰四十週年的隨想　頁235
七月　另外一個台北　頁241
人間「台灣社會史叢刊」出版贅言　頁246
民族分裂歷史對台灣戰後文學的影響　頁250
台中的風雷・出版記　頁265
九月　真實的力量　頁268
真實的顏色——《月亮的小孩》發表會紀錄　頁271
一面毫不妥協的鏡子——「真實報告」的顛覆性　頁276
邪惡的帝國手段　頁283
十月　告全國同胞書　頁295
抗議書　頁298
在李郝體制新威權主義下台灣社會運動應如何發展　頁301
十一月　愛國統一戰線　頁305
「新保釣運動」和「愛國統一戰線」　頁312
十二月　夢魘般的迴聲——陳芳明「內面史」的黑暗　頁322

一九九一年

一月
「馬先生來了」？——馬克思《資本論》在台灣出版的隨想　頁345
對於美國霸權主義的實感　頁353
大陸社會的縮影——短評〈大雜院〉　頁359
新的閱讀和論述之必要　頁361

二月
尋找一個失去的視野——讀何新〈世界經濟形勢與中國經濟問題〉　頁372
祖國喪失和白痴化——答覆李喬論台獨的「反中國・反民族」和「新皇民化」性質　頁393
超克內戰和冷戰歷史的思維——從NIEs症候群說起　頁418

卷十三：一九九一—一九九二

一九九一年

三月
波灣戰爭中噁心之感　頁9
國務卿艾奇遜閣下……——讀廖文毅的《台灣發言》（Formosa Speaks）　頁14
二二八事變的指導思想：「體制內改革」——從美駐台北領事館一九四七年三月三日及七日兩封密件談起　頁27
主，我們這樣子就可以嗎？——「一九九〇平安禮拜」的隨想　頁35

四月
暖人的燈火——悼念保羅・安格爾先生　頁61

五月
令人緬懷的傳說　頁68

「白色恐怖」時代的見證——「叛亂？亂判？」公聽會紀要　頁72
《尊嚴與屈辱：國境邊陲——蘭嶼》序　頁76
六月　海峽三邊，皆我祖國——代序　頁84
被出賣的台獨——談柯喬治一九四七年三月十日的密電　頁87
美國帝國主義和台灣反共撲殺運動——代序　頁94
七月　邪惡的帝國——讀一九四九年《美國對台澎政策》　頁102
「花岡事件展覽」前言　頁112
八月　憂憤　頁116
十一月　世界體系中的中國——讀錢其琛外長在第四十六屆聯大的講話　頁123
「中國會被拆散嗎？」座談會紀要　頁131
日本再侵略時代與台灣的日本論　頁137
十二月　〔訪談〕基督徒看台灣前途——從海峽兩岸的宣教歷史談起　頁144
我輩的青春　頁149
本年　當日本人暗中訕笑　頁155
日本在華人保釣運動間的沉默的陰謀　頁161


## 一九九二年

一月　祖祠　頁167
二月　以紀實文學結算台灣的「戰後」——評藍博洲的《幌馬車之歌》　頁171

三月　台灣鄉土文學的社會、歷史背景　頁177
懷念　頁185
李友邦的殖民地台灣社會性質論與台共兩個綱領及「邊陲部資本主義社會構造論」的比較考察　頁187
五月　沉疴難起的台灣電視——從《台灣風雲》胎死說起　頁223
六月　人類，生生不息——紀念王介安（菲林）　頁230
啊！那個時代，那些人……——《雙鄉記》譯後　頁233
人間台灣政治經濟叢刊・出版贅言　頁240
七月　「抗日在台灣」——紀念七七抗戰五十五週年學術講演會　頁244
八月　取媚權顯令天下斯文長嘆——《自立晚報》駁正函　頁251
對當前兩岸事務的兩點呼籲——在八月六日北京「海峽兩岸關係學術研討會」上的聲明　頁255
期待《人間》精神的再出發　頁257
九月　為和平團結起來！——楊逵《和平宣言》箋註　頁261
先一時代之灼見——讀楊逵一九三七年〈報告文學問答〉的隨想　頁272
祖國：追求・喪失與再發現——戰後台灣資本主義各階段的民族主義　頁281
十月　團結亞洲・太平洋和日本全地區的公民　堅決制止日本假PKO之名再次向海外進行軍事擴張！　頁313
台灣現代文學思潮之演變　頁317

## 卷十四：一九九三—一九九四

## 一九九三年


二月　向闊嘴師道別　頁7
最好的燔祭——《證言2・28》代序　頁10
三月　現在是重大反省時刻！——陳映真總評國共兩黨、民進黨及台獨　頁18
陳映真自剖「統一情結」——陳映真：我又要提筆上陣了！　頁28
四月　飲恨與慰藉　頁33
五月　喜悅與敬意　頁37
六月　尋找台灣的方向盤　頁39
七月　從戰後台灣資本主義的發展看兩岸關係——「台灣前途和兩岸關係：紐約鄉情座談會」紀錄　頁54
八月　哀思畏友李作成先生　頁68
九月　歷史的召喚・人間的風雷　頁73
悼李作成　頁81
當紅星在七古林山區沉落　頁84
十月　紀實攝影・序　頁139
十一月　星火　頁144
十二月　後街——陳映真的創作歷程　頁149
本年　為民族和人民喉舌　頁173
勞動黨關於台灣五〇年代白色恐怖政治案件的基本立場　頁176
勞動黨關於一九九三年年底縣市長選舉的方針和立場　頁186

## 一九九四年

一月　六、七〇年代華文小說討論會紀實　頁194
二月　祭文　頁215
三月　我寫劇本《春祭》　頁218
春祭　頁222
時勢造英雄，還是英雄造時勢？——新黨的機會與局限　頁264
回顧鄉土文學論戰　頁274
〔訪談〕訪陳映真　頁283
史明台灣史論的虛構．編者的話　頁324
演出隨想　頁328
四月　安溪縣石盤頭——祖鄉紀行　頁333
六月　帝國主義者和後殖民地精英——評李總統和司馬遼太郎的對談　頁356
故國相思三下淚　頁388
七月　日本的戰爭情懷和台灣的日本情懷　頁393
善意的預警，時代的錯置　頁414
八月　誰在姑息養奸？　頁417
十月　短評〈翻漿〉　頁422
十二月　日本戰債賠償　真能撫平傷口？　頁424

## 卷十五：一九九五—一九九六

### 一九九五年


一月
省籍、統獨都是「假問題」——總評台灣幾個關鍵問題 頁7
十句話 頁17
民族的母儀 頁24
回應三好將夫 頁28

四月
台獨批判的若干理論問題——對陳昭瑛〈論台灣的本土化運動〉之回應 頁36
追悼五〇年代政治案件受害人．祭文 頁63

五月
台獨運動和新皇民主義——馬關割台百年紀念學術研討會上的講話 頁68
「天下雜誌新聞寫作獎」報導文學類評審意見 頁86

六月
向日本控訴．後語 頁93
強盜的說詞——評日本右派「太平洋戰爭為民族解放戰爭」論 頁105

十一月
盲人瞎馬的鬧劇與悲劇——從歷史事實看台灣「主權獨立國家」的理論荒謬性 頁109

十二月
禁錮與重構——讀鍾喬《戲中壁》 頁119
金明植：歌唱希望、自由和解放的詩人 頁122
我對馬華文學的觀感 頁173
展望一個新的局面 頁185
〈小耘週歲〉賞析 頁191

本年　〈怎麼忘〉賞析　頁199
被出賣的「皇軍」　頁206
勞動黨抗議美帝介入兩岸事務聲明　頁232
台灣的非中國化——台灣「日本化」與「美國化」的本質　頁236
關於李登輝體制的分析筆記　頁253

**一九九六年**

一月　台灣文學中的環境意識　頁267
戰雲下的台灣・序　頁301
〔訪談〕談台灣文學中的「後現代主義」問題　頁307
三月　在台灣讀周良沛的散記　頁322
歷史對台灣的提問　頁328
如果十五天、七階段的戰爭終結中華民國的紀年　頁331
歷史呼喚著和平　頁369
五月　我在台灣所體驗的文革　頁393
敬意與祝願——序南洋文藝一九九五小說年選　頁400
六月　撒謊的信徒，背離之路——張大春的轉向論　頁404
七月　「東亞冷戰與國家恐怖主義」學術研討會・主導思想　頁416
「東亞冷戰與國家恐怖主義」學術研討會・會議旨趣　頁423

八月　一個人身上「住著」兩個人——短評《雙身》　頁427

## 卷十六：一九九六—一九九七

### 一九九六年

九月　評「中國不可以說不」論——代出版說明　頁9
　　　我不會忘記——悼念陳毓祥　頁17
十月　台灣史瑣論　頁20
　　　五十年枷鎖：日帝下台灣照片展　頁38
　　　虛施懷柔，實為誘殺：從一九〇二年雲林「歸順式」大屠殺說起——五十年枷鎖：日據時期台灣史影像系列（一）　頁44
　　　日本人在台灣的「三光政策」——五十年枷鎖：日據時期台灣史影像系列（二）　頁49
　　　李友邦和「台灣獨立革命黨」——五十年枷鎖：日據時期台灣史影像系列（三）　頁54
　　　台灣的「義和團」運動——五十年枷鎖：日據時期台灣史影像系列（四）　頁57
　　　永遠不居上位的領袖人物蔣渭水——五十年枷鎖：日據時期台灣史影像系列（五）　頁61
十一月　歌唱〈同期之櫻〉的老人們：皇民化運動的傷痕——五十年枷鎖：日據時期台灣史影像系列（六）　頁65
　　　激越的青春——論呂赫若的小說〈牛車〉和〈暴風雨的故事〉　頁72
十二月　一本小書的滄桑　頁93

## 一九九七年


本年

沉默的照片 雄辯的歷史——蒐集日據下台灣史照片的隨想 頁96

如果這是新生代作品 頁104

台灣女性革命家——五十年枷鎖：日據時期台灣史影像系列（七） 頁108

黑松林的記憶 頁120

棄釣是反民族論必然的結論 頁124

二月

一九九七年五〇年代政治案件殉難者春季追悼大會祭文 頁128

四月

時代呼喚著新的社會科學——一九九七年四月二十二日演講於中國社會科學院 頁132

六月

暗夜中的掌燈者 頁147

一個「私的歷史」之紀錄和隨想 頁151

洶湧的孤獨——敬悼姚一葦先生 頁164

「一個半世紀的滄桑：香港歷史照片展」活動說明 頁173

七月

貿易和鴉片貿易——一個半世紀的滄桑：香港圖片歷史系列（一） 頁178

殖民地香港華人的沉浮——一個半世紀的滄桑：香港圖片歷史系列（二） 頁182

祖鄉的召喚——一個半世紀的滄桑：香港圖片歷史系列（三） 頁187

日軍占領下的香港：「三年零八個月」的夢魘——一個半世紀的滄桑：香港圖片歷史系列（四） 頁191

香港的腐敗和廉政——一個半世紀的滄桑：香港圖片歷史系列（五） 頁195

香港的文化大革命——一個半世紀的滄桑：香港圖片歷史系列（六） 頁198

香港的擴大和再發展——一個半世紀的滄桑：香港圖片歷史系列（七） 頁203
從台灣看香港歷史——陳映真．曾健民對談 頁208
勞動黨關於香港回歸的聲明 頁253
台灣的美國化改造——台灣版序 頁258
八月 一個「新史觀」的破綻 頁270
九月 歷史召喚著智慧和遠見——香港回歸的隨想 頁283
十月 向內戰．冷戰意識形態挑戰——七〇年代台灣文學論爭在台灣文藝思潮史上劃時代的意義 頁292
情義和文學把一代作家凝聚到一起…… 頁347
十一月 世界華文文學的展望——關於世界華文文學的歷史與特質的一些隨想 頁351
十二月 一時代思想的倒退與反動——從王拓〈鄉土文學論戰與台灣本土化運動〉的批判展開 頁362
本年 離開學生運動的嬰兒期——談談台灣社會性質理論的開發 頁396

## 卷十七：一九九八—一九九九

### 一九九八年

一月 論呂赫若的〈冬夜〉——〈冬夜〉的時代背景、審美上的成就和呂赫若的思想與實踐 頁9
關於台灣國中歷史教科書問題 頁31
三月 良好的祝願 頁37
四月 精神的荒廢——張良澤皇民文學論的批評 頁40

被視為牛馬的日子 頁63
重回綠島 頁68
六月 左翼文學和文論的復權 頁74
勞動黨關於香港回歸的文章 頁81
台灣現代知識分子的歷史 頁84
針鋒相對 逆流而上 頁96
海隅微言集・序 頁104
為了民族的和平與團結 頁110
七月 近親憎惡與皇民主義——答覆彭歌先生 頁112
陳映真文集・序 頁129
陳映真自選集・序 頁133
紀念濟州「四・三事件」五十週年國際學術大會旨趣書 頁135
八月 找回能夠自己思考的腦袋 頁147
白色角落・序 頁153
十月 最近的活動 頁156
〔訪談〕以小說的方式思考人的問題——與陳映真對話 頁162
十一月 獨創的死亡 頁173
〔訪談〕步履未倦誇輕翩——與當代著名作家陳映真對話 頁178
七〇年代黃春明小說中的新殖民主義批判意識——以〈莎喲娜啦・再見〉、〈小寡婦〉和〈我愛瑪莉〉

為中心　頁204
一個中國，兩岸和平——勞動黨對選舉與時局的看法和主張　頁236
十二月　人間思想與創作叢刊・出刊報告　頁245
「台灣皇民文學合理論的批判」特集・編案　頁248
「鄉土文學論爭二十周年」專題・編案　頁250
「近代日本與台灣學術研討會」有感　頁252

## 一九九九年

一月　「客觀公正」乎？——關於台灣的文學獎的隨想　頁255
新年三願　頁260
「新台灣人論」的真面目　頁264
二月　覺醒來自個人，而非全民運動　頁271
秉理直言，不媚世俗——敬壽胡秋原先生　頁274
三月　政治經濟情勢報告——在勞動黨五屆全代會上的報告　頁288
楊逵《和平宣言》的歷史背景——紀念《宣言》發表五十週年　頁300
四月　四六事件的歷史背景　頁308
一九九九年五〇年代白色恐怖犧牲英烈春季追悼慰靈祭大會・祭文　頁319
烈火的青春・序　頁323
「有光閃著」的瞳孔　頁331

五月　同一個民族　共同的命運　共同的鬥爭——台灣新文學運動和「五四」新文學運動的聯繫　頁353
歸鄉　頁362
六月　等待清算的後殖民台灣歷史——評「皇國少年」李登輝　頁423
「兵士」駱駝英的腳蹤　頁436

## 卷十八：一九九九—二〇〇〇

### 一九九九年

六月　帝國主義全球化和金融危機　頁7
一場被遮斷的文學論爭——關於台灣新文學諸問題的論爭（一九四七—一九四九）　頁16
台北斷想　頁42
七月　究明台拓營運關係　明確日本國家犯罪責任　頁49
駱駝英對當代台灣文藝理論建設的貢獻——讀〈論「台灣文學」諸論爭〉筆記　頁51
九月　（訪談）訪陳映真談新作〈歸鄉〉　頁79
「馬克思主義文論在台灣的中挫」特集・編案　頁86
「台灣文學」是增進兩岸民族團結的渠道——讀楊逵〈「台灣文學」問答〉　頁90
「不許新的『台灣文奉會』復辟！」專題・編案　頁109
十月　中國知識界失去了人民的視野　頁113
一九九九年秋祭祭文　頁119

為什麼〈野草莓〉 頁122
十一月 歌德格言與反思集·序 頁125
文學思潮的演變——一個作家的體會 頁128
台灣當代歷史新詮 頁143
韓國「吸收統合」論的統一政策 頁164
十二月 世紀留言 頁169
〔訪談〕《人間》雜誌研究——陳映真訪問稿 頁171
反攻歷史 頁196
本年 資本主義與西洋文學——文學和社會體制的關係 頁200

## 二〇〇〇年

一月 父親 頁220
〔訪談〕專訪陳映真 頁235
二月 桎梏新歲 頁250
後革命作家的徬徨——陳映真座談會 頁257
遙念台灣·序 頁263
三月 將軍族·序 頁282
讓歷史整備我們的隊伍 頁285
二〇〇〇年五〇年代白色恐怖犧牲英烈春季慰靈祭大會·祭文 頁293

四月　資產階級的辦公室和代理人　頁296
夜霧　頁303
文學的世界已經變了？——談新世代的文學　頁354
五月　護衛良心權的鬥爭——從韓國《光州特別法》與台灣《補償條例》說起　頁372
七月　以意識形態代替科學知識的災難——批評陳芳明先生的〈台灣新文學史的建構與分期〉　頁378

## 卷十九：二〇〇〇—二〇〇一

### 二〇〇〇年

七月　魯迅與我——在日本「文明淺說」班的講話　頁7
鵝仔——歐坦生作品集‧序　頁13
八月　從歷史最沉鬱的黑暗中釋放——寫在北市馬場町紀念公園落成前夕　頁25
九月　關於台灣「社會性質」的進一步討論——答陳芳明先生　頁34
一份深情厚意——談梁正居的紀錄攝影　頁83
沉思——讀李遠哲先生〈從當家做主到和平、繁榮、民主的未來〉的隨想　頁86
掌燈——訪問歐坦生先生　頁103
十月　紀念台灣光復，反對作為帝國主義奴才的反華言行　頁117
經濟全球化和文化的自主防禦　頁123
十二月　陳芳明歷史三階段論和台灣新文學史論可以休矣！——結束爭論的話　頁137

鼓舞　頁199
天高地厚——讀高行健先生受獎辭的隨想　頁207
台獨派・皇民遺老和日本右派的構圖　頁220

## 二〇〇一年

一月　《台灣論》之暴言及其共犯結構　頁225
一個台灣人的軌跡・序　頁240
二月　「台灣論」或「皇民論」?——評《台灣論》漫畫的軍國主義　頁245
宿命的寂寞——悼念戴國煇先生　頁252
沒有「幽靈」，只有心中之鬼　頁257
三月　《台灣論》和「共犯結構」　頁272
四月　李友邦先生紀念文集・序文　頁279
五月　「文學台獨」面面觀・序　頁285
台灣新文學思潮史綱・序言　頁290
六月　消失在歷史迷霧中的作家身影・序　頁296
忠孝公園　頁304
論「文學台獨」　頁400

## 卷二十：二〇〇一—二〇〇三

### 二〇〇一年


七月 〔訪談〕永遠的薛西弗斯——陳映真訪談錄 頁9
八月 台灣報導文學的歷程 頁19
九月 「大和解？」回應之五 頁33
十月 駁陳芳明再論殖民主義的雙重作用 頁41
我來自一個分裂的祖國 頁101
關於九一一事件的聯合聲明 頁104
樂園：渴望的和失去的 頁107
陳映真小說集・序 頁122
十一月 反省的心 頁124
文學是認識和實踐的統一——寫在夏潮「楊逵文學營」開幕之前 頁129
工人邱惠珍 頁132
深情的海峽・出版贅言 頁139
十二月 代序：橫地剛先生〈新興木刻藝術在台灣：一九四五—一九五〇〉讀後 頁141
再創一個二十年的輝煌 頁150
反思和批判的可能性——關於高重黎「影像・聲音——故事」展出的隨想 頁153
「國語政策和閩南方言」專輯・編案 頁158

本年　為核電被曝工人代言的攝影家　頁160

## 二〇〇二年

三月　祭黃繼持先生　頁163
四月　《戴國煇文集》新書發表會上的發言　頁165
五月　生命的關懷・序　頁169
六月　馬克思主義思潮與台灣知識分子——序杜繼平新著《階級、民族與統獨爭議》　頁173
七月　反對言偽而辯——陳芳明台灣文學論、後現代論、後殖民論的批判・序　頁198
全球化浪潮下第三世界文學的前景　頁204
九月　〔訪談〕認識亞洲鄰居——韓國文學與文人　頁215
如炬的目光——讀蘇新先生遺稿〈談台灣解放問題〉　頁227
十二月　從陳純真先生生平說起——紀念溘然長逝的陳純真老師　頁236

## 二〇〇三年

一月　齷齪殘暴的「武士道」和天皇意識形態　頁240
三月　以反省之心　頁246
美國霸權主義和朝鮮半島的南北危機　頁250
代序：母親的叮嚀——拜見詩人臧克家先生　頁252
五月　物必自腐而後蟲生　頁259

六月　文學的歸鄉——在《周嘯虹作品集》首發式上的講話　頁262
七月　反對「不准反美反戰」和「只准聊以反戰不准反美」！——此次反對美帝侵伊運動的反思　頁265
寫在本書台灣版出版之前　頁278
八月　我的文學創作與思想　頁287
九月　文學寫作何去何從？——兩種世界性的文學　頁320
以腳蹤丈量台灣島的漢子　頁326
葉石濤：「面從腹背」還是機會主義？　頁332
十月　沒有統一論的「反台獨」論終歸失敗——評《聯合報》「沒有統獨之爭」的社論　頁348
關於我們的人間網　頁353
回歸民眾、回歸生活、回歸現實——二〇〇三年第二屆夏潮報導文藝營總結演講　頁356
《蒙面叢林》讀後　頁368
十一月　警戒第二輪台灣「皇民文學」運動的圖謀——讀藤井省三《百年來的台灣文學》：批評的筆記（一）　頁376
台灣的憂鬱・陳序　頁396
為重新遇合的那日——讀賀照田〈後社會主義的歷史與中國當代文學批評觀的變遷〉及趙稀方〈「西馬」、「現代主義」的理論旅行及「新左派」的視域〉　頁404

卷二十一：二〇〇三—二〇〇四

## 二〇〇三年

十二月　文學是對自由的呼喚——獲頒花蹤世界華文文學獎感言　頁7
本年　「人間網」開網的話與欄目介紹　頁13
發起人間調查報導學會旨趣書　頁17
人間調查報導學會章程(草案)　頁20
民進黨執政三年的總檢討　頁27

## 二〇〇四年

一月　序報導文學營　頁38
文學二二八・序文　頁42
〔訪談〕陳映真新年訪談錄　頁51
二月　學習楊逵精神　頁59
〔訪談〕陳映真：台灣的文化人需要反省　頁74
探望——訪港前夕的隨想　頁101
〔訪談〕中國的傷痛與台灣的認同悲情——專訪香港浸會大學駐校作家陳映真　頁104
〔訪談〕左翼人生：文學與宗教——陳映真先生訪談錄　頁112
給趙稀方的信　頁135
人生小語　頁142
〔訪談〕人道關懷與生命的背離——陳映真的文學告白　頁144
三月　四十五年前的朱批　頁150

四月
我的寫作與台灣社會嬗變——陳映真香港浸會大學演講 頁154
〔訪談〕我不是Superman——陳映真專訪 頁213
民族分裂下的台灣文學——台灣的戰後與我的創作母題 頁226
鈴璫花：陳映真自選集．序 頁233
《人間》回顧攝影展展出的話 頁237
「台灣的後殖民主義論述和台灣社會史論」提綱 頁242
〔訪談〕中國終須選擇自己的道路——專訪作家陳映真先生 頁246
〔訪談〕《人間》雜誌：台灣左翼知識分子的追求和理想——陳映真訪談 頁259
五月
浪漫於現實的手記．書前 頁280
六月
懷想胡秋原先生 頁283
《陳映真散文集1．父親》序 頁290
阿公 頁293
七月
生死 頁305
悼念一位東渡來台的真知識分子 頁314
在香港看「七．一」遊行 頁318
避重就輕的遁辭——對於藤井省三〈駁陳映真：以其對於拙著《台灣文學這一百年》的誹謗中傷為中心〉的駁論 頁326
八月
「全球化」的兩面性和新的中華文明的建設 頁374
陳映真經鍾玲教授轉余光中信 頁380

九月　陳映真致余光中先生信　頁384
〔訪談〕陳映真答客問　頁390
惋惜　頁399

## 卷二十二：二〇〇四－二〇〇六

### 二〇〇四年

九月　舊殖民地文學的研究·出版的話　頁9
不曾專意做過散文　頁16
永恆的憂傷與苦痛　頁19
十月　二〇〇四年度五〇年代白色恐怖犧牲者秋祭追悼大會·祭文　頁23
追悼蘇慶黎女士　頁26
「爪痕與文學」題解　頁29
十一月　一個破產、反動的「決議文」——評民進黨《族群多元·國家一體決議文》　頁32
燔祭（代序）　頁42
有關「宗教文學」　頁48
揭破「主權」謊言，當家做主人！　頁53
紀念蘇慶黎　頁60
十二月　宗教文學管窺　頁66

台獨無望　頁72
日本軍國主義蠢蠢欲動　頁78
亞洲的新形勢　頁82
實踐文藝的創作方法問題——鍾喬《潮喑》觀後　頁85

## 二〇〇五年

三月
評藤井省三的假日本鬼子民族共同體想像——讀藤井省三《百年來的台灣文學》批判的筆記（二）　頁92
《台灣浮士德》：陳映真・櫻井大造對談　頁116
傾聽充滿正氣和洞見的聲音——出版者的話　頁134
四月
失焦的時代病——《狂飆的世代——台灣學運》觀後隨想　頁147
「迎回尾崎秀樹」題解　頁150
為台獨送終的行軍——記台灣「三二六」遊行示威　頁152
資本的邏輯豈以人的主觀意志轉移？——從許文龍轉向說起　頁159
五月
戴國煇先生生平簡述　頁163
祝賀《人間學社通信》出刊　頁169
對我而言的「第三世界」　頁171
宋斐如文集・序　頁183
潮湧海峽話風雲——台海形勢對談　頁193

六月　紀念花岡蜂起事件六十年　頁211
「中國人民不能因怕犯錯而裹足不前」——讀《中國與社會主義》　頁215
七月　勿忘昨天・寫在卷首　頁231
突破兩岸分斷的構造，開創統一的新時代　頁236
八月　藍博洲的報告文學和詹澈的詩　頁251
中國文學在台灣的發展　頁257
九月　「八・一五：記憶和歷史」題解　頁263
回憶沈登恩　頁266
十月　楊逵對台灣光復之形勢的洞見　頁269
為反對霸權主義，達成民族真正統一而努力　頁276
楊逵與台灣報導文學　頁283
〔訪談〕專訪台灣著名作家陳映真教授紀實　頁288
十一月　東望雲天——紀念劉進慶教授　頁296
盼望日本大眾端正對台灣的視角——祝賀藍博洲《幌馬車之歌》日譯本的出版　頁302
十二月　中華文化和台灣文學　頁315

## 二〇〇六年

一月　從台灣看《那兒》　頁331
二月　文明和野蠻的辯證——龍應台女士〈請用文明來說服我〉的商榷　頁343

三月　「二・二八：文學和歷史」題解　頁362
　　　驅逐「反共國安」魔咒——《雲水謠》危及台灣「國境安全及國家利益」？　頁366
五月　是奴才就不能主張「尊嚴」——評「奧揚之旅」悲慘的挫折　頁369
六月　台灣戰後民主主義的清理——為什麼一個承接黨外反蔣民主鬥爭的政黨會快速、徹底地墮落和腐化？　頁375
八月　給《文藝報》　頁386
九月　發展社會學中的「現代」與「傳統」　頁388

## 卷二十三：手稿・著作年表・篇目索引

### 手稿（寫作時間不明）

在台灣的中國文學——歷史特性、問題點和機會點　頁9
台灣文學和第三世界文學——一個概括的比較　頁19
黃晳暎：當代韓國「民眾／民族文學」的代表作家　頁25
鄉土文學運動的反思——送韓國黃晳暎先生　頁28
庸俗化或者毀滅——九〇年代台灣文化發展的展望　頁32
關於馬曉濱案的事實及問題　頁37
李登輝與冷戰教會在台灣　頁46
美帝國主義與「台灣獨立運動」　頁60

台灣反帝・人民民主主義變革運動初論　頁83
共同的勝利和光榮——香港回歸的歷史意義　頁113
民族分裂的悲哀　頁116
看哪！那一面歷劫的赤旗……　頁120
和平・民主・自治・統一——二二八民變與省工委運動的傳統和精神　頁129
歷史的啟迪——重溫上世紀二〇至四〇年代，包括台灣人民在內的中國人民與朝鮮人民在抗擊日本帝國主義歷史上的大同團結　頁140
一九七〇年代的反冷戰思潮——台灣冷戰思潮之四　頁155
戰後批判——民族分裂時代的台灣社會與意識形態及其克服　頁170
台灣戰後政治史和文藝思想史下的鄉土文學論　頁185
一九二八年以前的台灣社會性質芻論　頁194
「台灣戰後資本主義社會性質」大綱　頁208
著作年表　頁219
篇目索引　頁291
全集總目　頁339

# 陳映真全集（卷二十三）

THE COMPLETE WRITINGS OF CHEN YINGZHEN (VOLUME 23)

作者　陳映真
全集策畫　亞際書院・亞太／文化研究室
策畫主持人　陳光興、林麗雲
執行主編　宋玉雯
執行編輯　郭佳、陳冉涌
版型設計　黃瑪琍
排版／印刷　中原造像股份有限公司

出版者　人間出版社
發行人　呂正惠
社長　陳麗娜
總編輯　林一明
地址　108台北市萬華區長泰街五十九巷七號
電話　886-2-2337-0566
傳真　886-2-2337-7447
郵政劃撥　11746473・人間出版社
電郵　renjianpublic@gmail.com

初版一刷　二〇一七年十一月
定價　一萬二千元（全套不分售）
ISBN　978-986-95141-3-2


國家圖書館出版品預行編目（CIP）資料

陳映真全集／陳映真作. -- 初版. -- 臺北市：
人間, 2017.11
23冊；14.8 ×21 公分
ISBN 978-986-95141-3-2（全套：精裝）
848.6　　106017100